深読み名作文学

O.ヘンリー
「最後の一葉」

O. Henry
"The Last Leaf"

Chiaki Yokoyama
横山千晶
編著

慶應義塾大学出版会

最初の一葉 ――この本を手に取ったみなさまへ

　なんにでも出会いがあります。まず、この本をたまたま手にとってしかも、このページ、最初の一葉を読まれている皆さん。初めまして。皆さんがこの本を手にしてくれた理由はなんでしょう。「最後の一葉」という題名に惹かれて？　40代以上の方たちだったら、小さいころに絵本で読んだ、とか、中学校や高校の英語のテキストで読んだ、という方もいらっしゃるかもしれません。内容を覚えていらっしゃいますか？　そうそう、おじいさんが病気の若い女の子のために一枚の葉の絵を描いて、代わりに肺炎になって死んでしまう話。その通りです。

　もしかしたら、作者のO.ヘンリーに興味があって……という方もいらっしゃるかもしれません。短編小説の旗手として、今でも広く知られているO.ヘンリー。それほど長くなかった生涯の中で何百もの短編小説を書いているのです。日本でも翻訳が多数出版されていますので、きっと皆さん方もどこかで彼の作品を読んだことがあるのではないでしょうか。

　ほかにも、O.ヘンリーも「最後の一葉」という短編も知らなかったけれど、「深読み」は大好きという方。そんな方にもこの本はぜひとも読んでもらいたい。

　そして文学作品の読み方を知りたいという方。ああ、あなたにお会いできて本当にうれしいです。

　最近はインターネット全盛の時代ですけれど、私たちが読書会を結成し、その中で再会を果たし、再発見したのが「最後の一葉」です。そしてその出会いと発見を本にして世に出したいと思った理由はたくさんあります。

　この本は研究書でもなければ、教科書でもありません。私たちはたくさんの素晴らしい「言葉」に囲まれて生きている。その言葉が物語を生み出してきました。この本は、まず純粋にそんな物語を楽しみたい人のための本です。物語の解釈はさまざま。こんな読み方も、あんな読み方もできる。そんな深読みをすることで、言葉や物語は自分の大切な友達となっていくことでしょう。そのためにやりたいこと、考えてみたいことは以下の通り。

　まず言葉に立ち戻ってみるということ。言葉は生きていて、音を持ち、意味を持ち、単語が合わさることで、そして文章になることで、いろいろな物語を生み出します。まずは純粋にその世界を楽しんでみようということです。この

上ない美談として知られる「最後の一葉」ですが、じっくり読んでみると、ただの美談には終わらない意外な物語がページの下から見えてくるかもしれません。

そして、言葉は時代であるということ。O.ヘンリーにとって、「書く」という作業は時代を記録することに等しかった。ですから彼の作品を読むということは、その時代の人々と同じ空気を吸い、時に同じものを食べ、同じ場所を歩く行為となります。「最後の一葉」の舞台は20世紀初頭のニューヨークです。O.ヘンリーの作品を今度は「時代の記録」として読み取って、そのころのニューヨークを肌で感じてみたい。作品を読むことは、「場所と時代」を読むことと一緒だからです。

そして英語で書かれたこの作品には、文学作品に共通する伝統と手法が息づいています。英語による文学を読み解くときに知っておきたい伝統や手法とはなんだろう。この本の中では、さらにもう一歩進んで、英米文学をこれからもっと読んでみたい人のために、私たちが気が付いたいくつかのヒントも盛り込んでみました。

最後に、お伝えしたいことは、なんといってもこの物語がとっても面白い、ということ。その経験を多くの人と分かち合うためにこの本は生まれました。純粋に英語で書かれたものの読み方を勉強したい人、原語で読むのみならず、書かれた当時の場所と文化についてもっと知りたいと思っている人、そしてこれから英米文学についてもっと深く学んでみたいと思っている人……。この本は、皆さんのような、一人ひとりの経験から生まれ出たものです。「最後の一葉」をめぐって私たちメンバーは、言葉に引っかかり、頭をひねり、そのたびにどんどん深読みして、調べては話し合い、少しずつ謎を解いていきました。実はこの本は、そんなちょっぴり知的な謎解きの体験本です。

皆さんがこの本のページをめくるごとに、どんどん作品の世界が深まり、今まで思っていた「最後の一葉」が全く異なる物語として浮かび上がってくること請け合いです。最初の一葉から最後の一葉まで、そんな知の冒険にこれから一緒に旅立っていきましょう。

2015年6月

ヨコハマ読書会　代表
慶應義塾大学　横山千晶

この本の使い方

　本は小さな建物のようなもの。行きたい階にまず行ってみてください。この小さな建物はどこから入ってもかまわないように建てられています。しかしそれぞれの階はつながって一つの建物を作っています。それぞれの階で過ごしているうちに自然にほかの階にも行ってみたくなるように、ここかしこに案内が出ているはずです。では、さっそくそれぞれの階をご紹介しましょう。

1　作者、O.ヘンリーについて

　ここでは私たちがこれからじっくりと読む作品の作者、O.ヘンリーの生涯を紹介しています。一人の人の人生はそれこそどんなにたくさんのページを費やしても語りつくせないもの。でもここでは「最後の一葉」を楽しんでもらうために知っておきたいO.ヘンリーについて語らせてもらいます。短い紹介ではありますが、この本のページを繰っているうちにきっと何度も「ああ、O.ヘンリーってそうだったんだ」と、この箇所に立ち戻っていくことになると思います。

2　第1章「最後の一葉」を英語で読んでみよう

　物語はできたら、書かれた言語で読んでみたいもの。初めて英語に挑戦、という方、結構英語の作品は読みなれているけれど、ちょっと英語をおさらいしてみたい、という方。O.ヘンリーの英語に触れてみたい、という方。もちろん「最後の一葉」を読むのは初めて、という方。この部分からお入りください。ただ「教科書の英語みたいだったらいやだな」と思われている方。この本はお堅い教科書ではありません。それよりも英語の独特のリズムを楽しんだり、ちょっと難解な文体に戸惑いながらも立ち止まって味わってみたり、と大いに道草をしながら、物語を楽しむことに重きを置いています。もちろんところどころで大切な文法事項もおさらいしていきます。この第1章を読み終わってみたら、なんとなく英語がわかってきた、となるように、また英語が今まで好きだった人ももっともっと好きになるように十分工夫してみました。O.ヘンリーの文体は決して平易ではありません。洗練された小粋な文章に、美しい言葉の音が花を添えています。できれば飛ばさずに目を通してみてください。

3　第2章　「最後の一葉」の謎

　第1章でじっくり深読みしてみると、この物語にはいくつもの「謎」が潜んでいることがわかります。ここではそういった5つの謎を解いてみることにいたしましょう。謎を解く鍵を探して、O.ヘンリーのほかの作品にも足を踏み入れてみます。やがてこの物語の中に潜んでいた、思ってもみない新しい「物語」が浮上してきますよ。

4　第3章　「最後の一葉」から知る当時の文化

　O.ヘンリーの作品は当時の人々の息遣いをありのままに伝える「記録」でもあります。「最後の一葉」という「掌の小説」の中にも、ぎっしりと当時の文化と人々の暮らしの記憶が詰め込まれています。ここでは、ファッション、芸術、病というこの物語に登場するテーマに光を当てて、当時のアメリカ文化についてO.ヘンリーから教えてもらうことにいたしましょう。また同じテーマがO.ヘンリーのほかの作品の中ではどんな展開をみせているのかも探ってみましょう。

5　第4章　「最後の一葉」を通してもう少し文学を深く楽しむ

　O.ヘンリー自身、大の読書家でした。そんな彼の文学への愛情は、その作品の中に余すところなく表れています。同時に彼の作品は、英語で書かれた文学作品をさらに深く楽しみたいという方々にとっての最高の「入門書」でもあります。ここでは「最後の一葉」を読んだあとに、もっと英語の作品に親しんでみたい、という気持ちを持たれた方々に、文学を読み解くコツを少しだけお教えしましょう。

6　付録　「最後の一葉」を訪ねてニューヨークを歩く

　「最後の一葉」の世界にはまってみて、これは絶対にニューヨークに行かなきゃ、と思った方。最後に紙上ウォーキングツアーを行ってみましょう。小説の舞台をこの目で見れば、ますます物語は忘れられないものとなるはず。「最後の一葉」を片手にグリニッチ・ヴィレッジで迷子になってみませんか。

　ではさっそくそれぞれの階へと出かけることにいたしましょう。

＊ 目 次 ＊

最初の一葉──この本を手に取ったみなさまへ　*3*
この本の使い方　*5*

作者、O. ヘンリーについて　*9*

第1章　「最後の一葉」を英語で読んでみよう　*17*

　　　「最後の一葉」を英語で読む前に──4つのルール　*18*
　　　「最後の一葉」の英語、訳、読み解きのポイント　*19*
　　　【歴史コラム1】「最後の一葉」の舞台
　　　　　　　　　──グリニッチ・ヴィレッジの歴史　*24*
　　　【歴史コラム2】ニューヨークと事故　*49*
　　　【歴史コラム3】ベアマンさんから知る
　　　　　　　　　ニューヨーク移民事情　*68*

　　　【文法コラム1-12】　*88*

第2章　「最後の一葉」の謎　*99*

　　　第1節　O. ヘンリーが描くニューヨーク、レストラン事情　*100*
　　　第2節　女性が文化を創る!?
　　　　　　　──スーとジョンシーの不思議な関係　*110*
　　　第3節　O. ヘンリーとJapan　*123*
　　　第4節　東部、西部に出会う
　　　　　　（イースト・ミーツ・ウエスト）
　　　　　　　──スーの絵に見る「東部が作った西部」　*131*
　　　第5節　Very Blue and Very Useless?──青の謎　*146*

第3章　「最後の一葉」から知る当時の文化　*151*

第1節　ビショップ・スリーブをめくってみると・・・
── O. ヘンリーが教えてくれるニューヨークおしゃれ事情　*152*

第2節　カンヴァスの中のカンヴァス
── トロンプ・ルイユとしてみる「最後の一葉」　*170*

第3節　「ナポリを見て死ね」じゃないけれど、ジョンシーが
ナポリを描きたかったワケ── O. ヘンリーと風景画　*175*

第4節　病と文学── O. ヘンリーの場合　*191*

第4章　「最後の一葉」を通してもう少し文学を深く楽しむ　*203*

第1節　男たちの40年間── 聖書と芸術と「最後の一葉」　*204*
第2節　「最後の一葉」を聖書と神話から読み解く　*210*
第3節　O. ヘンリーと"Literature"　*216*

付　録　「最後の一葉」を訪ねてニューヨークを歩く　*227*

引用および参考文献表　*244*

あとがき　*254*

執筆担当者紹介　*257*

カバー装画・本文イラスト──ヨコハマ読書会　伊藤満理子

作者、O. ヘンリーについて

ここでは簡単に作者、O. ヘンリーの人生についてまとめてみたいと思います。

1 | 幼年期から青年時代へ──叔母の教育などで知識の源泉を培った時代

O. ヘンリー（本名ウィリアム・シドニー・ポーター [William Sydney Porter]、1862年9月11日～1910年6月5日、この章の中では「O. ヘンリー」の名前を一貫して使わせていただきます）は1862年に米国のノースカロライナ州グリーンズバロで、父アルジャーノン・シドニー・ポーターと母メアリー・スウェイム・ポーターの次男として生まれました。父は医師でしたが医科大学を出たわけではありません。当時のノースカロライナでは医師から医薬品について教えを受け、薬剤師から調剤の実務などを学ぶなど一定の条件を満たせば、医師として認められたのです。しかし、その優しさと患者に親身に寄り添う態度から、O. ヘンリーの父は地域ではよく知られ、愛される存在でした。母はグリーンズバロ女子カレッジで最初にフランス語、そしてのちに絵画とデッサンを学び、スケッチのほかにもエッセイが得意でした。おそらくO. ヘンリーの画才や文才は、母譲りだったのでしょう。しかし、その母はO. ヘンリーが3歳の時に肺結核で亡くなってしまいます。

こうしてO. ヘンリーは、医者である父、アルジャーノンに養育されることになります。しかしアルジャーノンは、散財を重ねて家計を支えることができなくなりました。とはいえ、お金に困っている患者には助けの手を差しのべる気前良さは、のちのO. ヘンリーに通ずるところがあります。やがて仕事に身を入れなくなってしまったのみならず、非実用的な発明に凝り始めた父に代わって、O. ヘンリーは叔母リーナ（父の妹）によって育てられることになりました。リーナが家計を助けるために開いた私塾で、O. ヘンリーは15歳まで学び、叔母から多くの教えを受けました。叔母のもとで天性の画才に磨きをかけ、のちに戯画や風刺画にその腕前を発揮することになるのです。

特にリーナによって目覚めさせられたのは、本への強い愛情です。自分に

教育を授けたのは、ごく普通の学校教育だったが、あとは「読書と生きること (reading and life)」だった、と O. ヘンリー自身が述べているとおりです（*The Complete Works of O. Henry,* Vol. II, p. 1090）。子ども時代の彼はダイム・ノベル（安価な大衆小説）に親しみましたが、叔母に導かれてさまざまな古典を読むようになります。17 世紀のイギリスの牧師、ロバート・バートンの『憂鬱の解剖』、スペンサー・レインの翻訳による『アラビアン・ナイト』（作家としての O. ヘンリーに多大なインスピレーションを与え続けた物語です）、ウィリアム・シェイクスピア、ウォルター・スコット、チャールズ・ディケンズ、ウィリアム・M・サッカレー、そしてウィルキー・コリンズやブルワー＝リットンによる怪奇小説などなど……。O. ヘンリー自身の言葉を借りれば、13 歳から 19 歳の間ほど、本を読んだことはなかった、とのこと。これらの読書体験がのちの作家生活の基盤となったのです。

　1870 年代の後半になると父アルジャーノンの収入はまったく絶え、一家の財政は逼迫します。結局 O. ヘンリーは家計を助けるために、学業を離れざるを得なくなり、叔父の経営するドラッグストアで見習いの薬剤師として働き、19 歳で薬剤師の資格を取得します。このような経緯は医師になった父親と似てはいるものの、彼は医師になる気はありませんでした。

　ここでも彼の画才を示すエピソードが残されています。彼は、店に来るそれぞれの客の似顔絵を描いていて、叔父が不在の時に誰が支払いをすませていないかを知らせるのにその似顔絵を見せると、叔父はすぐに誰だかわかったという逸話です。

　O. ヘンリーはドラッグストアで 5 年間勤めるものの 10 代のころからつづいていた空咳が激しくなったことを心配した父の知人、ホール医師のすすめで医師の息子たちが営むテキサスの農場へ転地療養することになります。1882 年のことでした。

2　テキサスからオースティンへ ——結婚、文筆生活へのあこがれ、有罪判決

　当時のテキサスは荒々しいフロンティアから秩序ある社会に移行しつつありました。しかし牧場のまわりでは、強盗や殺人事件などの犯罪が横行していました。この地で O. ヘンリーはホール医師の長男、リー・ホールから多大な影響を受けます。テキサスの開拓者の一人として、彼は O. ヘンリーに羊の世話、

レンジャー、カウボーイのことなどを教えました。

　テキサスで O. ヘンリーは客人として扱われましたが、時には周囲の仕事を手伝い、やがて牧場の生活になじんでいきました。牛を柵に追い込んだり、羊を洗うなどの激しい労働はあまりやりませんでしたが、食事の準備や子守をしたり、14 マイルも離れた場所へ馬に乗って郵便物を受け取りに行ったりしました。そのほかの時間は、ほとんど読書と語学の勉強にあてられました。ホール夫妻も読書好きで、オースティンとサンアントニオへ出向いては、本を買ってきました。これは読書好きの O. ヘンリーにとっては願ってもないことでした。この時期に彼はバイロン、ディケンズ、シェイクスピア、スコットといったすでに叔母の私塾時代に親しんだ作品のほかに、ミルトン、ゴールドスミス、ロック、マコーレー、ギボンなどの古典や同時代の小説をむさぼるように読んでいます。テニスンがお気に入りになったのもこの頃でした。

　また、彼は英語辞典の代名詞として名高い『ウェブスター英語辞典』（完全版）を座右の書として読み耽りました。辞書は単に言葉を調べるものではなく、知識と思想の宝箱のようなものでした。O. ヘンリーの操る言葉の豊かさや視野の広さは、こんなところに端を発するのでしょう。学んだことを語ることも O. ヘンリーは好んだようです。歴史、小説、科学、詩などのお得意のジャンルに関しては周りの人々にしばしば熱心に語りました。

　1884 年、O. ヘンリー 21 歳の春、彼は州都とはいえ人口 1 万人の小都市オースティンに移り住みました。その後、製薬会社の店員、不動産会社の帳簿係、本屋の店員などの職を転々とします。1887 年、O. ヘンリーは製図工補佐としてテキサス州土地管理局に勤務することになりました。同時に彼はこの仕事を通して、土地収奪者に抗して小さい土地を守って生きる市井の人々に接します。こうしてさまざまな職から得た知識と経験、たとえば薬剤の仕事に携わることで身につけた化学的知識、土地管理局での仕事から得た製図の知識と人々との出会いは、のちの作家活動に大きく寄与することになるのです。

　土地管理局の仕事を得て 6 か月後の同年 7 月 2 日、25 歳の時に O. ヘンリーは 19 歳のアソル・エスティス・ローチと結婚しました。二人の出会いは、ある祝典の舞踏会でした。アソルは O. ヘンリーの作品の中でも特に有名な作品、「賢者の贈り物」のヒロイン、デラのモデルといわれています。長い茶色の髪、ブルーの瞳をした魅力的で読書が大好きな女性でした。アソルの母親は、O. ヘンリーの不安定な経済力を理由に結婚に反対しましたが、二人の意志は固く、その絆を分かつことはできませんでした。

しかしこの二人を最初の不幸が襲います。1888年5月6日、生まれたばかりの息子が死んでしまったのです。アソルは元来病弱でしたが、その出産から衰えはじめ、翌年の1889年9月30日、長女マーガレットを出産したころには家事をこなすことができないほどに衰弱していました。アソルはしばらく実家のナッシュビルなどに転地療養し、いくらか病状が快復するとオースティンに戻り、O. ヘンリー一家の平和な生活が取り戻されたかのように思えました。

　1891年、O. ヘンリーは一家の生計を立てるためにファースト・ナショナル銀行の出納係として働き始めます。彼は当時の銀行の規則違反や乱脈経営に辟易しながらも、文筆生活にあこがれて、1894年に『ローリング・ストーン (*The Rolling Stone*)』という諷刺週刊紙を刊行し、編集だけではなく、戯画を描き、創作の筆も執りました。しかし、経営が立ち行かなくなり、同紙は翌年4月に廃刊となってしまいます。その後『ヒューストン・ポスト』紙にコラムニスト兼記者として参加するようになりました。

　1896年、そんな彼はかつて勤めていた銀行の金を横領した疑いで起訴されてしまいます。先に無罪放免となった事件であったにもかかわらず、再度連邦銀行調査官から告発を受けたのでした。経営がうまくいっていなかった『ローリング・ストーン』紙に銀行の金を回したとの嫌疑がかかったのです。周囲の反応も好意的で、だれも彼が敗訴するとは思っていなかったにもかかわらず、有罪の予感に慄いていたのか、当の O. ヘンリーは裁判当日に出頭しませんでした。なんと病気の妻と娘を残してニューオーリンズへ発ってしまったのです。そこでしばらく新聞記者として働いたあと、続いて中米のホンジュラスに逃亡します。

3 ｜ 妻の死、刑務所生活、小説家の道へ

　1897年1月、彼は妻アソルの危篤を聞きつけて家に戻り、保釈金を納めて数か月間、妻の看病に徹しますが、その甲斐なくアソルは同年7月25日に肺結核で亡くなります。29歳という若さでした。

　翌1898年3月に彼は懲役5年の有罪判決を受けます。O. ヘンリーは直ちに上訴しますが却下され、公金横領犯として4月25日、オハイオ州コロンバスの連邦刑務所に収容されることになりました。折しもこの日はアメリカ合衆

国がスペインに事実上の宣戦布告（米西戦争）をした日でもありました。

　愛する妻の死、刑務所生活──次々と襲い来る逆境でしたが、この経験は彼が作家としての道をきりひらくための重要な転機となりました。人生には、暗闇のなかにも時にまばゆい光が射すことがあります。それは O. ヘンリーにとっても例外ではありませんでした。

　O. ヘンリーは裁判中から短編小説を書き始めていましたが、3 年間の服役中にも多くの作品を獄中から新聞社や雑誌社に送っています。そのうちの三作が服役期間中に掲載されています。「口笛ディックのクリスマス・ストッキング（Whistling Dick's Christmas Stocking）」（1899 年 12 月発表）、「ジョージアの裁定（Georgia's Ruling）」（1900 年 6 月 30 日発表）、「お金の迷路（Money Maze）」（1901 年 5 月発表）です。刑務所の中での出会いも O. ヘンリーにたくさんの物語の素材を与えました。のちの作品「よみがえった改心（A Retrieved Reformation）」（1903 年 4 月発表）に登場する魅力的な銀行破り、ジミー・ヴァレンタインのモデルと出会ったのも、この刑務所の中でした。O. ヘンリーはさまざまな筆名を使って執筆していますが、「O. ヘンリー」という名前が生まれたのは、この時期です。筆名については、新聞の社交欄で見かけたヘンリーの名に O をファースト・ネームとして付けた、刑務所時代の看守長のオリン・ヘンリーの名にヒントを得た、牧場時代に聞いたカウボーイの歌の一節に由来する、など諸説ありますが、いずれにも根拠はありません。

　服役中、O. ヘンリーは薬剤師の資格を持っていたことから、刑務所内の薬局で働くことになり、寝起きには監房ではなく刑務所の病院があてがわれ、夜の外出まで許されるなど、かなりの自由が与えられる待遇でした。その後模範囚として減刑され、1901 年 7 月 24 日には釈放となっています。釈放されたあと、娘マーガレットと義父母ローチ夫妻が待つピッツバーグで新しい生活を始めました。この地で『ピッツバーグ・ディスパッチ』紙のフリーランスの記者として働く一方で、作家活動を続けます。

　しかし O. ヘンリーはピッツバーグでの生活になじめなかっただけではありません。長く離れていた娘との心の距離を縮めることはできず、ローチ夫妻に対しては、娘の養育や保釈金など一切の面倒をみてもらったことの負い目を感じていたからなのか、この頃から連日大量の酒を飲むようになってしまいました。

4 ニューヨークで本格的な作家活動

　その後、たった9か月で娘と義父母の住むピッツバーグを離れ、1902年の春にはニューヨークへと単身移り住んだのでした。ニューヨークではホテル住まいから始まって居場所を転々としたO.ヘンリーでしたが、最もたくさんの作品を生み出したのが、ユニオン・スクエア近くのアーヴィング・プレイス55番地に居を構えていたときです。住居のすぐ斜め向かいには、「賢者の贈り物」を執筆した酒場「ピーツ・タヴァーン（Pete's Tavern）」がありました。この店は今も残っていて、ひさしに書かれている「O.ヘンリーが有名にした店（THE TAVERN O. HENRY MADE FAMOUS）」との文字がひときわ人目をひき、賑わいをみせています。本書でも「付録　『最後の一葉』を訪ねてニューヨークを歩く」の章でピーツ・タヴァーンを紹介していますので、そちらをご覧になってください。

　当時ニューヨークはすでに大都市でした。近代化の大きな波が押し寄せ、建設ラッシュで摩天楼が次々に建てられ、マンハッタンを網羅する地下鉄も1904年に開通し、町は躍動感に満ち溢れていました。都市の街路は人々が語り合ったり、さまざまな光景や音を楽しむ空間でもありました。

　この町でO.ヘンリーは実に多くの作品を発表しました。なかでも『N.Y.サンデー・ワールド・マガジン』（『N.Y.ワールド・マガジン』の日曜版）とは、毎週一編の作品を100ドルで連載する契約を交わしています。それらの作品は、『キャベツと王様（Cabbages and Kings）』（1904年）、『四百万（The Four Million）』（1906年）、『手入れの良いランプ（The Trimmed Lamp）』（1907年）、『西部の心（Heart of the West）』（1907年）など、作者の生きている間に10冊の短編集にまとめられました。

　当時のニューヨークの人口を表す『四百万』というタイトルが示すように、ニューヨークを舞台とする作品は彼が書いた短編小説のおよそ半分にあたる150編近くにのぼります。本書でとりあげた「最後の一葉（The Last Leaf）」は1905年10月15日の『N.Y.サンデー・ワールド・マガジン』に掲載されました。のちに短編集『手入れの良いランプ』の中に収められますが、短編集『四百万』に収められた「賢者の贈り物（The Gift of the Magi）」（1905年12月10日発表）とともに有名な作品で、日本でも最も広く愛読されているO.ヘンリーの作品の一つです。この物語の舞台となったアパートは、グリニッチ・

作者、O.ヘンリーについて

ヴィレッジに実在する「グローヴ・コート」（1854年建設）がモデルです。以後改装されたとはいえ、今でもその静かなたたずまいと壁面にからまるツタの青々とした彩りに往時を偲ぶことができます。

5 ｜ O.ヘンリー作品の源泉

　O. ヘンリー はその昔から、歩きながら人々の生活をつぶさに観察することが得意でしたが、ニューヨークでも足と五感を総動員して、さまざまな人と話をし、その生活を観察しています。会話を交わした相手は、タクシーの運転手、靴屋、弁護士、医師など、職種、性別、人種を問わずに実に多種多様です。数多くの移民を受け入れていたニューヨークは、異文化がせめぎあう場所でもありました。そして特に働く女性たちの生活や行動は、O.ヘンリーの大きな関心の的でした。「最後の一葉」はそんな文化的な背景から生まれ出た作品です。

　「最後の一葉」の主人公たちはアーティストの卵ですが、さまざまな働く女性たちに彼の関心は向けられました。店の売り子たち、クリーニング屋でアイロンがけをする女性たち、そしてロウアー・イーストサイドで一生懸命にミシンを踏む女性たち。生活は決して豊かではないものの、創意工夫を凝らして生きるたくましい女性たちです。ニューヨークを題材にした O.ヘンリーの作品を読むと、女性のファッションの描写が特に精彩を放っています。おしゃれは独自の存在感を示すための強力な手段でした。少ない給料をやりくりしながら女性たちは思い思いのファッションを楽しんでいたのです。作品の中では働く女性たちの想像力と創造力に O.ヘンリーは惜しみない愛情の目を注いでいます。ちなみに O.ヘンリー自身、大のおしゃれで、着るものにはかなりの気を使っていたようです。

　しかし、O.ヘンリーがこの大都会で見ていたものはそんな明るい側面だけではありませんでした。都会では日々の生活のみならず、人間が想像しうる限りのありとあらゆる恐怖と事件――窃盗、レイプ、けんか、殺人、浮浪者たちの生と死が繰り広げられます。こうして織りなされる人間模様を作家はつぶさに観察していたのでした。

　O.ヘンリーはこのように、街を歩きまわり観察することを「放浪（go bumming）」と称していましたが、歓楽街として有名なテンダーロイン地区、「最後の一葉」の舞台となるグリニッチ・ヴィレッジのみならず、この物語の中で

肺炎がまず猛威を振るう貧しいロウアー・イーストサイドにもしばしば足を延ばしています。そんな中で立ち寄った飲み屋、レストラン、社交クラブ、ダンスホール、商業娯楽施設など、人々が集まるところすべてが彼に創作の舞台を提供しました。そして、ボロ着をまとった浮浪者にせがまれるとできるだけの施しをしました。いや浮浪者だけではなく、金銭的に少しでも困った人に出会うとだれかれとなく施しをするのが O. ヘンリーでした。

　O. ヘンリーにとって、この「放浪」癖はニューヨーク以前からのものでした。どこにいても懸命に生きる人々と出会い、接してきたからこそ、彼は庶民の生活をユーモアとペーソスが混じりあう哀歓をもって描ききることができたのでしょう。そこに、労働者や底辺の人々へのこだわりと優しい眼差しという O. ヘンリーの文学的土壌を見ることができるのです。

6 ｜ 最後の日々

　1907 年の 11 月、O. ヘンリーは幼なじみのサラ（サリー）・リンゼイ・コールマンと再婚し、義父母のローチ夫妻のもとからマーガレットを呼び寄せて、新しい生活を始めました。その後 1908 年、グリニッチ・ヴィレッジのアパートに新居を構えますが、家族三人での暮らしは長続きしませんでした。原因は O. ヘンリーの頑固な性格と、過度の飲酒による深刻な肝障害に加えて、糖尿病と心臓病をも併発しているという健康状態でした。サリーの懇願にもかかわらず、O. ヘンリーの生活習慣は直りません。次第に経済的にも困窮します。結局マーガレットは通っていたナッシュヴィルの私立学校（のちのウォード＝ベルモント・スクール）に戻り、続いて 1909 年初頭にサラはノースカロライナの母のもとに戻りました。こうして O. ヘンリーは再びホテル暮らしを始めることになります。しかし体力は尽き果てつつありました。ついに 1910 年 6 月 5 日、肝硬変により O. ヘンリー、ウィリアム・シドニー・ポーターは 48 年間の生涯を閉じたのでした。

　現在テキサス州オースティンには、1893 年から 1895 年まで住んだ家が、アメリカ合衆国国家歴史登録財「O. ヘンリー博物館（O. Henry Museum）」として公開されています。また、没後 8 年後の 1918 年、アメリカ短編小説の一つの典型を築いたその功績をたたえて、O. ヘンリー賞が設けられ、今でも英語で書かれた短編小説に与えられる最も重要な賞となっています。

第 1 章

「最後の一葉」を英語で読んでみよう

　まずは、O.ヘンリーの作品に英語で向き合ってみることからはじめましょう。この本の読者の皆さん方は、絵本や日本語の訳でO.ヘンリーの作品に親しんできたかもしれませんね。しかし、いざ英語で読んでみようとすると、O.ヘンリーの英語はなかなか難解で、最初はちょっととまどうことでしょう。意味もいかようにでも取れるところもあれば、辞書の中に出てこない言葉もちらほら。でもだいじょうぶ。そんな難しさの中に「深読み」のポイントが潜んでいます。ゆっくり一緒に楽しんでいきましょう。

　この第1章では、ただ訳して、英語の文法事項をおさらいするだけでなく、O.ヘンリーの作品の読み解きのポイントも解説していきます。英語で作品を味わうコツを少しずつ身につけていってください。

　なお原作の英語は *The Complete Works of O. Henry.* 2 vols. (New York: Doubleday & Company) のVolume Ⅱ（pp. 1455-1459）によっています。

❖「最後の一葉」を英語で読む前に──4つのルール

どんな作家でも独特の癖があるもの。O.ヘンリーに関しては、次の4つのルールを頭に入れておくと、作品の世界が一段と味わい深くなりますよ。

【ルールその1】英語の文章は頭から声に出して読んでいこう。文法も大切だけれど、関係代名詞がここでこのようにかかっていて……that節がここからはじまって……といつもの癖で文章の構造を解剖しながら読んでいくと、O.ヘンリーのリズムに乗り遅れてしまう。まずは文の頭から言葉が入ってくるのに任せよう。最初は大変かもしれませんが、O.ヘンリーの文章はさながら歌のよう。声に出して頭から読んでいくと、自然と言葉が踊りだします。そんなリズムを楽しんでみましょう。

【ルールその2】文章を映像化していこう。O.ヘンリーの文章はまるで絵筆のよう(この物語がアーティストの物語ということもあるけれど)。生き生きとした情景を頭の中のカンヴァスに描きながら読んでいくと、物語の世界がどんどん広がっていきます。

【ルールその3】O.ヘンリー特有の「はぐらかし」に気持ちよくだまされよう。O.ヘンリーの意地悪いところは一つの映像が頭の中に思い浮かんだと思ったら、それを見事に打ち崩して進んでいくところ。最初は茶化されたみたいで腹が立ったり、なんで??とクエスチョンマークがいくつも並ぶかもしれない。でも、慣れてくると、「あ、またやられちゃった」と心地よい敗北感を感じること間違いなし。「今度は引っかからないよ」と思ってもまた引っかかってしまう。これもまたO.ヘンリーを読むことの楽しみです。

【ルールその4】そして何度でも前に戻って読み返してみよう。今まで誰も見つけてこなかった宝物や謎がたくさん見つかるはず。そんな深読みや謎解きもまた物語を読む醍醐味です。

さてさて、ではぼちぼち物語の舞台に飛び込んでいきましょうか。場所は19世紀の終わりから20世紀初頭にかけてのニューヨーク……

Section 1

The Last Leaf

　In a little district west of Washington Square the streets have run crazy and broken themselves into small strips called "places." These "places" make strange angles and curves.

> **have run crazy: run crazy**　「(道などが) 予想もつかない方向に進む」
> **broken themselves into~: break themselves into~**　「分かれて～になる」
> **small strips called "places"**　「(いくつもの)『プレイス』と呼ばれる小道」ここで過去分詞のcalledは「～と呼ばれる」という形容詞となっています。このような過去分詞の使い方については**文法コラム12**を参照のこと。

訳　ワシントン・スクエアの西側の小さな一画では、街路は突拍子もない方向に曲がりくねり、やがて分かれていくつもの「プレイス (Place)」と呼ばれる小道となっていく。これらの「プレイス」は奇妙な角度や湾曲をなしている。

Point

　最初から人ではなく"the streets"と道が主語になっているところがミソ。まるで道が生きているような錯覚を引き起こしますね。読み手は突然町の中に放り込まれるのです。the streets have run crazy～と現在完了形になっているところにも注目してみましょう。どうやらきちんとした都市計画があったわけではなく、知らぬ間に町が育っていったかのような感じです。(実はグリニッチ・ヴィレッジはそののちにニューヨークの町が道路網とグリッドに整理される以前の様子をそのまま残しているのです。) そしてどの町もそうであるように、この場所は変化しているのですね。通りも町も生きている！ O.ヘンリー特有の文体がはじめから全開です。

さて、ここでちょっとニューヨークという町のつくりについて説明しておきましょう。

　皆さんもご存じのようにマンハッタン島はStreet（通り、日本語ではよく「丁目」と訳されます）とAvenue（街）が規則正しく交差しています。しかし、O.ヘンリーの言うようにグリニッチ・ヴィレッジではこの規則が守られていないのです。今でもそれは同じ。まっすぐに歩いているつもりで曲がってしまっていたり、元来た道に出てしまったりと、少しニューヨークに慣れた人でも、グリニッチ・ヴィレッジではきっと戸惑うことでしょう。（このグリニッチ・ヴィレッジの歴史についてはコラムを用意しましたので[**歴史コラム1**]、そちらをご覧ください。）O.ヘンリーはとにかく歩くことが好きでした。次のSectionに出てくる集金人のように迷い込んでまた元に戻ってきてしまうというお話も、O.ヘンリー自身の経験だったのかもしれません。もちろんそういった町や道の様子をO.ヘンリーはこよなく愛したに違いありません。

グリニッチ・ヴィレッジにはPlaceという名のついた通りがたくさんある

Section 2

One street crosses itself a time or two. An artist once discovered a valuable possibility in this street. Suppose a collector with a bill for paints, paper and canvas should, in traversing this route, suddenly meet himself coming back, without a cent having been paid on account!

> **Suppose~**「~としたらどうだろう」
> **in traversing this route**「このルートをあちこち動き回るうちに」
> **without a cent having been paid**「1セントも払ってもらえないままで」（このwithoutの使い方については**文法コラム1**を参照のこと。）

訳 道は一度や二度は曲がりくねってもとの道に戻ってきてしまうのだ。とある芸術家がその昔、この街路に有望な可能性を見出した。絵の具や画紙、画布の請求書を携えた集金人がこのルートを徘徊した揚句に気がつくとまた元の道に戻ってきてしまっているとしたらどうだろう。結局つけた分を1セントたりとも回収できないままでね！

Point

　An artist once discovered a valuable possibility in this street. この文の主語はArtistsではなくAn artist です。つまり複数の芸術家が目をつけたのではないということですね。この書き方も非常に効果的です。「ある芸術家が」で始まるこの文章、しかも見つけたものが a valuable possibilityと少々硬い表現になっています。読者は「さる著名な芸術家がこの町を題材にした素晴らしい芸術を生み出したのではないか」と思ってしまうでしょう。次の文章とのギャップを生みだす効果的な文章です。また meet himself coming backは、直訳すると「戻ってきてしまっている自分自身と出会う」ということです。「気がつくとその気もないのに戻ってきてしまっている」という感じが出ています。この形容詞的なcoming backの使い方については**文法コラム**

11を参考にしてください。O.ヘンリーの作品の中には「気がつくとまた元の道に戻ってきてしまっている」お話がいくつか出てきます。**歴史コラム1**で紹介していますのでそちらをご覧くださいね。

Section 3

So, to quaint old Greenwich Village the art people soon came prowling, hunting for north windows and eighteenth-century gables and Dutch attics and low rents. Then they imported some pewter mugs and a chafing dish or two from Sixth Avenue, and became a "colony."

> **came prowling, hunting: come prowling, hunting** 「ぶらぶらとやってきて~を探し出す」prowlingはcameの様子。huntingは文法的にはいくつかの解釈が可能です。のちに解説する分詞構文[**文法コラム3**]と考えるとand they huntedとなりますしto huntの意味ともとることができます。ここでは~ingを重ねることでリズム感を出していますね。
> **low rents** 「安い家賃」そこから「安く借りられる住まい」のこと。
> **chafing dish** 「熱した炭などで下から温める料理用器具」電源やガスが通っていないところでもこれなら料理ができたわけです。chafeは「温める」という意味。ここではchafingで「温めるための」という形容詞となっています。**文法コラム11**をご覧ください。

訳 というわけで、古風で趣のあるグリニッチ・ヴィレッジに芸術を志す人々がやがてふらふらとやってきて、きょろきょろと探し始めた。北向きの窓や18世紀の建物の切り妻屋根やらオランダ風の建物の屋根裏、そして安い家賃のアパートを。それから彼らは、6番街からしろめのジョッキ数個と料理用コンロ1~2個を仕入れて、「植民地」を作り上げた。

> **Point**

　came prowling, huntingはいかにもこそこそと動物みたいに探し回っている感じが出ています。ここで注目したいのはthe art peopleという言葉です。artistsではありません。芸術関係者ということでしょうが、あと少しで登場する主人公の二人が代表するように、「芸術家を夢見る人々」をも含んでいるのです。彼ら・彼女らが探しに来るものを見てみるとこれもまた面白いですね。古風で趣がある街にぴったりの18世紀の建物の切り妻屋根やオランダ風の建物といった表現にも注目しましょう。この界隈に移民たちが住みだした当時のままの古い建物のしかも、階段を上りきった屋根裏の部屋は、北向きの部屋同様、家賃が安そうな場所であることがわかります。グリニッチ・ヴィレッジの町と移民に関しては**歴史コラム1**と**歴史コラム3**をご覧ください。

　最後の文章に出てくる6番街はその昔小売商が集まる活気に満ちた地区でした。4〜5行目の"became a 'colony'"という表現に注目してください。この文は直訳すると、グリニッチ・ヴィレッジに移り住んだ人々が「植民地」となった、ということです。おそらく一致団結して住み込んで「植民地」を作り上げたわけではなく、皆がばらばらの時期にばらばらの意思のもとに集まってきたのにもかかわらず気がついてみたら一つの似た者同士の集団を作り上げていた、ということなのでしょう。ここもこの物語の始まり同様、町が人の意志にお構いなしに成長している、という感覚を与えますね。

歴史コラム1

「最後の一葉」の舞台 ——グリニッチ・ヴィレッジの歴史

　ニューヨークの中でもグリニッチ・ヴィレッジと聞くとどこか独特の雰囲気を持った街を想像しませんか。本作の舞台となるグリニッチ・ヴィレッジはマンハッタンのほぼ中部に位置し、東はブロードウェイ、西はハドソン川、北は14番通り、南はヒューストン通りまでの地域です。

　Greenwich Villageは昔、「緑の村」というその名の通り緑豊かな湿地帯で、ネイティブ・アメリカンの居住地でした。17世紀初頭にアメリカに入植したオランダ人によって開拓され村となり、イギリス植民地時代には富裕層のリゾート地となりました。その後、18世紀末から19世紀初頭にかけニューヨークで最も貧しい人々の住むロウアー・イーストサイド、さらにマンハッタン島の南部から何度も伝染病の流行が起こり、空気の綺麗な隔離されたこの地域への居住者が増えたことから都市化が始まりました。19世紀半ばまでは中流階級やさらに豊かな人々の居住地区でしたが、大規模工場の進出などにより富裕層が5番街やセントラルパーク周辺に流出し、結果として地価の下落を招くことになります。19世紀後半にヨーロッパから新移民としてユダヤ系やイタリア系の移民がアメリカに押し寄せ、外国生まれの一世の移民が住む率が低く、アメリカ区と呼ばれたこの地域にも大きな変化が訪れました。1831年のニューヨーク大学の創設により、文化の発信地という性格を強めてきたグリニッチ・ヴィレッジですが、さらに新移民の流入によって新たな文化を育むことになります（詳しくは**歴史コラム3**をご覧ください）。

　冒頭に登場する街路の描写にもあるように、1811年のグリッド化計画によって碁盤の目に整備されたニューヨークの中で、元から存在するジグザグの街路がそのまま残され迷路のようになっているところがグリニッチ・ヴィレッジの特徴です。20世紀初頭の高層ビル建築のラッシュのなか開発を逃れ、昔ながらのオランダ風のレンガ造りの建物も残りました。元は湿地帯という土地柄、地盤が緩く高層建築を建てられなかったからです。またマフィアの抗争のために開発が避けられたとも言わ

れています。このような古風な趣と家賃の安さに引かれて、画家や作家、芸術家志望の人々、反体制派、他の地区からの移住者が次々と集まってきました。ボヘミアンと呼ばれる人たちです。グリニッチ・ヴィレッジは人口の流出と流入を繰り返してきましたが、人々を受け入れるときは決まって避難所としての役割を果たしていました。かつては疫病から逃れる人々。そして20世紀のボヘミアンたちの。

　ちなみに開発の中で取り残された迷路のようなグリニッチ・ヴィレッジの道をO.ヘンリーは気に入っていたに違いありません。彼は作品の中のいくつかで、「気がつくと元に戻ってきてしまう」ことをテーマにしています。そのひとつ、「円を描いて（Round the Circle）」（1902年10月発表）の中で、O.ヘンリーは「直線は人の手によるものだ。自然は円を描いて進む（The straight line is Art. Nature moves in circles.）」と述べています。この言葉はのちに「最後の一葉」の前年に発表された「丸を四角くする（Squaring the Circle）」（1904年11月27日発表）という作品の中で、ヴィレッジのような道を人工的なまっすぐな道と比較するときにも繰り返されます。「自然は円を描いて進む。人間の手によるもの（Art）はまっすぐな道を進む。自然なものは丸味を帯びる。人工的なものは角度のあるものでできている」と述べています。こういった自然は「大都会の中ではあっという間になくなってしまう」。

　さて、スーとジョンシーの住む建物のモデルはこの迷路街に佇むグローヴ・コートという建物。1854年に建てられたロウハウス（集合住宅）で現在も実在しています。建物を取り巻く環境は、不規則に道路が交差し、曲がりくねった道や狭い小道（プレイス）のあるグリニッチ・ヴィレッジのシンボル的な区画です。グローヴ・コートには当初、労働者たちが住んでいました。O.ヘンリーはまさにこの環境に触発されて、物語を紡ぎ出したといえるでしょう。というのも、スラム街であるロウアー・イーストサイドのマルベリー通りにも「ベンド」と呼ばれる曲がりくねった道を持つ一画があったのです。貧しい人たちは、家賃が安いだけでなく訪ねてくる人が迷うような場所に、ひっそりと居を構えることがあったのかもしれません。歩くことが好きなO.ヘンリーだか

らこそ、そんな共通点も見出していたことでしょう。その後グリニッチ・ヴィレッジの住民が絶えず入れ替わっていくようにこの建物は今では瀟洒なたたずまいとなっています。住民たちによって、中庭に花壇やアイビー（ツタ）が植えられていて、「最後の一葉」の舞台となったこの場所を今でも瑞々しい形で残してくれています。

　またちょうどこの頃、ニューヨークの女性アーティストの中で、ワンフロアーを2〜3人でシェアをしてアトリエを持つ動きが出てきました。グリニッチ・ヴィレッジのこのような建物のワンフロアーの家賃は月20ドルで、古の大きく豪華な家具を備え、充分なスペースがあり、暖房や給湯には不便があるものの快適な空間だったようです（「仕事を持つ女性たちのニューヨークでの暮らしぶり（How Professional Women Live in New York）」『ニューヨーク・タイムズ』、1907年1月20日）。女性が住むということにこだわりを見せ始め、少しでも安い家賃と付加価値を探す時代の到来です。スーとジョンシーもいつかこのような住まいを手に入れることを夢見ながら、等身大のアトリエを持つことで自立の一歩を踏み出したといえるでしょう。最上階に部屋を借りたのは、彩光を取り入れやすいという利点もあったのでしょう。

　ニューヨークの移民は、同じ地区に同じエスニシティの移民たち同士で集まりコミュニティを作っていました。グリニッチ・ヴィレッジでは同じような趣味・嗜好を持つ人々が、ふらりとやって来てカフェやレストランを根城に自由なコミュニティを作りました。O.ヘンリーもヴィレッジ界隈に住み、このようなコミュニティに出入りして人々を観察しながら本作の構想を練っていきました。本作の発表は1905年。近代都市として、また世界の中心地として胎動を始めたニューヨーク裏側の迷路のような街を背景に、そこに生活する人々をO.ヘンリーは描いたのです。実際にグリニッチ・ヴィレッジがボヘミアンの故郷として成熟期を迎えるのはその後の1910年代以降。さらにのちの時代にはゲイやレズビアンを中心とするカウンターカルチャーの中心地としてパワーを放ち続けていきます。多くの芸術家や作家は独特のアンテナを働かせ時代を先取りしながら作品を作り上げていきますが、この街の魅力は既にO.ヘンリーの時代に彼ら・彼女らの心を捉えていたのでしょう。

Section 4

　At the top of a squatty, three-story brick Sue and Johnsy had their studio. "Johnsy" was familiar for Joanna. One was from Maine; the other from California.

> **squatty**「ずんぐりした」
> **three-story** 「3階建ての」このように「数字-(ハイフン)単数名詞」で形容詞を作ります。たとえばtwo-page advertisementだったら「2ページの広告」という意味になります。このstoryは「物語」ではなく「階」のこと。
> **was familiar for** 「～の愛称だった」
> **was from** 「～の出身だった」

訳　ずんぐりしたレンガ造りの3階建ての最上階にスーとジョンシーは共同のスタジオをもっていた。「ジョンシー」はジョアンナの愛称だった。一人はメイン州、もう一人はカリフォルニア州の出身である。

Point

　ようやくこの物語の主人公二人の登場です。Joanna（ジョアンナ）の男子名はJohnです。でもJoannaの愛称としてはJoansyでもよかったはず。ここではJohnsyと男性の名前のような愛称を使っています。この謎についてはまたのちほど、この本の中で考えてみましょう。ちなみにSueはSusan、あるいはSusannaの愛称です。二人のうちのスーは東海岸出身。そしてジョンシーは西海岸出身です。全く異なる環境に生まれ育った二人が大都会のニューヨークで出会ったのですね。

Section 5

They had met at the *table d'hôte* of an Eighth Street "Delmonico's," and found their tastes in art, chicory salad and bishop sleeves so congenial that the joint studio resulted.

> **Delmonico's**＝Delmonico's Restaurantの略。このように「デルモニコの〜〜」の「〜〜」の部分を省略することが、お店の名前の場合にはよく見られます。
> **congenial**　「気が合った」「趣味の合った」
> **the joint studio resulted**　直訳すると「結果として共同のスタジオとあいなった」。自動詞のresultを使っています。

訳　ふたりは8番通りの「デルモニコ」で定食を食べている席で出会った。芸術の趣味も、チコリサラダが好きだということでも、ビショップ・スリーブの洋服が好きだということでも非常に気が合った二人は、共同でスタジオをもつことになった。

Point

　so congenial that the joint studio resultedの文章は、so〜 that…（あまりに〜なので結果として…となった）の構文です。「とても気が合ったので、その結果としてスタジオを一緒にもつこととなった」、という意味です。この長い文章もよく見ると面白い。O.ヘンリーは the *table d'hôte* という言葉をほかの作品でも「定食屋」の意味でよく使いますが、*table d'hôte* はもともと「定食」のこと。つまり、They had met at the *table d'hôte* という英語を直訳すると、二人は「定食」で出会ったと、いうことになります。これは at the table（テーブルで）と*table d'hôte*（定食）をかけた言葉遊びになっているともとれます。たまたま同じテーブルに座ったのみならず、定食の中の同じメニューがお気に入りだった、という奇遇さもその内に秘めているのでしょう。安価でおいしく食べられる定食屋さんの中でもあまり皆が頼まないメニューを二人が頼んでいたのかもしれません。もしかしたらその中にはチコリサラ

ダも入っていたのかもしれません。また、芸術の趣味のみならず、食べ物もファッションも趣味が一緒だったということですが、その時着ていたものも似ていたのでしょうか。芸術、食べ物、ファッションの三つのうち特に最後の二つはtheir tastes in art, food, and fashionとせずに、「チコリサラダ」と「ビショップ・スリーブ」と非常に具体的なものを挙げているところは、いきいきと二人の性格を浮かび上がらせます。同時に当時の流行にO.ヘンリーが精通していたこともうかがわせてくれます。衣・食ときて、最後に住に落とし込んでいった先が共同のスタジオだったということですね。1行目のレストラン、「デルモニコ」は今でもニューヨークにある高級レストランの名前です。あれ？ そんなところに駆け出しのアーティストたちが行けたのでしょうか？ しかも高級レストランで「定食」は食べられたのでしょうか？ この謎については、第2章でゆっくりと見ていきます。そうそう、当時のファッションや暮らしぶりについてものちほどしっかり見ていきますよ。女性たちの暮らしぶりをO.ヘンリーにもっと詳しく教えてもらいましょう。

Section 6

That was in May. In November a cold, unseen stranger, whom the doctors called Pneumonia, stalked about the colony, touching one here and there with his icy fingers. Over on the east side this ravager strode boldly, smiting his victims by scores, but his feet trod slowly through the maze of the narrow and moss-grown "places."

> **smiting his victims**「犠牲者をなぎたおしながら」
> **by scores**「何十人と」（scoreはおよそ20のこと）

訳　二人が出会ったのは5月のことだった。11月になると医者たちが「肺炎氏」とよぶ冷酷な目には見えないよそ者が、ここ、あそことその氷のように冷たい指で人々に触れながら、植民地を人知れず歩きまわっていた。向こうの東側ではこの暴君は堂々と闊歩し、何十人という人々をな

ぎたおしていたが、彼の足取りはこの狭く苔むした「プレイス」の迷路ではゆっくりだった。

Point

　季節も急に切り替わります。主人公である二人の出会いから、物語の中での現在へと時間は飛びます。二人が出会ったのは5月。季節も人生も春だったのですね。しかし急に明るい景色から物語は暗い景色に様変わりします。今は冬が近づく11月。

　この節の中には歩行に関する言葉がたくさん出てきます。stalk aboutは「そっと歩き回る」。病気が人知れず蔓延していく様子をよく表しています。strodeはstrideの過去形。大股で歩くことです。そして最後に出てくるtrodはtreadの過去形。こちらも「歩く」の意味です。この歩行の表現を追っていくとstrode boldly, trod slowlyと「動詞＋-lyの副詞」の組み合わせのみならず、strode boldly, trod slowly と音とリズムが重なってきます。詩的な表現ですね。またこの一節はstalked, strode, smitingなど"s"で始まる単語を多用して「肺炎氏」の冷たさと静かな恐怖を音で描いています。この世のものではない死神の到来を表すにはもってこいです。

　ここでの東側というのは貧しい人々が住んでいた区域のこと。特に少し南下したロウアー・イーストサイドのことでしょう。人々が密集していた区域では肺炎は猛威を振るったのでしょうね。

　ここで肺炎は擬人法を使って男性のイメージで描かれています。上で挙げた詩的な表現からも、氷のような指先というその様子からもなんとなく背の高い痩せた死神の様子を思わせますね。しかし次の節を読むと……。O.ヘンリーお得意の読者の予想を裏切る書き方がここでも猛威を振るいます！

Section 7

　Mr. Pneumonia was not what you would call a chivalric old gentleman. A mite of a little woman with blood thinned by California zephyrs was hardly fair game for the red-fisted, short-breathed old duffer. But Johnsy he smote; and she lay, scarcely moving, on her painted iron bedstead, looking through the small Dutch window-panes at the blank side of the next brick house.

　A mite of a little woman　「つまらない小娘」miteは小さな人、ここにまたlittleがついているので、取るに足らない小娘、ぐらいの意味でしょうか。
　fair game　「まっとうな相手」gameとは猟の獲物のこと。
　red-fisted, short-breathed　このように体の一部や行動がどのような状態にあるのか、ということを表す形容詞では、「形容詞-（ハイフン）体の一部-ed」という形で形容詞を作ります。たとえば「青い目をした少女」だったら"a blue-eyed girl"となります。
　But Johnsy he smote;　But he smote Johnsy; のJohnsyを強めるために前に持ってきた文章となっています。「しかしジョンシーにはやつは襲いかかった。」この文のあとの「;（セミコロン）」については、**文法コラム4**をご覧になってください。
　her painted iron bedstead　このpaintedについては**文法コラム12**をご覧になってください。
　the blank side　「窓のついていない壁」

訳　肺炎氏は皆さんが思うような騎士道的な年老いた紳士ではなかった。カリフォルニアの西風に吹かれて血が薄くなってしまっているような小娘には、この赤いこぶしのぜいぜいと息を切らせているぼけ老人はほとんど見向きもしなかった。しかしジョンシーにはやつは襲いかかった。その結果彼女は骨組みにペンキを塗った硬い寝台の上でほとんど動くこともできず横たわったまま、小さなオランダ風のガラス窓から向かいの

レンガ造りの建物の、窓のついていない壁を眺めているのだった。

Point

　あれれ。残念ながら肺炎氏はred-fisted（赤いこぶしの）かつshort-breathed（ぜいぜいと息を切らせている）ぼけ老人でした。皆さんの予想と違ってSection 6で描かれている様子からは程遠い。氷のように冷たい指はどこに行ってしまったの？　東側で力を使い果たしてしまったということでしょうか。

　ところで肺炎氏も擬人化されていますが、ここでもう一つ擬人化されているのがzephyrです。神話の中での西風がZephyrです。しかしここでは、zephyrsと最初のZが小文字になっているのみならず複数形になっていることから、気候の温暖な西海岸の風のことを指すのでしょうが、もともと神話の「西風」は男神であるところから、「西海岸の男性たち」のことを指しているともとれます。となるとa mite of a little womanとは男性たちと気軽に付き合うアバンチュール好きの小娘のイメージでしょうか。

　さて、そうなると肺炎氏がジョンシーを襲った理由は以下の二つの解釈が可能です。そのような小娘にはふつう、肺炎氏は手を付けないのだが、それにもかかわらずジョンシーには手をかけた、という解釈と、ふつうはそういった尻軽女には肺炎氏は手を出さないものだが、ジョンシーは男性たちと気軽に付き合う女ではなかった。だからこそ、肺炎氏がかえって目を付けた、という解釈です。皆さんはどちらだと思われますか？　O.ヘンリーはその双方が可能なように書いています。ここではあえて後者の解釈をとります。その理由はまたのちほどこの本の第2章第2節「女性が文化を創る!?」でお話ししましょうね。

Section 8

　One morning the busy doctor invited Sue into the hallway with a shaggy, gray eyebrow.
　"She has one chance in—let us say, ten," he said, as he shook down the mercury in his clinical thermometer. "And that chance is for her to want to live. This way people have of lining-up on the side of the undertaker makes the entire pharmacopeia look silly. Your little lady has made up her mind that she's not going to get well. Has she anything on her mind?"

---

　with a shaggy, gray eyebrow　このwithは「～を使って」の意味です。**文法コラム1**では付帯状況のwithを勉強しましたが、こちらはわかりやすいかな。「もじゃもじゃの灰色の眉毛の片方を使って」が直訳。両方の眉毛だったらwith shaggy, gray eyebrowsとなるでしょう。一方の眉毛ということで、この部分はinvitedにかかっているとわかります。「眉毛を使って廊下に出るように合図した」ということです。一方の眉毛をピクリと上に動かしたのでしょう。ジョンシーの死期が近づいていることを教えるため、彼女の耳に入らないように、言葉ではなく、表情の変化を使ってスーを廊下に連れ出したのでしょうね。
　And that chance is for her to want to live.　ここではwant to liveの主語は、for herのher、つまりsheとなります。このような不定詞の意味上の主語に関しては**文法コラム2**をご覧ください。
　This way people have of lining-up on the side ～ look silly. 直訳すると「人々が道の葬儀屋のほうにずらりと並ぶその様子はもろもろの薬物そのものを愚かなものに見せてしまう」ということ。当時、肺炎で非常に多くの人々が亡くなった状況を踏まえています。This way (people have) of lining-up on the sideと、people haveをカッコに入れて考えるとわかりやすくなります。この**makes the entire pharmacopeia look silly**の動詞、makeについては**文法コラム7**を見てください。「目的語（この場合は、the entire pharmacopeia）を～させ

る」という意味になります。あともう一つ、ここで覚えてほしい表現は**look silly**「愚かなものに見える」という表現です。look + 形容詞で「主語が形容詞に見える」という意味になります。be動詞みたいな使い方をする動詞ですね。ほかにも五感に関する動詞、sound, smell, taste, feel, appearなどがこのような使い方をします。

Has she anything on her mind? Does she have anything on her mind?と同じです。「何か気になっているものはないのか?」あたかも助動詞のようなhasの使い方は古めかしい英語の使い方で主にイギリスで使われました。最近はもっぱらDoes she have〜?の使い方が一般的ですが、今でもときどき使われるのを耳にすることがあります。O.ヘンリーはhave, hasを好んでこの使い方で登場させています。(Section 19) もご覧になってください。

訳

　ある朝、診察に忙しい医者がもじゃもじゃの灰色の眉を片方ピクリと動かしてスーのことを廊下に連れ出した。
　「彼女が助かる見込みは、そうだなあ、10に1つといったところかな。」医者は体温計を振って、水銀を下げながら言った。「しかもその見込みは本人の生きようという気持ち次第だね。こんな風に皆がそろって葬儀屋の前に列を作るようでは、薬などというものは役に立たないと言われているようなものだ。御友人の小柄なお方は、自分はよくはならないだろうと決め込んでいる。何か彼女が気にかけていることはないかね?」

Point

　この医者の話し方は偉そうですね! 同時にこの医者の言い方は非常にまわりくどい。偉そうなお医者さまの様子が目の前に浮かんでくるようです。pharmacopeiaとは、「薬物類」という意味意外に「薬局方」、つまり薬の作り方や使い方を載せた政府刊行物のことを指します。薬剤師だったO.ヘンリーの姿が垣間見えるようです。

Section 9

　"She—she wanted to paint the Bay of Naples some day," said Sue. "Paint?—bosh! Has she anything on her mind worth thinking about twice—a man, for instance?"

　"A man?" said Sue, with a jew's-harp twang in her voice. "Is a man worth—but, no, doctor; there is nothing of the kind."

> 　**worth thinking about twice**　直訳すると「二度考えるだけの価値がある」。ここから「真剣に考えるだけの価値がある」という風にとらえてみました。
> 　**a jew's-harp**　口でくわえて指で金属や竹、木でできた弦をはじく口琴のこと。
> 　**twang**　「ブンという音」

訳
　「彼女は……彼女はいつかナポリ湾の絵を描きたいと言ってました」とスーが答えた。
　「絵だって？　ばかばかしい。真剣に考えてもよいようなことが、何かないかということだよ。たとえば男のこととか。」
　「男？」彼女は口琴をはじくような鼻にかかった声で言った。「男ってそんなに大切？　いや、まあ……その種のものはまずありません。」

Point
　この箇所でスーは何度か言葉を濁しています。1行目ではジョンシーの最期が近づいているということでかなり動揺しているのでしょう。そして続いての"Is a man worth—"の部分はスーの男性観が如実に表れています。しかしお医者様も男性、ということで思わず言いかけた言葉を飲み込んだということでしょうか。ダッシュ（—）のあとでもbut, no, doctorと言ってからセミコロン（；）を使っていますので少し間を置いて次の文章"there is nothing of the kind."を言っていることがわかります。（セミコロンを含めた英語の句読点については、**文法コラム4**をご覧になってください。）そして"Paint?（絵だっ

て?)"とお医者さんに言われたスーが"A man?（男だって?）"と言い返しているところ、スーが偉そうな口をきくお医者さんの言い方を真似て言い返している声の調子までが伝わってきます。

　ナポリ湾はヨーロッパの風景画の中で最も有名なテーマの一つでした。このことに関してはまたのちほど第3章の第3節で見ていくことにしましょう。

　a jew's-harpというのは面白い表現ですね。口琴の英語の由来はもともとユダヤ人がヨーロッパにもたらしたという説と、jaws harp（顎の琴）がなまったものなど、さまざまな説がありますが、もしかしたらスーは東海岸出身のユダヤ人、ということをO.ヘンリーは匂わせたかったのかもしれません。いずれにせよtwangという音が効いています。男のこととなると急に馬鹿にしたような言い方で「男お?」と一蹴しているんですね。そして「男って、そんなに価値があるものかしら」と何かもっと言い出しそうになって、自分を押しとどめているのでしょう。スーの様子が目に浮かぶような描写です。

Section 10

"Well, it is the weakness, then," said the doctor. "I will do all that science, so far as it may filter through my efforts, can accomplish. But whenever my patient begins to count the carriages in her funeral procession I subtract 50 per cent from the curative power of medicines. If you will get her to ask one question about the new winter styles in cloak sleeves I will promise you a one-in- five chance for her, instead of one in ten."

that science ここでは「医学」のこと。
so far as it may filter through my efforts 直訳すると「医学という科学が私のできる限りの努力を通していきつく限りは」。so far as〜で「〜が及ぶ限りでは」の意味です。ここは意訳して、「私が努力して、医学の効果が期待できる限りは」としてみました。
get her to ask one question about〜「〜について一つでも彼女

に質問をさせる」 get ＋目的語＋to不定詞で「目的語に（to不定詞）させる」という使役動詞となります。以前にも出てきたmakeの使役動詞としての使い方と合わせて**文法コラム7**でまとめていますので、そちらを参照してください。

one-in-fiveとone in ten one-in-fiveはそのあとにchanceという名詞が来ていることから形容詞として使われています。「5に1つの（見込み）」という意味ですね。ハイフンでつないで形容詞としているのです。

訳　「なるほど、それが困りものなんだな。ともかく」と医者は言った。「努力して効果が期待できる限りは、医学ができるだけのことは全部やってみるつもりだよ。でも患者が自分の葬式の馬車の数を数え始めたら、そのときは薬の力の半分を差し引かなくてはならないね。もしもこの冬の上着の袖の流行について彼女に一つでも『どうなのかしら』と尋ねさせることができれば、助かる見込みを10に1つから、5に1つにすると約束できるんだがね。」

Point

医者の言葉、「葬式の馬車の数を数え始める」、という部分はのちにジョンシーが向かいの建物の壁の上に残るツタの葉を数えだすことにつながっていくと思われます。こちらは増えていく馬車の数を数えていくのに対して、ツタの葉を数える方はカウントダウンなのですね。

Section 11

　After the doctor had gone Sue went into the workroom and cried a Japanese napkin to a pulp. Then she swaggered into Johnsy's room with her drawing board, whistling ragtime.

> **cried~ to a pulp** 「~が涙でどろどろになるまで泣いた」
> **drawing board** 「画板」このようなdrawingの使い方については**文法コラム11**を見てください。
> **ragtime**「ラグタイム」19世紀の終わりから第一次世界大戦までの間アメリカではやった音楽です。右手でシンコペーションのメロディライン、左手でマーチのリズムで伴奏を付けた、快活で独特の演奏スタイルを持ちます。1973年のアカデミー賞受賞映画『スティング』のテーマ曲に使われたスコット・ジョプリン作曲の「ジ・エンタティナー」はその例で、1902年の作。ちょうどO.ヘンリーがニューヨークに来たころにはやっていた音楽なのですね。"whistling ragtime"の部分は分詞構文になっています。**文法コラム3**を見てください。

訳　医者が去ったあと、スーは仕事部屋に入っていき、日本製の紙でできたナプキンが涙でどろどろになるまで泣いた。それからラグタイムを口笛で吹きながら、画板を持ってジョンシーの部屋にさっそうと入っていった。

Point

　Japanese napkinは日本製の紙ナプキンのこと。ここではからずもJapaneseという言葉が出てきて、この本を読んでいる皆さんも驚かれたかもしれません。丈夫なはずの日本製の紙がどろどろになるまで（to a pulp）泣いた、ということなのでしょうから本当に大泣きしたのでしょうね。（Japanese napkinについてはのちほど第2章第3節でご紹介します。）

　続く文章では弱気なところを見せまいとするスーの行動のギャップがまたもやO.ヘンリーらしく描かれます。心の中ではまだまだ泣きたい気持ちでいっ

ぱいなのにジョンシーの前では気丈に振る舞おう、医者から聞いた話が悪い知らせではないということを身をもって示そうと、スーはラグタイムのメロディを口笛で吹きながらさっそうと（swaggered into）ジョンシーの部屋に入っていくのです。思いやり深いスーの性格がよく表れている一節です。

Section 12

Johnsy lay, scarcely making a ripple under the bedclothes, with her face toward the window. Sue stopped whistling, thinking she was asleep.

> **scarcely making a ripple under the bedclothes** 直訳すると「掛け布団の下でほとんどさざなみひとつたてることもなく」この段落は付帯状況のwith（with her face toward the window）や分詞構文（thinking she was asleep）が出てきています。それぞれ**文法コラム1**と**3**をご覧ください。

訳 ジョンシーは顔を窓のほうに向けて、掛け布団の下でほとんど微動もせずに横になっていた。スーはジョンシーが眠っていると思って口笛をやめた。

Section 13

　She arranged her board and began a pen-and-ink drawing to illustrate a magazine story. Young artists must pave their way to Art by drawing pictures for magazine stories that young authors write to pave their way to Literature.

> **a pen-and-ink drawing** 直訳すると「ペンとインクで書いた絵」このpen-and-inkは形容詞ですのでハイフンでつながれています。(Section 4)の注コラムをご覧ください。
> **pave their way to～** : pave one's way to～「～への道をきりひらく」

訳　彼女は画板をととのえ、雑誌小説のための挿絵をペンとインクで描き始めた。若手の画家は、これもまた若手の作家が文学を目指して道をきりひらこうとして書いた雑誌小説のために挿絵を描いて、芸術に向かって道をきりひらいていかねばならないのだ。

Point

　ArtとLiteratureはどちらも大文字で始まっているので、ここではただのartとliteratureとは少し違うということですね。日本語で言うと専門家の間で批評され後世に残るような芸術、文学といったニュアンスでしょうか。またこの文章は現在形であることに注意。今でもそうだ、という含みです。特にO.ヘンリーその人も雑誌に短編小説を載せて生計を立てていたのです。この部分の描写は自分のことも含めて言っているんでしょうね。

Section 14

　As Sue was sketching a pair of elegant horseshow riding trousers and a monocle on the figure of the hero, an Idaho cowboy, she heard a low sound, several times repeated. She went quickly to the bedside.

> **horseshow riding trousers**　「馬術競技ショーの乗馬ズボン」　ちなみに英語ではズボン（trousers）は一本でも複数で使い、a pair ofで数えられます。脚を入れるところが二つあるからです。ほかにもa pair of socks（靴下一足）、a pair of glasses（めがね一本）、a pair of scissors（ハサミ一丁）などがあります。いずれも複数となります。また、ここでのridingの使い方については**文法コラム11**を参照のこと。
> **several times repeated** =which was several times repeatedと考えるとよいでしょう。

訳　主人公のアイダホ・カウボーイに重ねて彼が身につける小粋な馬術競技ショーのズボンと片めがねを描いていると、スーの耳に低い物音が聞こえてきた。それは何度か繰り返し聞こえてきた。彼女はすぐさま寝ているジョンシーのそばに行った。

Point

　あとでは挿絵のキャラクターとしてhermit miner（世捨て人の坑夫）がでてきます。このhermit（世捨て人）とminer（坑夫）も奇妙な組み合わせですが、この片めがねというインテリっぽい小道具と馬術競技ショー用のズボンという組み合わせもアイダホのカウボーイの挿絵としてふさわしいのかちょっと疑問です。さて、このヘンテコな挿絵についてはまたのちほど第2章第4節で考えてみることにしましょう。ちなみにO.ヘンリーも絵を描きました。いくつもイラストが残っているのですよ。

Section 15

　Johnsy's eyes were open wide. She was looking out the window and counting—counting backward.
　"Twelve," she said, and a little later "eleven"; and then "ten," and "nine"; and then "eight" and "seven," almost together.

> **counting backward**　「逆向きに数えている」つまりカウントダウンしているのですね。
> 　**"Twelve," she said,** 以下の文章の中には、コンマ（,）とセミコロン（;）という二つの句読点が出てきます。これらの句読点については**文法コラム4**をご覧ください。

訳　ジョンシーの眼は大きく見開かれていた。彼女は窓の外をながめ、数えていた。大きい数字から小さい数字へと逆に数えていたのである。
　「12」彼女は言った。しばらくしてから「11」。それから「10」、「9」。そして「8」「7」はほとんど同時だった。

Section 16

　Sue looked solicitously out the window. What was there to count? There was only a bare, dreary yard to be seen, and the blank side of the brick house twenty feet away. An old, old ivy vine, gnarled and decayed at the roots, climbed halfway up the brick wall. The cold breath of autumn had stricken its leaves from the vine until its skeleton branches clung, almost bare, to the crumbling bricks.

---

　solicitously「心配そうに」

　What was there to count?　直訳すると、「数えるための何があるのだろうか」。to countはwhatにかかる不定詞の形容詞的な用法です。これはスーの心の中の声なのですね。

　bare　辞書を引くと「裸の」という意味が出てきますね。ここでは庭なのに、何も植物が生えていない、ということです。

　There was only a bare, dreary yard to be seen　さて、こちらのto不定詞は上の"What was there to count?"のto countと違って、to＋be 動詞＋過去分詞、つまりtoのあとは受け身になっているのです。こちらの方は、「可能性」を表しています。つまり「見ることができるものは」という意味になるのです。

　gnarled and decayed at the roots「節くれだって根元から朽ちた」gnarlの発音は最初のgを読みません。「ナール」です。

　A until B「Aの結果Bとなってしまう」

　the crumbling bricks「ぼろぼろになったレンガ」このcrumblingについては**文法コラム11**をご覧ください。

訳　スーは心配そうに窓の外を見た。数えるようなものがなにかあるのだろうか。見えるものといえば、何も生えていないわびしい庭だけだった。それに20フィート（およそ6メートル）離れたレンガ造りの建物の窓のない壁面である。

　とても古い、節くれだって根元から朽ちたツタのつるが、レンガの壁

の半分くらいの高さまで這いのぼっていた。秋の冷たい息吹がツタのつるから葉を吹き飛ばし、今では骸骨のような枝がほとんど裸同然でぼろぼろになったレンガにしがみついているだけだ。

> **Point**

"What was there to count?"はスーの心の中の声です。このあと、読者はスーと一体となって窓の外を見ることになります。The cold breath of autumn は、(Section 7) に出てきたzephyrsのように風が生きているような感覚を伝えてくれると同時に、冷たい秋の息吹は (Section 6) と (Section 7) に登場した「肺炎氏」をも思わせます。肺炎氏がその冷たい指先で多くの人々を打ち倒したように、冷たい秋風はツタの葉をむしり取ってしまっています。しかしこのツタは決してか弱い様子ではありません。その表現に注目してみましょう。"An old, old ivy vine"と"old"を重ねているところからも非常に年老いている様子が伝わります。しかもまがまがしい感じがしませんか。それでいて、必死に生きようとしている。建物の下からレンガの壁を伝って半分まで這いのぼっている様子はまるであとで出てくるベアマンさんの化身のようにも取れます。志半ばにしてそこで朽ちかけてしまいながら、建物の下から階上の二人に向かってその愛情を一生懸命に伝えようとしているベアマンさん。その意味でもこのツタとそこに寄り添う葉には何らかの象徴を読み取ることができそうです。このことはあとの楽しみに取っておくことにして先に進みましょう。

Section 17

"What is it, dear?" asked Sue.

"Six," said Johnsy, in almost a whisper. "They're falling faster now. Three days ago there were almost a hundred. It made my head ache to count them. But now it's easy. There goes another one. There are only five left now."

in almost a whisper「ほとんど囁くように」 このようにある声やある言語で話す、という時はin~を使います。たとえば
　Please speak in English.「英語で話してください。」
みたいに。この前置詞のinは、「~を使って」という意味なのです。

It made my head ache to count them. このItは形式主語といいます。本当の主語はto count themです。**文法コラム5**をご覧ください。また、このmadeは使役動詞。この作品の中にたくさん出てきますので、慣れていきましょう。**文法コラム7**をご覧ください。

ache「痛む」これは覚えておくとよい単語です。体の一部が痛むという時に使えますし、名詞として体の一部にくっつけると「~痛」という名詞として使えます。たとえば「頭痛」だったらheadache、腹痛だったら、stomachacheです。では誰かに恋焦がれたり、振られてしまったときは？　ピンポン！　そうheartacheですね。ラブ・ソングによく出てきます。

There goes another one.「また一枚散った」goesの主語はanother one（つまりanother leaf）です。目の前で行ってしまう臨場感あふれる表現が、このThere goes~です。

There are only five left now. = There are only five (leaves which are) left now. と考えるとよいですね。

訳
　「ねえ、なんなの?」スーがたずねた。
　「6。」ジョンシーはほとんどささやくように言った。「どんどん散り始めたわ。三日前には100枚くらいあった。数えていると頭が痛くなったのに。でも今は簡単。あ、また一枚散った。これで残りは5枚ね。」

Section 18

"Five what, dear? Tell your Sudie."
"Leaves. On the ivy vine. When the last one falls I must go, too. I've known that for three days. Didn't the doctor tell you?"

> **I've known that for three days.** とても英語的な表現です。「私はそのことをこの三日間知っていた」というのが直訳。つまり「三日前からそのことがわかっていた」ということになりますね。

訳
「5枚ってなにが。あなたのスーディに言ってちょうだい。」
「葉っぱよ。ツタのつるの。最後の一枚が散るとき、私も行かなければいけないの。もう三日前からそうなるのがわかっていたけど。お医者さん、そう言ってなかった?」

Point

Sudieという呼び名に注目しましょう。「スーディ」はジョンシーがスーのことを呼ぶときの愛称なんでしょう。一つ前の (Section 17) には「三日前には100枚くらいあった」という表現があります。そのころからどんどん葉っぱが散り出したのでしょう。それを見ていてジョンシーも死のことを考え始めたようです。スーが医者の言ったことをジョンシーに気づかれまいと、精一杯元気を装っているのに対し、ジョンシーは「お医者さん、私にはもう生きていく見込みはないって言わなかったの?」と追い討ちをかけているのです。私たちは思わずそんなことを言われたときのスーの悲しみに寄り添ってしまいます。

Section 19

　"Oh, I never heard of such nonsense," complained Sue, with magnificent scorn. "What have old ivy leaves to do with your getting well? And you used to love that vine so, you naughty girl. Don't be a goosey. Why, the doctor told me this morning that your chances for getting well real soon were—let's see exactly what he said—he said the chances were ten to one! Why, that's almost as good a chance as we have in New York when we ride on the street cars or walk past a new building. Try to take some broth now, and let Sudie go back to her drawing, so she can sell the editor man with it, and buy port wine for her sick child, and pork chops for her greedy self."

What have old ivy leaves to do with your getting well? ＝ What do old ivy leaves have to do with your getting well? この have も (Section 8) に出てきたちょっと古風な have の使い方です。have to do with〜 は「〜と関係がある」。your getting well については**文法コラム 6** をご覧ください。

a goosey gooseという言葉の甘えっこバージョン。ここでは「お馬鹿さん」という意味です。Don't be a gooseyは直訳すると、「お馬鹿さんにならないで」です。

let Sudie go back to her drawing 使役動詞のletが使われています。**文法コラム7**をご覧ください。

訳　「まあ、そんなばかげたことは何も聞かなかったわ。」スーは大げさな軽蔑を込めて抗議した。「ツタの枯れ葉とあなたがよくなることといったいどんな関係があるというの？　それに以前はあのツタはあなたの大のお気に入りだったじゃないの、このいけない子！　馬鹿なこと言わないで。だって今朝、先生は私におっしゃったのよ。あなたがじきによくなる見込みはね——ええっと。先生は正確にはなんと言っていたかな。先生がおっしゃったのはね。治る見込みは１に10だって！　それって私

たちがニューヨークにいて市電に乗ったり、新しいビルの近くを歩いていて事故にあっちゃうのと同じぐらいのすごい確率じゃない。さあ、ちょっとでいいからスープを飲んで、そしてスーディに挿絵の続きを描かせてちょうだい。そしたら彼女はそれを雑誌編集者さんに売ってかわいそうな病気の子にはポートワインを、欲張りな自分にはポークチョップを買えるってわけ。」

> Point

「大げさな軽蔑（with magnificent scorn）を込めて。」ここではあえてそのような演技をしているということは明らかです。「あのツタはあなたの大のお気に入りだった」という表現にも注意しましょう。(Section 16)の解説の中でも書いたとおりですが、のちに紹介されるベアマンさんの愛情をツタが象徴しているという部分とあわせて読むと意味が深まりますね。スーがお医者さんの言ったことをその場で変えようとする様子が、let's see exactly what he saidという言葉に表れています。その結果、スー版の「治る見込み」がお医者さんの言葉（one chance in ten）の逆、ten to one（1に対して10、つまり1000％）という言葉になっています。

物語の舞台となった現在のグローヴ・コート

歴史コラム2

ニューヨークと事故

　さて、(Section 19) での問題箇所は "Why, that's almost as good a chance as we have in New York when we ride on the street cars or walk past a new building." という文章です。これもO.ヘンリーらしく、いくつかの解釈が可能な表現になっています。困ったことに "we have in New York" のあとに何かが抜けているのです。つまり私たちがニューヨークにいて市電に乗ったり、新しいビルの近くを歩く際にどうなるのか、その部分が英文からはわからないのです。解釈は以下の三つが可能です。

　1. それって私たちがニューヨークにいて市電に乗ったり新しいビルの近くを歩いていて事故にあっちゃうのと同じぐらいのすごい確率じゃない。

　2. それって私たちがニューヨークにいて市電に乗ったり新しいビルの近くを歩いていて事故に行きあうことなんてないのと同じぐらい危険がないってことじゃない。

　3. それって私たちが日ごろからニューヨークにいて市電に乗ったり、歩くと新しいビルが建設されているのに出あうのと同じぐらいのすごい確率じゃない。

　すべて可能です。O.ヘンリーはおそらくわざとどんなchanceなのかを明確にしていないのです。ここは当時のニューヨークの街角にタイムスリップするしかなさそうです。

　実はO.ヘンリーがニューヨークに来た1902年はまさに建設ラッシュ。しかも鉄筋の大型高層ビルがどんどん建てられていった年でもあります。ニューヨークの摩天楼はO.ヘンリーの短編にもたびたび姿を現します。同時に人々の足としての交通網は地下鉄、電車、そして車ととどまることを知らない勢いで開発、建設されていきました。O.ヘンリーは大都会ニューヨークの変容を目の当たりにしていたのです。人々は普段から市電にも乗ったし、街を歩けば新しいビルが建築途中だったと

いうわけです。
　ならばここでは3番の訳を採用したくなるところですが、あえて1番の訳をとりたいと思います。実は当時の新聞を見ると、ニューヨークでは街中での事故は日常茶飯事。このころの新しいビルは鉄筋建ての高層ビルだったので、建築現場では事故が起こりましたし、火災事故も大きな問題でした。
　特に問題だったのは交通事故です。自動車会社が相次いで開業するのも1890年代後半から1900年代の初頭です。キャデラックは1902年、ビュイックとフォードは1903年に最初の車を世に出しています。それと同時に交通事故が問題となりました。1904年には、ニューヨーク州は交通規制法を通し、繁華街では、最高時速10マイル（16キロ）、郊外や村では15マイル（24キロ）、それ以外では20マイル（32キロ）と運転速度を定めています。1904年には警察署によって道路交通規制局（a Bureau of Street Traffic Regulation）が立ち上げられ、歩行者の安全確保のために市電や自動車の交通規制がより厳しく行われています。
　この本のほかの章でもご紹介するO.ヘンリーの短編「キャロウェイの暗号（Calloway's Code）」（1906年9月発表）では、特派員キャロウェイが、暗号を使って日露戦争の特ダネをニューヨークの新聞社に送ろうとします。その暗号の一つが「運の悪い（Unfortunate）」という言葉です。意味するところは「歩行者」。ここでO.ヘンリーはわざわざ注釈をつけています。「かつては新聞用語では『運が悪い』とくれば『犠牲者』と続くものだった。しかし自動車がこれほど往来する今日では、あとに続く言葉は『歩行者』となる。もちろん、キャロウェイの暗号では『歩兵』と読ませるわけだ。」またもう一つの短編「ニューヨークの粋人（Man About Town）」（1905年3月5日発表）では、ニューヨークのイケてるやつに会いたいと街中を探し回る新参者が、交通事故にあい、次の日の新聞にこう書かれます。「けがは命に別条なし。まさに典型的なニューヨーカーといえよう（He appeared to be a typical Man About Town）。」最後の文章は、それだけ交通事故が多かったということの裏返しでしょう。そうそう、O.ヘンリーがハワード・クラーク（Howard Clark）の名前で書いた詩「自動車のラッパの歌（Auto

Bugle Song)」(1903年3月『エインズリー・マガジン』に掲載)の中にはこんな文言が出てきます。「吹き鳴らせ、ラッパ、吹き鳴らせ／野蛮な民衆吹き飛ばせ／吹き鳴らせ、ラッパを、こだまよ、応えろ──／『死ぬぞ、死ぬぞ、死んでいく!』」

　なんとも物騒な詩ですね!

　さて、話をニューヨークの街中からグリニッチ・ヴィレッジのジョンシーたちの部屋に戻しましょう。死に直面した人に対して、よくなるのは「事故にあうのと同じくらいの高確率」と言うのはいかにも穏やかではない物言いですが、この皮肉こそがO.ヘンリー節とも言えそうです。ジョンシーもスーもO.ヘンリーじこみのジョークが好きだったと考えて、今回は1の訳を採用させていただくことにしましょう。こんな言葉のあとにくるスーのセリフの最後に出てくるポートワイン（port wine）とポークチョップ（pork chops）は頭韻を踏んでいますね。ジョンシーを励まそうと歌うように言葉をかけるスーの精いっぱいの優しさが垣間見られます。

ニューヨークのブロードウェイ

Section 20

"You needn't get any more wine," said Johnsy, keeping her eyes fixed out the window. "There goes another. No, I don't want any broth. That leaves just four. I want to see the last one fall before it gets dark. Then I'll go, too."

You needn't get any more wine. = You don't need to get any more wine. このneedは助動詞で、否定文、疑問文で使われるものです。例）"Need you go there now?" "Yes, I need to."「そこに今行く必要はあるの?」「ええ、あります。」この例文でははじめの質問では助動詞のneed, 答えでは一般動詞のneedを使っています。

keeping her eyes fixed out the window「窓の外をじっとみつめたまま」分詞構文です（**文法コラム3**を見てください）。while she was keeping her eyes fixed out the window（あるいはas she kept her eyes fixed out the window）という節に書き直せます（whileという接続詞は特定の時を表すwhenに比べて、ある一定の長さを持った期間を表すので、動作の動詞がその節の中で使われるときは、このように進行形にすることがしばしばあります。asは二つの動作がほぼ同時に行われる時に使われます。ここではどちらの接続詞も可能ですね）。またkeep+目的語+形容詞、受動態の過去分詞で「目的語を形容詞、受動態の状態にしておく」という意味です。ここでは直訳すると「目を窓の外に据えたまま」となります。

That leaves just four.「これで残るのはたったの4枚となった」このleaveは「残しておく」という意味の動詞です。Thatはこの二つ前の文章のことを指しています。「また一枚散った（There goes another）。」結果としてあと残るのは4枚となった、ということですね。

I want to see the last one fall このseeは知覚動詞の一つです。見たり聞いたり感じたりという知覚に関する動詞です。知覚動詞（ここではsee）+目的語+動詞の原形で「目的語が～するのを見る」の意味です。このような知覚動詞の構文はこの物語にたくさん出てきます。**文法**

> コラム8で詳しく説明しています。

訳 「ワインはもう買わなくていいわ。」ジョンシーは窓の外をじっとみつめたまま言った。「また一枚散った。いいえ、スープはいらないわ。これでたったの4枚になったわ。暗くなるまえに最後の一枚が散るのを見たいの。そして私も逝くわ。」

Point

ジョンシーの答えに注目。一度スーの言葉に答えたものの、すぐに窓の外へと気持ちが移っていきます。スーとツタとの間を行ったり来たりするジョンシーですが、すでに気持ちはスーではなく、散り行く葉っぱのほうに移っているのです。スーに答えながらもその視線は終始外を見つめたままです。これまでの二人の関係がジョンシーの中でどんどん薄らいできていることがわかります。

Section 21

"Johnsy, dear," said Sue, bending over her, "will you promise me to keep your eyes closed, and not look out the window until I am done working? I must hand those drawings in by to-morrow. I need the light, or I would draw the shade down."

"Couldn't you draw in the other room?" asked Johnsy, coldly.

> **bending over her** 分詞構文（**文法コラム3**）ですね。as she bent over herという節に書き直せます。
> **keep your eyes closed** (Section 20) に出てきたkeeping her eyes fixed out the windowと同じkeepの使い方です。closedが「閉じられた」という意味の過去分詞（受動態）の形容詞的用法になっていますね。
> **until I am done working** 直訳すると、「私が仕事を終えるまで」。

この文章はuntil I have done workingと同じ意味です。be動詞はこのように完了の意味で使われることがあります。be動詞を使うと、行為や運動が完了した状態にあることを表しています。たとえば
　Winter is gone. 冬は去った。(もうここにはいないという状態が強調されます。)
　ちょっと古めかしい言い方ですが、今でもラブ・ソングにはよく出てきますよ。彼女と別れた時には　She is gone.ってね。この文では「彼女は行ってしまった。もう戻らない」という状況が表されています。
　or I would draw the shade down「さもなければ、日よけを下げてしまいたいのだけれど」仮定法の文章です。現実ではそうはできないけれど、本当はそうしたい、という意味を含ませるためにここでwouldを使っているのです。またorのこのような使い方にも慣れてください。**文法コラム10**を参照してください。詳しくこのorの用法について説明しています。

訳

　「ジョンシー。ねえ。」ジョンシーの上に前かがみになってスーが言った。「目をつぶっているって約束してくれる？　そして窓の外は見ないでちょうだいな。私が絵を描き終えるまではね。明日までにこれらの挿絵を渡さなければいけないの。絵を描くためには外の明かりが必要だわ。さもなければ、日よけを降ろしてしまいたいところだけれど。」
　「別の部屋で描くことはできないの？」ジョンシーは問いかけた。冷たい口調で。

Point

　挿絵を描くために外の明かりが必要だ、というスーの言葉に注目しましょう。多分ろうそくを買うこともももったいなかったのでしょうね。ジョンシーの寝ている硬いベッドにしろ、二人の生活は決して裕福ではないようです。O.ヘンリーの文章は説明的ではないのですが、気をつけて読むことでちょっとした言葉からいろいろなことがわかる仕組みになってます。
　そして最後のジョンシーの言葉は気になりませんか？　また asked Johnsy, coldly という文章の作り方を見てください。それまでのsaid Johnsy, keeping her eyes fixed out the window (Section 20) と said Sue,

bending over her（Section 21）と並列した文の構成になっており、asked Johnsyの後にコンマを打ってcoldlyという副詞が独立しています。この「冷たく」という言葉が独立して置かれることで、よりその「冷たさ」が増します。スーとの関係性が薄らぐのみならず、ジョンシーは死と自分の間にスーが入り込んでくることすら拒んでいるかのようですね。

Section 22

"I'd rather be here by you," said Sue. "Besides, I don't want you to keep looking at those silly ivy leaves."

"Tell me as soon as you have finished," said Johnsy, closing her eyes, and lying white and still as a fallen statue, "because I want to see the last one fall. I'm tired of waiting. I'm tired of thinking. I want to turn loose my hold on everything, and go sailing down, down, just like one of those poor, tired leaves."

"Try to sleep," said Sue. "I must call Behrman up to be my model for the old hermit miner. I'll not be gone a minute. Don't try to move 'til I come back."

said Johnsy, closing her eyes, and lying white and still as a fallen statue 分詞構文です。said Johnsy and she closed her eyes and lay white and still as a fallen statueと書き直すことができます。このようにandが続くような文章では、分詞構文を使ったほうがリズム感が出ますね。layの前のandは分詞構文にしたあとも残してあります。この方がわかりやすいからです。**文法コラム3**を見てください。この過去分詞のfallenについては**文法コラム12**を参照してください。

turn loose my hold on everything 直訳すると「自分がしがみついていたものすべてから手を放す」ということです。

I'll not be gone a minute. さて、出てきました。be動詞+過去分詞の表現です。前の（Section 21）でも勉強しましたね。このbe gone

とは「行ってしまってここにいない」という状態を指しています。

訳　「あなたのそばにいたいのよ。」とスーは言った。「それにあのどうしようもないツタの葉を見続けてほしくなんかないの。」
　「描き終わったらすぐに知らせて。」ジョンシーはそう言って、目を閉じてあたかも倒れた彫像のように血の気のうせた様子でじっと身を横たえた。「だって私、最後の一枚が散るのを見たいの。もう待ちくたびれたわ。考えるのにも疲れたわ。もうすべてのしがらみから自分を解き放ちたいの。帆船がどんどん浜辺から離れていくように私も逝きたい。ちょうどあのかわいそうな疲れ切った木の葉のように。」
　「もう眠って」とスーが言った。「ベアマンさんに来てもらって世捨て人の老坑夫のモデルになってもらわなくちゃ。すぐに戻るからね。私が帰ってくるまで動いちゃだめよ。」

Point

　ジョンシーの冷たい問いかけに対してスーはあくまで「あなたのそばにいたい」と真摯に答えています。それに対してジョンシーの言葉はさらに冷たいものです。見てみましょう。"I want to turn loose my hold on everything." つまりすべてのしがらみから自分を解放してしまいたいということですが、everythingの中にはスーとの関係も含まれているのでしょう。またここで使われる「船」のイメージですが、このsailing down という言葉は、船がどんどん沖合へと出ていく「死出の旅路」とも取れます。ジョンシーの心はすでに「死」に魅入られてしまっています。そういえば、スーは以前ジョンシーがナポリ湾の絵を描きたいと言っていた、と話していましたね。ナポリ湾の情景へのあこがれがここでそのまま死出の旅路へのあこがれに代わっているとも取れます。

　このthe old hermit miner（世捨て人の老坑夫）はスーが描いているイラストのことですね。物語の中ではすでにヘンテコな格好をしたカウボーイがイラストのテーマとして出しているし、今度も世捨て人でしかも坑夫という不可思議な登場人物が出てきます。O.ヘンリーの作品とは何か関係があるのでしょうか。それとも、当時はやったほかの小説のキャラクターなのでしょうか。この謎については、第2章第4節の中でゆっくり考えてみましょう。

Section 23

　Old Behrman was a painter who lived on the ground floor beneath them. He was past sixty and had a Michael Angelo's Moses beard curling down from the head of a satyr along the body of an imp.

> **a Michael Angelo's Moses beard curling down〜**　curling down以下が現在分詞の形容詞句となってa Michael Angelo's Moses beardを説明しています。直訳すると「サテュロスのような顔のあごから巻き毛となって垂れ下がり、小悪魔のような体にまとわりつくミケランジェロのモーセのようなひげ」。**文法コラム11**を見てください。ここでは訳し下げていった方がわかりやすいですね。

訳　老ベアマンは同じ建物の一階に住んでいる画家だった。もう60を過ぎていて、ミケランジェロのモーセの彫像のようなひげが、サテュロスのような顔のあごから巻き毛となって垂れ下がり、小悪魔のような体にまとわりついていた。

Point

　ここもO.ヘンリー特有の書き方ですね。a Michael Angelo's Moses beard（ミケランジェロのモーセの彫像のようなひげ）という始まりから、読者は堂々とした体躯の老人の姿をイメージするでしょう。しかしその頭と顔は好色な半人半獣の牧神、サテュロス（サテュロスは好色のみならずお酒も大好き。おそらくベアマンさんの酒好きを示唆しているのでしょう）、そして体は

堂々としているどころかimp、つまり小柄でいじけた様子です。読者の期待を裏切り、どんどん尻つぼみになっていく描き方には、皆さん、もう慣れてきたでしょうか。ここで紹介されるベアマンさんを文章に出てくる言葉の順序で描いてみると前のページに載せたような三コマ漫画になるでしょうか。

Section 24

Behrman was a failure in art. Forty years he had wielded the brush without getting near enough to touch the hem of his Mistress's robe. He had been always about to paint a masterpiece, but had never yet begun it. For several years he had painted nothing except now and then a daub in the line of commerce or advertising. He earned a little by serving as a model to those young artists in the colony who could not pay the price of a professional. He drank gin to excess, and still talked of his coming masterpiece. For the rest he was a fierce little old man, who scoffed terribly at softness in any one, and who regarded himself as especial mastiff-in-waiting to protect the two young artists in the studio above.

---

without getting near enough to touch the hem of his Mistress's robe 直訳すると「自分の女主人の衣服の裾に触れるほどの距離に近づくこともなく」getting near enough to~ 「~できるのに十分なほど近づく」
　had been always about to~ 「常に~する気でいた」
　a daub 「下手な絵」
　in the line of~ 「~専門の」
　drank gin to excess : drink~ to excess　「~を飲みすぎる」to excess「過度に」
　mastiff-in-waiting 「じっと身構えている番犬」

> **訳** ベアマンは画家としては敗者だった。40年間絵筆を振るい続けたが、ミューズのまとった衣の裾にすら触れずじまいだった。いつでも傑作を描く意欲だけはあったが、それも口だけで実行に移されることはなかった。ここ数年は、商業用か広告用の下手な絵を時々描くぐらいが関の山だった。彼は、プロのモデルを雇うだけの余裕のない「植民地」の若い画家たちのモデルをつとめてわずかなお金を稼いでいた。ジンを浴びるように飲んでは、いまだに来るべき自分の傑作のことを話題にした。その他の点では、彼は気性の激しい小柄な年寄りで、誰であれ人の優しさというものを手ひどくあざ笑っていたものの、自分のことを、階上のスタジオにいる二人の若いアーティストを護ろうと身構えている特別な番犬と考えていた。

Point

　Behrman was a failure in art. 直訳すると「ベアマンは芸術の世界では失敗者だった」です。しかし、「彼は芸術の世界の失敗作だった」とも取れます。そのあとでhis Mistressのまとった衣の裾にすら触れるところまでも行かなかったと出てきますね。Mistressと最初のmが大文字であるように、この「女主人」とは芸術の女神、Muse（ミューズ）のことです。（第4章の第2節をご覧ください。）芸術家たちはこのミューズの恩寵によってインスピレーションを得るのですが、残念ながらベアマンさんはこの恩寵が及ぶ範囲まで行きつかなかった。つまり女神さまは彼を偉大な芸術家に作り上げることができなかった。失敗作だった、とも取れます。おそらく、この二つの意味をかけているのでしょう。

　そしてベアマンさんは二つの異なった性格の持ち主です。他人には冷徹なのですが、こと階上の二人のこととなると体を張って護るという非常に優しいところがある。つまり人の持っている優しさをあざ笑うものの、自分の中にも同じように優しい部分があるわけです。人間ってそういうものですね。自分の中にある少々気にかかる部分をこそ、他人の中に見つけて笑うという……。ベアマンさんもこの優しさゆえに今まで痛い思いをしてきたのかもしれません。

　それに関しては、次の英文に注目してみましょう。

　For the rest he was a fierce little old man, who scoffed terribly at softness in any one, <u>and</u> who regarded himself as especial mastiff-in-waiting to protect the two young artists in the studio above.

直訳すると「誰であれ人の優しさというものを手ひどくあざ笑っており、自分のことを、階上のスタジオにいる二人の若いアーティストを護ろうと身構えている特別な番犬と考えていた」となります。この二つの相反する性格がandでつながれているのです。厳しさと優しさとがbutではなくandでつながれているさまは、ミケランジェロのモーセの彫像のような立派なひげを持ちながらもいじけた体つきのベアマンさんと通じます。相反する性格がベアマンさんの中に同居しているのですね。

Section 25

Sue found Behrman smelling strongly of juniper berries in his dimly lighted den below. In one corner was a blank canvas on an easel that had been waiting there for twenty-five years to receive the first line of the masterpiece. She told him of Johnsy's fancy, and how she feared she would, indeed, light and fragile as a leaf herself, float away, when her slight hold upon the world grew weaker.

Sue found Behrman ~ing　「スーが部屋に入ってみるとベアマンは~の状態だった」このfindは見つけた、という意味ではなく、「行ってみると~わかった」のようにとらえるとしっくりきます。

juniper berries　「杜松の実」ジンの香り付けに使いました。

den　普通は野獣などの巣穴を指します。ここでは「番犬」であるベアマンさんのいる場所、ということを指すと同時に、薄暗く、整理整頓がまったくできていない部屋の様子をも表していますね。

In one corner was a blank canvas on an easel that had been waiting there for twenty-five years to receive the first line of the masterpiece.　構造が難しい文章ですね。that以下は関係代名詞に導かれる形容詞節としてa black canvas on an easelにかかってい

ます。この文章は、O.ヘンリーの物語をどう読むか、のよい例を提示してくれています。うしろの形容詞節から訳すのではなく、文章の頭からそのまま訳していくといいでしょう。訳文では文の流れを大切にするために文章を分解しながら訳してみました。

　まずこの文章は次のように切って考えてみてください。

In one corner was a blank canvas on an easel/ that had been waiting there for twenty-five years/ to receive the first line of the masterpiece.　そしてこの切り方をもとにして、単語が出てくるままに読み下していくとわかりやすいですよ。

　そしてこの文章は倒置の文章になっています。上で分解した最初の部分を見てください。

　A blank canvas on an easel was in one corner.のin one cornerが文の頭に来たために、主語のa blank canvasと動詞のwasがひっくり返った文章です。In one cornerを先に持ってくることで、ちょうどベアマンさんの部屋に入った私たちの目がそのまま何も書かれていないカンヴァスが置かれている部屋の片隅にすっと向いていく感じを表していますね。

how she feared she would, indeed, light and fragile as a leaf herself, float away　この部分はShe told himのtoldの目的語となっています。tell＋間接目的語＋直接目的語、の構文で「間接目的語（この場合はhim）に直接目的語（この場合はhow以下）を語る」という構造です。howのあとですが、she（=Sue）feared that she（=Johnsy）would〜　ということですね。さて、このlight and fragileの部分はwho wasをその前に補って考えればよいのですが、分詞構文ととらえることができます。節に書き直すと、because she was light and fragile as a leaf herselfと考えることができるでしょう。ここで**文法コラム3**を見てみましょう。この文章は**文法コラム3**で説明している法則に従えば、接続詞のbecauseと主語のsheを省略して、being light and fragile〜と書き換えられるところですね。しかし分詞構文の中のbe動詞は省略することが可能なのです。そこでlight and fragileだけが残るということになります。とりあえずちゃんと意味が取れることが大切ですね。

　grew weaker： grow weaker「弱まっていく」　grow（get）＋比

比較級で「どんどん～になっていく」。

訳 　スーが彼のほのかに明かりのともされた穴倉部屋に入ってみると、ベアマンはジンの杜松（としょう）の実のにおいをぷんぷんと撒き散らしていた。部屋の一角にはカンヴァスが画架に立てかけられていたが、そこには何も描かれてはいなかった。同じ場所に25年間立ちんぼで、傑作の最初の一筆を今か今かと待ち構えているのだった。スーはベアマンにジョンシーの思い込みのことを話した。そして自分がどんなに心配しているのかを語った。ジョンシーは、自身本当に木の葉のようにかさかさと今にもくずれおちそうで、彼女をこの世にどうにかつなぎとめている力が次第に弱まってしまうと、どこかにただよい去ってしまうのではないか、と。

Point

a blank canvas「何も描かれていないカンヴァス」。何か思い当たる節はありませんか？　そう、寝たきりのジョンシーが眺めているのは、(Section 16) に出てきたように向かいの建物の窓のない壁面（the blank side）でした。どちらも blank が使われています。部屋の中の blank canvas とは対照的に、建物の blank side はやがてベアマンさんの大傑作のカンヴァスとなっていくのです。第3章第3節を参考にしてください。

Section 26

Old Behrman, with his red eyes plainly streaming, shouted his contempt and derision for such idiotic imaginings.

"Vass!" he cried. "Is dere people in de world mit der foolishness to die because leafs dey drop off from a confounded vine? I haf not heard of such a thing. No, I will not bose as a model for your fool hermit-dunderhead. Vy do you allow dot silly pusiness to come in der brain of her? Ach, dot poor leetle Miss Yohnsy."

with his red eyes plainly streaming 付帯状況のwithが使われています。**文法コラム1**を見てください。この場合は、with ＋ his red eyes（名詞）＋plainly streaming（形容詞となる現在分詞）となってベアマンさんの状態を表現しています。

imaginings「想像した事柄」（複数扱いです。）

confounded「いまいましい」 形容詞です。もともとはconfound（当惑させる、困らせる）という動詞にedがついた過去分詞です。このような形容詞については**文法コラム12**を参考にしてください。

dunderhead「ばか者」

silly pusiness businessといいたいところが発音が変わってしまっています。ここでは「ばかげたこと」という意味。

Vy do you allow dot silly pusiness to come in der brain of her? allow A to B 「AにBをさせるがままにしておく」

訳 年老いたベアマンは、充血した両目からとめどもなく涙を流しながらこんなばかばかしい思い込みに対して軽蔑とあざけりの言葉をぶつけた。
「何だって!」彼は叫んだ。「いまいましいツタのつるから葉っぱがおっこったからって、死んじまうなんてばかげたことを考えるやつがこの世にいるってか？ そんなこと聞いたことがない。ウンにゃ。あんたのばかげたのろまの世捨て人のモデルになってポーズなんざとれないね。どうしてそんなばかげた妄想があの子の頭ん中に入ってくるがままに放っておくんだか。ああ、かわいそうな小さなミス・ヨンシー。」

Point

"with his red eyes plainly streaming" のred eyesはお酒で充血した目でしょうが、この涙は酒飲みの涙ではなくって、本当の悲しみの涙なんでしょうね。ベアマンさんの言葉ですが、皆さんもおわかりのように、ドイツ語の訛りが非常に強い英語です。withをドイツ語のmitで語るところなどからも、おそらくベアマンさんはドイツ移民だったのでしょう。彼の英語を普通の英語に書き直すと以下のようになるでしょう。leafの複数形はleavesだけれど、leafsとしてしまうあたり、英語を学ぶ私たちもほっとしますね。

What! Is（本当はAreとなるところですね）there people in the world with the foolishness to die because leafs（leavesとなるところです）they drop off from a confounded vine? I have not heard of such a thing. No, I will not pose as a model for your fool hermit-dunderhead. Why do you allow that silly business to come in the brain of her? Ach, that poor little Miss Yohnsy.

ただし、こう書いてみると、みなさんもお気づきかもしれませんが、ベアマンさんの言い回しは結構お堅いのです。発音は訛っているものの、文の構造は決してくだけてはいません。その昔、それなりの教育を受けたのではないか、と思われる節があります。そしてスーがジョンシーを呼ぶときの愛称をベアマンさんも使っています。Miss Johnsyはドイツ語訛りだと、ミス・ヨンシー（Miss Yohnsy）と発音されるのでしょうね。ところでベアマンさんの怒りがいつのまにかスーに向いていることに注目しましょう。スーも同じく苦しんでいるのですが、ジョンシーを思うベアマンさんはどうやらスーの気持ちには無頓着なようです。

Section 27

"She is very ill and weak," said Sue, "and the fever has left her mind morbid and full of strange fancies. Very well, Mr. Behrman, if you do not care to pose for me, you needn't. But I think you are a horrid old—old flibbertigibbet."

> **the fever has left her mind morbid**　　leave＋目的語＋形容詞「目的語を形容詞の状態にしたままにする」（Section 20）と（Section 21）に出てきた動詞のkeepと同じような使い方をします。ベアマンさんが先にbrain（脳）という言葉を使っているのに対して、スーが使うmindは精神的な意味を持ちます。これはジョンシーの心の問題でもある、ということを言いたいのでしょう。

you needn't（Section 20）で出てきた助動詞の need の否定形ですね。

訳　「病が重くてとても衰弱してしまっているの。」スーが言った。「高熱で、頭がおかしくなっちゃって、奇妙な空想で一杯になってしまっているんだわ。わかったわ、ベアマンさん。ポーズをとりたくなければとる必要はないわよ。でもあんたはむかつく老いぼれの……老いぼれのただのおしゃべりじじいじゃないの。」

Point

　"Very well, Mr. Behrman（わかったわ、ベアマンさん）"のところで、スーの気持ちが切り替わるところに注目しましょう。ここからのスーの口調は、(Section 9)で、お医者さんに「ジョンシーには誰か気になる男性などはいないのかね」と聞かれて、口答えするときの口調に似ています。思わず本音が出てしまっているのでしょう。

　flibbertigibbet（日本語で読み方を書くと、フリバティジビット！　おしゃべりな人がぺらぺらとしゃべるその音をそのまま言葉にしてしまったみたいです）は、おしゃべりな人のこと。いかにもO.ヘンリーが気に入りそうなこの言葉は、彼のほかの作品にも姿を見せています。この作品の中では、たぶんスーはもっと強いほかの言葉を使おうとして、一瞬ぐっと飲み込んで、この言葉にしたのでしょう。面白いことに、flibbertigibbetという言葉は『オクスフォード英語大辞典（*Oxford English Dictionary*）』のデジタル版（2015年3月アップデート）によるとウォルター・スコットの『ケニルワースの城』（1821年）が有名にした言葉のようです。『オクスフォード英語大辞典』によると、flibbertigibbetとは『ケニルワースの城』の中に出てくる登場人物に似た人のこと。つまり、「いじけた子鬼のような（impish-looking）、いたずら好きで気まぐれなわんぱく坊主。異様な見た目で、落ち着きない人（A person resembling the character so nicknamed in Scott's *Kenilworth*; an impish-looking, mischievous, and flighty urchin; a person of grotesque appearance and restless manners)」という意味もあるそうです。おやおや、これってさきほどの（Section 23）に出てきたベアマンさんの見た目とそっくりです。ちなみにスコットの壮大な歴史小説の中に出てくる「フリバティ

ジビット」は、ディッキー・スラッジ（Dickie Sludge）君です。辞書のみならずスコットの作品も愛読書だったO.ヘンリー。スコットの中の登場人物にかけているのでしょうか。またこのことはこの本の第4章第3節で考えてみましょう。

Section 28

"You are just like a woman!" yelled Behrman. "Who said I will not bose? Go on. I come mit you. For half an hour I haf peen trying to say dot I am ready to bose. Gott! dis is not any blace in which one so goot as Miss Yohnsy shall lie sick. Some day I vill baint a masterpiece, and ve shall all go away. Gott! yes."

> **I come mit (with) you.**「あんたと一緒に行くよ」 どうしてI go with you.とならないのでしょうか？ 相手の場所に行くときはこのようにcomeを使うのです。この場合はスーの住んでいる場所にモデルになりに行く、ということで、相手の居場所を中心に考えているからですね。

訳　「あんたもそんじょそこらの女と変わらんね!」とベアマンはどなった。「誰がポーズをとらないと言ったかい。さ、行こう。あんたと一緒に上へ行くよ。この30分、俺は喜んでポーズをとるよって言おう言おうと思っていたさ。まったくもってなあ！ ここはヨンシー嬢ちゃんみたいに心根の優しい人が病気になって寝込んでいるなんて場所じゃない。いつか俺は傑作を描いてやるとも、その暁にはみんなそろってここから出よう。そうとも！ 絶対にな。」

Point

"You are just like a woman!"
ベアマンさんのスーに対する言葉は直訳すると「あんたはただの女のよう

だ」ということです。どこにでもいる普通の女と一緒だ、というニュアンスです。ということは、そんじょそこらの女性にはあまりベアマンさんは共感しないらしい。その後、続くベアマンさんの言葉をまたわかりやすい英語に書き直してみるとこうなるでしょう。

Who said I will not pose? Go on. I come with you. For half an hour I have been trying to say that I am ready to pose. God! this is not any place in which one so good as Miss Yohnsy shall lie sick. Some day I will paint a masterpiece, and we shall all go away. God! yes.

　怒ったように言っているものの、スーの怒りに触れてちょっとあわてている様子がにじみ出ていますね。やっぱりベアマンさんは優しい。しかも二人がなかなか上に呼んでくれないなあ、と待ち望んでいたという様子が出ていませんか。ただ、自分から「挿絵のモデルになりましょうか」と言いに行くのも気が引ける、スーから声をかけてもらうまでは待っていようという男のプライドも感じられます。ポーズをとりに来てちょうだい、と言ってもらえないので、やきもきしていたんでしょう。30分間、いつでもモデルになれるよと声をかけに行こう行こうとしていたのに、と思わず言ってしまうところがちょっとかわいい。それにしてもベアマンさんは相当ジョンシーのことが好きみたいですね。どうやらスーのモデルをつとめるのも、ジョンシーに会いたいから、と言えなくもない。

　ベアマンさんが二度も発するGott!は「神様!」の意味ではなく、むしろ、強い感情を表す言葉になっています。

歴史コラム3

ベアマンさんから知るニューヨーク移民事情

　ベアマンさんの語る英語はドイツ語訛り。これはO.ヘンリーの作品の中での大切な情報です。また名前から彼はおそらくドイツ系のユダヤ移民であるとわかります。アメリカの歴史は移民の歴史とともにあり、その中でも20世紀初めの10年間はおよそ900万人近くの人が流入した移民の最盛期にあたります。「最後の一葉」は折しも1905年の10月15日に発表されました。この作品のみならず、O.ヘンリーの作品の中で、移民たちは重要な役割を果たしています。ベアマンさんのドイツ語訛りのように、さりげない人物設定を読み込むことでまいっそう作品の奥深さを味わうことができるでしょう。本書でも第2章以降でそんな移民たちの活躍を垣間見ることができます。ここでは当時の移民事情の歴史的な背景をかいつまんでご紹介します。

　建国以来、アメリカは移民の労働力によって国の発展を図ってきましたが、19世紀に移民の流入が増大します。特に1840年以降急増する移民の波は大きく二つに分かれます。第一波であるイギリス、アイルランド、北欧諸国、ドイツなどからの移民は旧移民と呼ばれます。そしてマンハッタン南部のエリス島に移民受入センターができる1890年ごろからの移民は第二波として新移民と呼ばれます。イタリアや東欧、南欧からの移民が代表的で、その中でも東欧系（ロシア系）の移民の多くはユダヤ人でした。彼らはイディッシュ語（ドイツ語にヘブライ語、スラブ語が混入されたユダヤ人の言語）を話し、独自の文化を生み出していきます。（ここで言うユダヤ人とはユダヤ教を信仰する民族のことを指します。彼ら、彼女らはさまざまな国からアメリカにたどり着きました。）第一波のドイツ系移民の中にもユダヤ人が多く、宗教的迫害から逃れるため祖国のないユダヤ人は、こうして新天地を目指してやってきたのです。都市の貧困層を形成する移民たちは、差別され厳しい生活を送りますが、滞在年数の経過とともに職業に熟練し、アメリカ文化になじむことによって富を蓄え、土地を所有したり富裕層になっていく移民も出てきました。

ベアマンさんの年齢は、物語の中で60歳を超えていることから推定すると、1840年代半ばの生まれでしょうか。旧移民の波に乗って若いころアメリカにやってきたのかもしれません。1840年〜1880年ごろまで、ニューヨークの東部にあるロウアー・イーストサイドはドイツ人居住地区でした。彼らが従事した職業としては、ビール醸造業、仕立屋、靴職人、家具職人、ピアノ職人などの製造業、タバコ産業などが主にあげられます。当時アイルランド系移民の多くが貧しいカトリック教徒であったために、アメリカに上手く適応できず差別されたのとは逆に、教育先進国を母国とするドイツ系移民は高い威信を示し、中には政治的影響力を振るう者も出てきました。のちにロウアー・イーストサイドのドイツ系移民も、新移民である東欧系ユダヤ人にとって代わられました。豊かになったドイツ人たちは住居をアッパー・イーストサイドへと移していったのです。1880年代にはさらに北のハーレムにもドイツ系ユダヤ人が移り住みました。そんな流れの中でベアマンさんはふらりとグリニッチ・ヴィレッジに流れついたのでしょうか。もっとも、彼のふところは豊かではありませんでしたが。

　ジェイコブ・リースの『他の半分はいかに生きているか（How the Other Half Lives）』（1890年）には、グリニッチ・ヴィレッジに隣接したロウアー・イーストサイドの人々の生活を、カメラのレンズを通してありのままに見つめた写真が載せられています。この地区はアメリカに来て間もない貧しい移民が住む場所で、その中でもマルベリー・ストリートの「ベンド（The Bend）」と呼ばれる湾曲した通り（まるで「最後の一葉」冒頭の「プレイス」を思わせるような名前ですね）とその一画は、ニューヨークのスラム街の中でも代表的な地域でした（現在は公園になっています）。リースの言葉によるとここは大きなリンゴの「腐った芯（foul core）」。貧困と不衛生の温床でした。1888年の統計資料によると、この地域の5歳以下の子供の死亡率は14％にも及びます。ロウアー・イーストサイドはこの物語の中で「肺炎氏」が猛威を振るった場所として描かれていますが、このような貧しい移民たちが暮らす一画を、O.ヘンリーも歩いてよく知っていたに違いありません。当時、東欧系ユダヤ人の居住区となっていたこの地域では、テネメントと呼ばれ

る安い集合住宅の一間に大勢の人々がひしめいて暮らしていました。テネメントは生活の場であると共に小さな作業所（仕事場）でもあり、多い場合は一部屋に10人以上の男女や子供たちが厳しい労働条件のもと、衣類の製造を完全な分業で行っていました。

　そして、1902年（O.ヘンリーがNYにやってきた年）には新たな困難が移民たちを待ち受けていました。この年エリス島の移民管理局が再編成され、10年にわたってニューヨークで商売を営んできた移民ですら、違法として追放され、新しい免許所有者に代えさせられたのです。ドイツ系ユダヤ人の中には、競争力に抜きん出て富裕層となる人々もいましたが、競争から締め出されることになりました。またアイルランド人や東欧系ユダヤ人の低賃金の労働力は、アメリカ人労働者にとって大きな脅威となってきました。このような背景も一因となっていたのでしょう。ユダヤ人をはじめとする移民たちは差別を受けながら新たな規制下に置かれていったのです。

　祖国での飢餓や貧困、迫害から逃れるためにアメリカに入植してきた移民たち。移民の労働力に依存した資本主義の時代の到来は、皮肉にも貧富の格差を増長し、新たな差別も生み出しました。そんな中で、1905年はユダヤ移民がアメリカに上陸してから250年という年にあたり、秋に大々的なお祭りがありました。「最後の一葉」が書かれた当時は、移民を取り巻く状況が大きく変容し、苦境の中でも彼らが自らの存在に誇りをもって生きることを再確認した時代だったといえるでしょう。新天地に祖国での暮らし以上の希望を見つけ、独自の文化をその大都会の中で繁栄させるエネルギーや逞しさ。O.ヘンリーの物語を彩るのも、そんな移民たちの夢と希望だったのです。

Section 29

　Johnsy was sleeping when they went upstairs. Sue pulled the shade down to the window-sill, and motioned Behrman into the other room. In there they peered out the window fearfully at the ivy vine. Then they looked at each other for a moment without speaking. A persistent, cold rain was falling, mingled with snow. Behrman, in his old blue shirt, took his seat as the hermit miner on an upturned kettle for a rock.

---

　motioned Behrman into the other room　「別の部屋に行こうとベアマンに身振りで示した」motionはここでは「身振りで示す」の意味。
　an upturned kettle　ひっくり返した大鍋。このような形容詞的な過去分詞のupturnedの使い方については**文法コラム12**を見てください。このkettleは「やかん」の意味でよく使いますが、ここでは「大鍋」です。

訳　二人が上に行くと、ジョンシーは寝ていた。スーは日よけを窓の下枠まで引き降ろし、別の部屋に行こうとベアマンに身振りで示した。その部屋で二人は、恐る恐る窓の外のツタをのぞいてみた。それから一瞬無言で視線を交わした。雪まじりの冷たい雨が途切れなく降っていた。古びた青いシャツを着たベアマンは、岩に見立てた、ひっくり返した大鍋の上に、世捨て人の坑夫に扮して腰をかけた。

Point

　ここの書き方はうまい。今まで丁丁発止と言葉でやり合っていた二人はこの段落では全く言葉を交わしません。だからこそ、二人がどんなことを思っているのか、何が起こっているのかが読者の想像力に任されるのです。まずジョンシーが寝ていることに気がついたスーが、日よけを降ろしてベアマンさんにほかの部屋に行こうと身振りで合図したところ。スーの優しさがそこはかとなく

表れています。それにしてもほかの部屋で二人が見たものは……いったい窓の外はどうなっているのでしょうか。葉っぱはどうなっているのでしょうか。O.ヘンリーはすべてを読者に任せています。
　部屋の中で視線を交わす二人の内面から外の情景にO.ヘンリーは描写を切り替えます。そこで描かれる外の天気はわびしさの限りを尽くしたものになっています。黙ってモデルをつとめるベアマンさんとその姿を描くスーはそれぞれどんなことを考えているのでしょうか。ここで書かれているのはただの事実だけ。二人の気持ちをおもんぱかるのも読者に任されているのです。とにかく物語を最後まで読んでみてもう一度ここに戻ってくることにいたしましょう。

Section 30

　When Sue awoke from an hour's sleep the next morning she found Johnsy with dull, wide-open eyes staring at the drawn green shade.
　"Pull it up; I want to see," she ordered, in a whisper.
　Wearily Sue obeyed.

---

　　she found Johnsy with dull, wide-open eyes staring at the drawn green shade　このfoundは（Section 25）に出てきたfind と同じで「(目が覚めてみると) ジョンシーが〜の状態であることがわかった」の意味。このdrawnは「降ろされた」という意味の形容詞になっています。draw「降ろす」という動詞の過去分詞形です。**文法コラム12**を見てください。
　　Pull it up; I want to see　ここでもセミコロン（;）が使われています。**文法コラム4**をご覧ください。このセミコロンは "Pull it up" という言葉と "I want to see" という言葉の間の少しの「間」を表わしています。緊張感を呼び覚ます「間」であると同時に、Pull it upと言われた時のスーの反応までもがここに込められているのでしょう。

> **訳** 翌朝、一時間ほど眠ってスーが目覚めると、ジョンシーは生気なく大きく見開いた眼で、降ろされている緑の日よけをじっとみつめていた。
> 「日よけを上げてちょうだい。見たいの。」ジョンシーは命令した。ささやくような声で。
> もうどうでもよいという様子でスーが従った。

Point

「一時間の睡眠(an hour's sleep)」。心配でほとんどスーは眠ることができなかったのでしょう。その理由は? 最後の一葉は散ってしまっているのでしょうか。それとも残っているわずかな葉っぱが散ってしまうかもしれないということが気がかりで眠れなかったのでしょうか。

スーが目覚めたときにはジョンシーはすでに目を覚ましていました。しかし自分から日よけを上げるだけの力も残っていなかったのですね。それなのに、ジョンシーの言葉には有無を言わせぬ力があります。ささやき声 (in a whisper) ではあるものの、彼女はスーに命令している (ordered) のです。ここもorderedのあとに、コンマをうって、in a whisperと加えられています。(Section 21) で見られたジョンシーの冷たい言葉と呼応します。ささやき声のほうがかえって強い命令になることがありますね。

スーの気持ちはどうなのでしょうか。wearilyという言い方に注目しましょう。「疲れて」「うんざりして」という意味ですが、スーは窓の外にある光景をすでに知っているのかもしれません。だけれどももう仕方がないというあきらめの境地なのでしょう。スーはジョンシーの命令に従う(obeyed)のです。

Section 31

But, lo! after the beating rain and fierce gusts of wind that had endured through the livelong night, there yet stood out against the brick wall one ivy leaf. It was the last on the vine. Still dark green near its stem, but with its serrated edges tinted with the yellow of dissolution and decay, it hung bravely from a branch some twenty feet above the ground.

> **lo!** =look! やや古めかしい言い方ですが、現在でもよく使われます。ちなみに「聞け！（Listen!）」は "Hark!" です。
>
> **the beating rain**「打ち付ける雨」 このbeatingは形容詞です。**文法コラム11**を参考にしてください。
>
> **livelong** あとにnightやdayを伴って「〜じゅう」の意味。ここではthrough the livelong night で「夜通し」の意味になります。
>
> **there yet stood out against the brick wall one ivy leaf** (Section 17) に出てくるThere goes another one.と同じthereの使い方です。yet one ivy leaf stood out against the brick wallということですが、このthereはone ivy leafの形式的な主語で、存在の感覚を強める役割を果たしています。**stood out against〜** 直訳すると「〜を背にして突き出していた」。Thereで文を始めることで、上にも述べたように存在を強めていますが、その上stood outとoutをつけるとしっかりと立ち上がっているという感じが加わります。さらにagainstという前置詞をそえて、壁から張りだした葉っぱの独立心を表しているようです。ということで、ここでは「がんばっていた」と訳してみました。同時にstood outと、副詞のoutと前置詞のagainstを並べて使うことで、葉っぱの様子が三次元的に描かれていることにも注意してください。この表現、あとあと大きな意味を持ってきますよ。
>
> **Still dark green near its stem, but with its serrated edges tinted with the yellow of dissolution and decay, it hung bravely from a branch some twenty feet above the ground.** 長

くてわかりにくい文章ですが、主語はit。つまりone ivy leafです。前半部分はこの一枚の葉っぱの状態を表しています。このStill dark green near its stemの部分は分詞構文ととることもできます。節に書き直すと、While it was still dark green near its stem, but ~となります。この節の動詞はbe動詞なので省略されているのです。**文法コラム3**にもう一度戻ってみてください。(Section 25) に出てきたlight and fragileの例と同じですね。**with its serrated edges tinted with the yellow of dissolution and decay** ここもwithが二度も出てきてわかりにくいのですが、最初のwithは付帯状況を作るwithです（**文法コラム1**）。with its serrated edges (a) tinted with the yellow of dissolution and decay (b) （a）が名詞「ぎざぎざになった縁」(serratedの部分が過去分詞を使った形容詞になっています[**文法コラム12**])、（b）が「枯れて腐敗していく黄色い色になって」という「ぎざぎざになった縁」の状況説明になっています。

訳　ところが、なんと！　打ちつけるような雨と荒々しい突風が夜通し続いたあとだというのに、レンガの壁の上にツタの葉が一枚がんばっていた。それがつるに残った最後の一葉だった。その葉のつけ根の近くはまだ濃い緑だが、ぎざぎざになった縁の部分は、朽ち果てかけて黄色くなって、地上約20フィート上の枝から勇敢にもぶらさがっていた。

Point

　Still dark green near its stem, からtwenty feet above the groundまでの文章は非常に長くてわかりにくいですね。Still からdecayまでは、この残ったツタの葉がどのような状態にあるのかを示しています。がんばってつるにしがみついてはいるが、どう見ても今にも枯れて落ちそうなその様子を、色といい、その形といい、目の前で見ているようにO.ヘンリーは描写しているのです。壁を背にそれでも立ち上がるようにふんばっている葉っぱの様子はいかにも三次元的です。私たちの頭の中にその姿が浮かぶようなこの最後の一葉の描写。のちのち大きな意味を持ってきますので、頭の中にしっかりと刻み込んでおきましょう。

Section 32

"It is the last one," said Johnsy. "I thought it would surely fall during the night. I heard the wind. It will fall to-day, and I shall die at the same time."

"Dear, dear!" said Sue, leaning her worn face down to the pillow, "think of me, if you won't think of yourself. What would I do?"

> **It will fall to-day, and I shall die at the same time.** ここでのandは「そうしたら」の意味です。**文法コラム10**をご覧ください。
>
> **leaning her worn face down to the pillow** 分詞構文です（**文法コラム3**）。and she leaned her worn face down to the pillow あるいはas she leaned her worn face down to the pillowと書き換えることができます。

訳
「最後の一枚だわ。」ジョンシーは言った。「ぜったい夜の間に散ってしまうと思ったのに。風の音を聞いたもの。今日は散るでしょう。そうしたら同時に私も死ぬの。」
「ねえねえ！」スーは言った。そして疲れ切った顔をジョンシーの枕元に寄せた。「せめて私のことを考えてみてね。自分のことを考えるつもりがなくっても。私はどうすればいいの。」

Point

この場面でのジョンシーの言葉の中には今まではっきりと口にしたことのない動詞が登場しています。今までは「行く（go）」で表現されていたものが今回は「死ぬ（die）」と宣言されているのです。I shall die at the same timeと。

スーの気持ちはどうなのでしょうか。スーの言葉を見てみましょう。

普通ifではじまる副詞節の中では未来形のwillやwon'tは使いませんが、この"if you won't think of yourself"のwon'tは現在の強い意志や固執を表す言葉です。「自分のことを考えるつもりがまったくなくても」という感じ。

"What would I do?"は仮定法になっています。「もしもあなたが死んでしまったら、私はどうすればいいの？（What would I do if you died?）」という意味ですね。スーの必死の思いが込められています。仮定法を使わずに淡々と事実と自分の意志を伝えるジョンシーの言葉、"It will fall to-day, and I shall die at the same time."と何と対照的なことでしょう。

Section 33

　But Johnsy did not answer. The lonesomest thing in all the world is a soul when it is making ready to go on its mysterious, far journey. The fancy seemed to possess her more strongly as one by one the ties that bound her to friendship and to earth were loosed.

> **The lonesomest thing in all the world is a soul when it is making ready to go on its mysterious, far journey.**　直訳すると「この世の中で最も一人ぼっちといえるものは、誰も知らない遥かなる旅に立つ支度をする魂である。」

訳　しかしジョンシーは返事をしなかった。誰も知らない遥かなる旅路に立つ支度をする魂ほど、この世の中で真に一人ぼっちといえるものはない。ジョンシーを友情に、そしてこの地上に結び付けてきた絆が、一つ、またひとつ緩んでいくにつれ、空想がますます強く彼女にとりついていくように思われた。

Point

　スーの訴えに今度はまったく答えないジョンシー。冷たいです。これはスーにとっては最もつらいことでしょうね。今やジョンシーは死ぬことを心待ちにしているようにすら読み取れます。一つひとつ、この世に彼女の気持ちをつなぎとめているものが解き放たれていくとき、最後に彼女をこの世に呼び戻すものがあるのかどうか……。

Section 34

　The day wore away, and even through the twilight they could see the lone ivy leaf clinging to its stem against the wall. And then, with the coming of the night the north wind was again loosed, while the rain still beat against the windows and pattered down from the low Dutch eaves.

> **they could see the lone ivy leaf clinging to its stem against the wall**　知覚動詞のseeの使い方については**文法コラム8**を参照にしてください。

訳　時が過ぎて、たそがれが訪れる間もずっと、二人は、壁を背にしてたった一枚の木の葉が、つるにしがみついている様子を見守っていた。そして、夜の到来とともに再び北風が解き放たれる一方、雨は依然として窓に打ちつけ、オランダ風の低い軒からパタパタと音をたてて落ちていた。

Point

　they could see the lone ivy leaf clinging to its stem against the wall という文章を見てみましょう。**文法コラム8**でも説明しているように、この文章からは二人が最後の一葉の健闘ぶりを見守っている様子が伝わってきます。ただし、二人の思いはバラバラです。スーはただひたすら最後の一葉が踏みとどまってくれることを祈っていることでしょう。しかしジョンシーはひたすらこれ以上の努力をすることなく、最後の一葉が散り落ちることを待ち望んでいるようです。

　北風が再び解き放たれるという表現、the north wind was again loosed はこの前の段落で、ジョンシーを友情とこの世につなぎとめている絆が一つひとつ切れていく（were loosed）という表現と呼応しています。北風の到来は旅立とうとするジョンシーの強い意志の表れとも取れそうですね。ここで解き放たれた（loosed）風も雨も人格を持つように生き生きと動き出します。風と雨のたてる音が響いてくるような描写ですね。

Section 35

　When it was light enough Johnsy, the merciless, commanded that the shade be raised.

> **merciless**　通常は形容詞ですが、ここではthe がつくことでmerciless person の意味で使われています。
> **commanded that**　「〜と命令した」「命令」に関する動詞と目的語となるthat節（ここでは that the shade be raised）については**文法コラム9**をご覧ください。

訳　夜が明けて十分明るくなると、無慈悲なジョンシーは、日よけを上げるよう命令した。

Point

　the merciless はジョンシーの「またの名」となっています。「無慈悲なジョンシー」。しかも今度は同じ命令でも服従を求めるcommand で、（Section 30）のorder よりもさらに強い言い方になっています。ここではスーとジョンシーの関係性の変化にも注目しましょう。病人であるジョンシーは決して弱い立場にあるわけではないんですね。死を覚悟しているからでしょうか。非常に強い存在になっています。

Section 36

The ivy leaf was still there.

Johnsy lay for a long time looking at it. And then she called to Sue, who was stirring her chicken broth over the gas stove.

"I've been a bad girl, Sudie," said Johnsy. "Something has made that last leaf stay there to show me how wicked I was. It is a sin to want to die. You may bring me a little broth now, and some milk with a little port in it, and—no; bring me a hand-mirror first, and then pack some pillows about me, and I will sit up and watch you cook."

An hour later she said:

"Sudie, some day I hope to paint the Bay of Naples."

Something has made that last leaf stay there to show me how wicked I was. 「何かがあの最後の一葉を散らせずにあそこに残しているのよ、私がどんなに悪い子だったのかを教えるためにね」 madeは使役動詞です。**文法コラム7**を見てください。ここでは目的語がthat last leaf、そして動詞の原形のstayがあとに続きます。**how wicked I was**「どんなに私が悪い子だったのか」この部分は名詞節となって、showの目的語となっています。show＋間接目的語+直接目的語の文型です。(Section 25) に出てきたtell+間接目的語+直接目的語の文型と同じですね。tellの場合と同じようにshowは二つの目的語をそのあとにしたがえていることになります。まず「私に」の意味のme、そして私に示す内容である、how wicked I wasです。

It is a sin to want to die. (Section 17) で紹介している形式主語のItです。**文法コラム5**を見てください。

and I will sit up and watch you cook 知覚動詞のwatchです (**文法コラム8**)。youが目的語、cookが動詞の原形です。「あなたが料理するのを見るわ」、ということになります。そしてand I will sit upのandは「そうしたら」のandです。**文法コラム10**をご覧ください。

sit up 「身を起こす」

> **訳**
>
> 　そのツタの葉は、依然として散らずにそこにいた。
> 　ジョンシーは横になったまま、長い間それを見つめていた。それからスーに呼びかけた。スーは、ガスレンジにかけたチキンスープをかきまぜていた。
> 　「私、悪い子だったわ、スーディ。」ジョンシーは言った。「何かが、あの最後の一葉を散らせずにあそこに残しているのよ。私がどんなに悪い子だったのかを教えるためにね。死にたいと思うなんて許されないことだわ。さあ、スープを少し、それにポートワインを少し入れたミルクを持ってきてちょうだい。──いいえ。まず手鏡を持ってきて。それから枕をいくつか私のまわりに重ねてちょうだい。そうしたら身体を起こして、あなたが料理するのを見るから。」
> 　一時間後に彼女は言ったのだ。
> 　「スーディ、いつかナポリ湾の絵を描きたいな。」

> **Point**

　The ivy leaf was still there. この一文が独立してぽんと置かれています。そう、葉っぱは踏みとどまっているんですね。まるでジョンシーの頑固さに同じく頑固にあらがうかのように。Johnsy lay for a long time looking at it. このジョンシーの見つめる目にも、今度は少し変化が表れてくるようです。続いてスーに話しかけるジョンシーの態度にも変化が出てきています。でもここのジョンシーのものの言い方に注意してください。You may bring me a little broth now といっています。Please bring me a little broth now「持ってきてください」というお願いの文ではないのです。「持ってきてもいいわよ。」かなり上からの目線ですね。スーとジョンシーの力関係を表しているようです。しかし、次のジョンシーの一言で、スーディの今までの努力は報われたのではないでしょうか。

　"Sudie, some day I hope to paint the Bay of Naples."
　このジョンシーの言葉は、(Section 9) でのお医者さんとスーの会話を思い出しますね。「いつかナポリ湾の絵を描きたいな。」ここでようやくジョンシーにも生きる希望がわいてきたということでしょう。この文章の前にAn hour later she said: とコロン（：）が使われて改行されていることに注目しましょう。ここで読者に一呼吸置かせることで次のジョンシーのセリフを引き立たせているのです。心憎い演出ですね。

Section 37

The doctor came in the afternoon, and Sue had an excuse to go into the hallway as he left.

"Even chances," said the doctor, taking Sue's thin, shaking hand in his. "With good nursing you'll win. And now I must see another case I have downstairs. Behrman, his name is—some kind of an artist, I believe. Pneumonia, too. He is an old, weak man, and the attack is acute. There is no hope for him; but he goes to the hospital to-day to be made more comfortable."

The next day the doctor said to Sue: "She's out of danger. You've won. Nutrition and care now—that's all."

---

had an excuse to~「口実を設けて〜した」
Even「五分五分」
taking Sue's thin, shaking hand in his his は his hand(s) のことです。この部分には分詞構文の taking と形容詞としての現在分詞の shaking がどちらも出てきます。**文法コラム3と11**をご覧ください。分詞構文を作る taking〜 は as he took〜, または and he took〜 と書き換えることができますね。
acute「(病気が) 急性の」

訳 午後に医者がやってきた。スーは口実を設けて、彼が帰るときに一緒に廊下に出た。
「五分五分の見込みだね。」医者はスーのか細く震える手を握りながら、そう言った。「しっかり看護すれば、勝てるな。さてと、次は階下の別の患者を診にいかなくては。ベアマンという名前でな。何か絵描きらしい。こちらも肺炎だ。年取って衰弱しているし、急性の発症でね。こちらは助かる見込みがない。取りあえず今日病院に搬送して、少しでも楽にしてあげるつもりだよ。」
翌日医者はスーに言った。「彼女は危険を脱したよ。君の勝ちだ。今

は栄養と養生、それがすべてだね。」

> **Point**

　"Even chances"とは She has even chances to get well あるいはのちのお医者さんの言葉をそのままいただくと、You have even chances to win と考えることができます。shakingは**文法コラム11**でも説明しているように、形容詞です。「か細く震える手（thin, shaking hand）」。スーは心配のあまりすっかり憔悴しきっているのでしょうね。あるいは「五分五分」という言葉に希望を見出して、思わず泣き出しているのが手に伝わっているのかもしれません。さて、どうでしょう。今までなんとなく私たちが描いていたスーの様子、元気で颯爽とした男勝りのスーという思い込みを裏切る描写ではないでしょうか。ここでも体の一部の様子だけで登場人物の内面をも描き出すO.ヘンリーの筆力が垣間見られます。

　医者の口から発せられる、"you'll win."や"You've won."という言葉に注目しましょう。You've won.は現在完了形になっているので、間違いなく危機は脱してもう大丈夫、という意味が込められています。それにしてもスーはなにに勝つのでしょうね。"Even chances"とありますから、治るか治らないかの賭けに勝つのか？　それとも相手を死神としての肺炎氏と考えると、ジョンシーに手をかけた肺炎氏からスーはジョンシーを奪い返すことになります。しかし自分から離れていこうとするジョンシーの強い意志に打ち勝つ、とも取れますね。

　続いて語られるのは、ジョンシーが快癒に向かいつつあるというのに、階下ではベアマンさんが肺炎に苦しんでいるという事実です。絵のモデルになりにスーとジョンシーの部屋に入ったために、ジョンシーの肺炎の病原菌によって感染してしまったのでしょうか。There is no hope for himという言葉にジョンシーが治っていくのに対し、こちらには治る見込みがない、という明と暗の対比を見ることができます。続くbut he goes to the hospital to-day to be made more comfortable では、もちろんベアマンさんは歩いて病院に行くわけではなく、病院に搬送されるのです。to be made more comfortableは直訳すると、「今より楽にさせてもらうために」となります。最期を安らかに迎えられるように、という意味ですね。

Section 38

　And that afternoon Sue came to the bed where Johnsy lay, contentedly knitting a very blue and very useless woollen shoulder scarf, and put one arm around her, pillows and all.

> **contentedly knitting** = as she contentedly knitted / and she was contentedly knitting　分詞構文と考えることができます（**文法コラム3**）。ここでの主語（she）はJohnsyです。

訳　その日の午後、スーがベッドのところにやってきた。ジョンシーはベッドに横になって幸せそうに、とても鮮やかなブルーの、誰も使うことがなさそうな毛糸の肩掛けを編んでいた。スーは片腕を回して枕やその他のものごとジョンシーを抱き込んだ。

Point

　長い文章なのでまた頭から切って訳してみました。主語はSue。そこにcameとputという二つの動詞がかかっています。まず動詞のcomeを使っているところに注目してください。「やってくる」という意味でジョンシーを中心に据えています。(Section 28) のI come mit (with) you.と同じcomeです。ジョンシーが横になったまま編んでいるのはa very blue and very useless woolen shoulder scarfです。very blueでvery uselessという言葉はちょっと不思議な表現ですね。またのちほど、第2章第5節で考えてみることにしましょう。

Section 39

"I have something to tell you, white mouse," she said. "Mr. Behrman died of pneumonia to-day in the hospital. He was ill only two days. The janitor found him on the morning of the first day in his room downstairs helpless with pain. His shoes and clothing were wet through and icy cold. They couldn't imagine where he had been on such a dreadful night. And then they found a lantern, still lighted, and a ladder that had been dragged from its place, and some scattered brushes, and a palette with green and yellow colors mixed on it, and—look out the window, dear, at the last ivy leaf on the wall. Didn't you wonder why it never fluttered or moved when the wind blew? Ah, darling, it's Behrman's masterpiece—he painted it there the night that the last leaf fell."

The janitor found him on the morning of the first day~. 「二日前の朝、管理人さんが下のベアマンさんの部屋に行ってみると、彼は〜となっていた」the first day とはベアマンさんが肺炎で倒れた最初の日、つまり二日前のことを指します。この found は (Section 25) と (Section 30) に出てきた find です。

wet through 「ずぶぬれ」

some scattered brushes 形容詞のscatteredについては**文法コラム12**をご覧ください。このような過去分詞や現在分詞の形容詞的な用法については皆さんもうばっちり身についたことでしょう。

a palette with green and yellow colors mixed on it 「緑と黄色の絵の具がその上で混ぜてあるパレット」 付帯状況のwith（**文法コラム1**）です。これももうしっかり身につきましたよね。

訳　「言わなくちゃいけないことがあるの。白ねずみちゃん。」スーが言った。「ベアマンさんが今日病院で、肺炎のために亡くなったの。病に倒れてからたったの二日目だった。二日前の朝、管理人さんが下の彼の部屋に行ってみると、ベアマンさんがなすすべもなく苦しんでいたんだって。靴と衣服はぐっしょり濡れて氷のように冷たかったのだって。あれほどひどく荒れた夜にベアマンさんがどこで過ごしていたのか誰にもわからなかったのよ。そうしたら、見つかったの。まだ明かりのともっているカンテラ、もとあった場所からひきずってきたはしご、散らばった絵筆が何本か、そして緑と黄色の絵の具が混ぜてあるパレットが。そして……窓の外を見て、壁の上のあの最後のツタの葉を。風が吹いているのに、どうしてあの木の葉がはためいたり動いたりしないのか、不思議じゃなかった？　そうなのよ、あれは、ベアマンさんの傑作なの。最後の一葉が散った夜に彼があそこに描いたものなのよ。」

Point

　そう、本物の最後の一葉はおそらく二日前にすでに散り落ちていたのでした。ということは、(Section 31) でがんばってつるにしがみついていた葉っぱは、すでにベアマンさんの手によるものだったのですね。そう思ってその細部にわたる葉っぱの様子をもう一度読み返してみると、間違いなくこの葉っぱがベアマンさんの手による傑作であることが理解できるのです。だからこそ、(Section 31) でO.ヘンリーは事細かにこの傑作の解説をしていたというわけです。もう一度その様子を見てみましょう。

　その葉のつけ根の近くはまだ濃い緑だが、ぎざぎざになった縁の部分は、朽ち果てかけて黄色くなって、地上約20フィート上の枝から勇敢にもぶらさがっていた。

　物語最後の数段落では、いくつかの物語が同時に進行していきます。一方で読者としての私たちはスーとジョンシーと共にいるのですが、階下ではベアマンさんが病気であることを知り、そして次の瞬間、ベアマンさんはもうこの世にはいません。そこで読者はふと気が付くのです。読者も知らぬ間にベアマンさんは雨と風の中で壁に絵を描き、その絵は窓の外で生き続けているのだ、と。
　この最後の終わり方も特徴的ですね。スーのセリフのみで語られるベアマン

さんの最期。物語を締めくくる言葉も何もありません。O.ヘンリーの短編はしばしばこのようにこのあとはどうなるのだろう、と思わせたまま終わります。さて、この「最後の一葉」の場合はどうでしょうか。それまで幸せそうに青い肩掛けを編んでいたジョンシーの反応は？　そしてスーは「最後の一葉」の事実を果たしていつ知ったのでしょうか。不思議なことに、(Section 33)以降、今の今まで、スーの口から私たちは全く何のセリフも聞かないのです。ジョンシーが「いつかナポリ湾の絵を描きたい」といううれしい希望の言葉を発した時も、医者から「彼女は危機を脱したよ」と言われた時も。もしもスーがすでにすべてを知っていたのだとしたら……。そしてそんな「すべて」は読者の想像に任されているのです。

◎文法コラム 1

付帯状況を表す with

前置詞のwithは「～と共に」の意味ですから、(Section 2) の2行目に出てくるwith a bill for paints, paper and canvasのように「～を携えて」の意味で使う用法はわかりやすいですよね。でも (Section 7) のwith blood thinned by～のように「～の状態の」という形容詞的な使い方をしたり、(Section 12) のwith her face toward the windowのように「～の状態で」と、副詞的に使うこともできます。形は
with＋名詞＋形容詞、形容詞として使う分詞、前置詞句など
となります。上の例は名詞とそのあとに続く補語をbe動詞で結んで考えてみるとわかりやすいですよ。つまり (Section 7) の例の場合は
blood was thinned by～「～によって血がうすめられた（状態の）」ということになります。
そう考えると、(Section 2) に出てくる without a cent having been paid on accountはwithの代わりにwithoutを使っていますので、a cent had been paid on account「貸した分を1セントだけ払ってもらった」という文章を否定しているわけですね。つまり「1セントすら払ってもらうこともなく」という意味になるのです。このような状況や状態を表すwithを「付帯状況を表すwith」といいます。ほかのSectionにも出てきますので、そのつどこのコラムに戻ってきてください。

....

◎文法コラム 2

to不定詞の意味上の主語

(Section 8) に出てくるもじゃもじゃ眉毛のお医者さんの言葉、
　　And that chance is for her to want to live.
want to live（生きたいと思う）の to live の部分は動詞の原形にtoがついて、不定詞となっています。ではだれが「生きたい」と思うのでしょうか。その主語がfor herのherです。

She wants to live.
ということですね。
このように不定詞の主語は「for+人」で表されます。例文をちょっと挙げてみましょう。
　　This book is difficult for him to understand.（この本は彼には難しいよ。）
understand（理解する）にtoがついて不定詞となっています。その主語はhim。
　　He understands the book. という関係になります。
この形はよく形式主語のItを伴って使われることが多いです。（形式主語についてはのちのコラム、**文法コラム 5**で説明しますのでそちらを見てください。）

◎文法コラム３
さまざまな〜ing その1　分詞構文

この作品にはいくつもの分詞構文が出てきます。
たとえば（Section 11）の
　　Then she swaggered into Johnsy's room with her drawing board, whistling ragtime.
これは節に書き換えると
　　Then she swaggered into Johnsy's room with her drawing board as she was whistling ragtime.
となります。移動の言葉（ここではswaggered into）と一緒にこのing形が使われると、たいてい「〜しながら移動していった」という意味になりますので、覚えておくとよいでしょう。
続く（Section 12）に出てくる文章は、
　　Sue stopped whistling, thinking she was asleep.
これはSue stopped whistling because she thought she was asleep.という文章を分詞構文で書き換えたものです。最初のwhistlingは動詞をing形にして、名詞とする動名詞。ここでは「口笛を吹くこと」という意味になります。ですからstoppedの目的語となって、「口笛を吹くことをやめた」という意味になるのです。

そのあとのthinkingの部分は現在分詞で、この文の後半部分が分詞構文となっています。また「and＋文章」を分詞構文で書くこともできます。(Section 22)のsaid Johnsy, closing her eyes, and lying white and still～は said Johnsy and she closed her eyes, and lay white and still～のclosedとlayの部分を分詞にしたものです。わかりやすくするためにlayの前のandは残してあります。

さて、分詞構文はどうやってでき上がるのでしょうか。

従属節と主節の主語が同じでどちらの時制も同じ場合、従属節のほうの主語を省き、接続詞（前のページの二つの例文の場合はasとbecause、上の例文の場合はshe closedの前のand）を省いたうえで、動詞をまず原形に戻したあとでing形にするのです。ただし文の意味をはっきりさせるために上の例文のand lyingの and のように接続詞を残すこともあります。

分詞構文はほかにもさまざまな決まりや形があります。たとえば (Section 25) でも紹介しているように、動詞が be 動詞のときは分詞構文にしたときに動詞そのものが消えてしまうときもあります。これは（Section 25）の解説の中で説明していますが、ここで出てくる

　　she would, indeed, light and fragile as a leaf herself, float away

は、she would, indeed, float away because she was light and fragile as a leaf herself と書き換えることができます。分詞構文のルールに従えば、because以下の部分はsheをとってwasを原形のbeになおして、これをbeing として、being light and fragile as a leaf herselfとするところですが、このbeing はしばしば省略されるのです。この文章では、省略した形でshe would, indeed, float awayの間に挿入しています。

それ以外に従属節と主節の時制が違う場合にはまた気をつけるポイントが出てきますが、ここではまず上に述べた分詞構文の作り方を覚えておいてくださいね。この短編ではほかにも分詞構文が出てきます。なぜ分詞構文がこれほど使われるのか。文章のリズム感を損なわずに物語をテンポよく進めたいときには分詞構文はもってこいなのです。このコラムであげた例にもそれが当てはまりそうです。分詞構文が出てきたときに、「あ、これは分詞構文だな」と意識したうえで、省略されている接続詞が何なのかを自分の頭の中で補って文章の意味をきちんと取れるようにしてください。

◎文法コラム４
英語の句読点になれよう。
コンマ[,]、セミコロン[;]、コロン[:]、ピリオド[.]

あまり意識されたことはないかもしれませんが、英語の句読点は日本語よりもちょっと多めです。日本語だと、読点（、）と句点（。）の二つを主に使いますが、英語では同じ「点」でもコンマ（ , ）、セミコロン（ ; ）、コロン（ : ）、ピリオド（ . ）の4つがあります。O.ヘンリーもこれらの句読点を効果的に使っています。例えば（Section 15）では、ピリオドとコンマのほかにセミコロンが出てきています。

　"Twelve," she said, and a little later "eleven"; and then "ten," and "nine"; and then "eight" and "seven," almost together.

セミコロンは、コンマほど短くはないけれど、コロンほど待たない、といった感じでしょうか。ですので、"eleven"のあとでちょっと間があり、それから"ten," and "nine"と「10」と「9」の間のandのまえにコンマが入っていますので、軽く一呼吸。それからセミコロンでちょっと待って"eight" and "seven"とこちらの「8」と「7」の間にはandの前にコンマさえありませんから、まさに「ほとんど同時」ということになります。

同じような例は（Section 9）のスーのセリフの中にも見られます。"but, no, doctor; "に出てくるこのセミコロンも、次に続く"there is nothing of the kind"の前に一呼吸置かれていることを指しています。こういった句読点は何気なく使われているようで、実はちゃんと意味があります。日本語でもそうでしょうが、句読点の使い方は作者によってもまちまちです。（Section 15）では句読点の使い分けによって、数を数えているその息遣いまで聞こえてきそうですね。こんなところにも気を付けて英語を読んでいくとまた世界が広がりますよ。

◎文法コラム5
形式主語のIt

(Section 17) に出てくる次の文章を見てみましょう。
　It made my head ache to count them.
この文章の本当の主語はto以下です。不定詞の名詞的な使い方の部分です。つまり "To count them made my head ache." ということ。「葉っぱを数えることは私の頭を痛くさせた」というのが直訳です。ここでは先に形式的にItという主語を立てておいて、あとからto不定詞の主語を持ってくるという文章になっています。多用されますので、覚えておいてくださいね。
そしてここでちょっと**文法コラム2**に戻ってみてください。その時にあげた例文、
　This book is difficult for him to understand.（この本は彼には難しいよ。）
は形式主語を使うと、
　It is difficult for him to understand this book.　と書くことができるわけです。
またここで使われている使役動詞のmakeも覚えましょう。make+目的語+動詞の原形で、「目的語に（動詞）させる」という意味です。(Section 10) に出てくるget+目的語+to不定詞とともに覚えておきましょう。使役動詞に関してはまとめて**文法コラム7**で説明しています。そちらをご覧くださいね。
もう一か所形式主語が出てくるのは（Section 36）の
　It is a sin to want to die.
です。ここではto want to dieが本当の主語です。

....

◎文法コラム6
動名詞の意味上の主語

(Section 19) に出てくる次の文章を見てみましょう。
　What have old ivy leaves to do with your getting well?
このyour getting wellの部分に注目してください。getting well（体がよくな

ること）は動名詞。動詞をingの形にして名詞にする方法です。**文法コラム2**ではto不定詞の主語はその前にfor＋名詞（あるいは代名詞の目的格）で表すと勉強しましたが、こちらは所有格のyourが動名詞の主語です。代名詞の所有格を動名詞の前に入れることで、getting wellするのがyouであることがわかるのです。ここではこの所有格が動名詞の意味上の主語となっています。ちょっと例文を見てみましょう。

　Do you mind my opening the window?（窓を開けてもかまいませんか?）
ここでは窓を開けるのは「私」なので、opening the windowの主語は1の所有格myによって表されます。ここでもしもmyが入らなければ、opening the windowの行為者は"you"となります。

　Do you mind opening the window?（窓を開けていただけますか？）
となります。

さて、この時の答えは「もちろん、いいですよ」ならNo, not at all. "Yes"ではないんです。Do you mind～は「～を気になさいますか？」の意味だからです。

◎文法コラム7
使役動詞のmake, get ～to不定詞, let

使役動詞には、make＋目的語＋動詞の原形、そしてget＋目的語＋to不定詞、let＋目的語＋動詞の原形などがあります。O.ヘンリーのこの短編の中にはこれらがすべて出てきますので、ここではちょっとまとめてみましょう。
（Section 8）で見られるmake＋目的語＋動詞の原形（makes the entire pharmacopeia look silly）、そして（Section 10）に出てくるget＋目的語＋to不定詞（get her to ask one question about）、（Section 19）に登場するlet＋目的語＋動詞の原形の構文（let Sudie go back to her drawing）は、すべて「目的語に～させる」という意味ですが、最後のletは、目的語に行う意思のあること、行いたいと思っていることをやらせる（やらせてあげる）、という意味を含んでいます。比較してみましょう。

　I made him go there.（彼をそこへ行かせた。）
　I got him to go there.（彼をそこへ行かせた。）

この二つは「彼」の意思にかかわりなく私が行くように言った、という雰囲気があります。しかし
　I let him go there.（彼をそこへ行かせてやった。）
は彼が行きたいという意思を持っていることを示唆しています。
(Section 19) に出てくる
　let Sudie go back to her drawing
は、直訳すると「スーディを彼女の挿絵に戻らせて」。つまり「スーディに挿絵の続きを描かせてちょうだい」ということなります。
実は、「～しましょう」という時のlet's+動詞の原形もこの使役動詞が慣用句になったものです。分解するとlet+us+動詞の原形なのです。「私たちに～させましょう」という意味なのです。たとえば (Section 8) に出てくるお医者さんのlet us sayも、もともとは「私たちに～と言わせましょう」から「そうだな」という慣用句になったものです。同時に (Section 19) に出てくるlet's see はもともと「私たちに考えさせましょう」から「ええっと」という考える際の決まり文句になったのです。
使役動詞はほかにもあるのですが、とりあえずこの三つをしっかり覚えておいてください。

....

◎文法コラム8
知覚動詞の使い方

　I want to see the last one fall before it gets dark. (Section 20)（暗くなるまえに最後の一枚が散るのを見たいの。）
　they could see the lone ivy leaf clinging to its stem against the wall. (Section 34)（二人は、壁を背にしてたった一枚の木の葉がつるにしがみついてる様子を見守っていた。）
知覚動詞 (see, watch, hearなど) には二つの使い方があります。
(Section 20) に出てきた「知覚動詞＋目的語＋動詞の原形」、そして (Section 34) の例のように「知覚動詞＋目的語＋～ing」の形です。
see+目的語+動詞の原形は「目的語が～するのを見る」
　I want to see the last one fallは、この文型ですね。それに対し、

see+ 目的語+ ~ingの構文は「目的語が~しているのを見る」という意味で、目的語（ここではthe lone ivy leaf）の活動の様子を主語（they）がじっと見守っているというニュアンスが加わります。

◎文法コラム9
命令の動詞

(Section 35)
　When it was light enough Johnsy, the merciless, commanded that the shade be raised.（明るくなると、無慈悲なジョンシーは、日よけを上げるよう命令した。）
命令するのでcommandedのあとのthat節はthe shade should be raisedとなります。このshouldが省略されているのが本文です。動詞は人称や時制にかかわらず、原形となります。本文のようにshouldが抜けてしまう例はほかに、order, request, suggest, proposeなどの動詞のあとのthat節に見られます。例を見てみましょう。

　He suggested that she (should) go with him.（彼は彼女に自分と一緒に行ってはどうかと提案した。）

◎文法コラム10
andとor

andとorはよく使う単語ですが、文脈によってちょっと意味が変わります。
たとえば（Section 36）に出てくる文章
　bring me a hand-mirror first, and then pack some pillows about me, and I will sit up and watch you cook.
（まず手鏡を持ってきて。それから枕をいくつか私のまわりに重ねてちょうだい。そうしたら身体を起こして、あなたが料理するのを見るから。）

ここには複数のandが出てきます。最初のand thenの方は私たちにもおなじみの「それから」の意味。ここではbringとpackが命令文を形作っています。それに対して後者のandは前の文を受けて「そうしたら」という意味です。このような「そうしたら」のandは（Section 32）にも出てきます。

It will fall to-day, and I shall die at the same time.（その葉は今日散るでしょう。そうしたら同時に私も死ぬの。）

このandも「そうしたら」の意味ですね。
（Section 21）には「そうでなければ」のorが出てきます。

I need the light, or I would draw the shade down.（明かりが必要だわ。さもなければ、日よけを降ろしてしまいたいところだけれど。）

このようなandとorはよく命令文のあとに使われます。

Go now, and you will catch the train.（すぐに行きなさい、そうすれば電車に間に合いますよ。）

Go now, or you will miss the train.（すぐに行きなさい、そうしないと電車に乗り遅れますよ。）

似ていますが、文の意味は逆になりますね。対にして覚えておきましょう。

◎文法コラム11
さまざまなing その2 形容詞

(Section 37) に出てくる医者の言葉、"Even chances," said the doctor, taking Sue's thin, shaking hand in his.（「五分五分の見込みだね。」医者は、スーのか細く震える手を握りながら、そう言った。）
ここでは動詞のing形が二つ出てきます。一つはtaking、もう一つがshakingです。最初のtakingは分詞構文を作る現在分詞（**文法コラム3**）。ここは

"Even chances," said the doctor as he took（あるいはand he took）
Sue's thin, shaking hand in his.

と書き換えることが可能です。
では二番目のshakingは？　これはhandの形容詞となる現在分詞です。「震えている手」という意味になります。(Section 16) のthe crumbling bricks「ぼろぼろになったレンガ」のcrumblingもこのような形容詞です。

ほかの例も見てみましょう。
　a sleeping baby　眠っている赤ちゃん
　a baby sleeping in the cot　寝台で眠っている赤ちゃん
上の二つの例でわかるように、sleepingだけならSue's shaking handのように形容する名詞（ここではhand、上の一番目の例文ではbaby）の前に置くのが普通です。しかし、「寝台で眠っている（sleeping in the cot）」のように、形容詞句が二単語以上になる場合は、形容する名詞（baby）のあとに持ってきます。(Section 23) のa Michael Angelo's Moses beardをうしろから形容しているcurling down以下の形容詞句もその例です。

ただし、紛らわしいのは次のような例です。
a sleeping pill　　（眠り薬）
a sleeping car　　（寝台車）
上はいずれも、「眠るための」という意味でsleepingを使っています。同じ形容詞の〜ingでも文脈によって訳し分けなくてはなりません。
実は「〜のための」の意味での〜ingはこの作品にたくさん出てきます。(Section 3) のa chafing dishは、もともと「温めるためのお皿」の意味ですね。そして (Section 11) に出てくる(her) drawing boardは「画板」の意味ですが、「描くための板」が直訳です。また (Section 14) に出てくるriding trousersは乗馬ズボンですが、「馬に乗るためのズボン」です。

文法コラム3で見たように、〜ingには動詞の進行形以外に動名詞もあれば、形容詞としての現在分詞もあるわけです。紛らわしいけれど、英文に接していれば、きっと慣れてくるはずです。次のコラムでは過去分詞の形容詞的な用法について見てみます。

◎文法コラム12
形容詞としての過去分詞

some scattered brushes（Section 39）（散らばった絵筆が何本か）
文法コラム11では現在分詞の形容詞としての使い方を勉強しました。ここでは過去分詞の形容詞的な使い方を勉強しましょう。例で挙げた本文中の言葉、some scattered brushesのscatteredは過去分詞ですが、ここではbrushesの形容詞となります。Some brushes were scattered.という関係だと考えるとわかりやすいでしょうか。scatterとは他動詞で「まき散らす、ばらまく」という意味ですので、「何本かの絵筆がばらまかれていた」という文章になります。この「ばらまかれていた」の部分を形容詞として使うのです。このような過去分詞の形容詞的な用法はこの作品にたくさん出てきます。(Section 1)に出てくるsmall strips called "places"、(Section 7)のher painted iron bedstead、(Section 22)のas a fallen statue、(Section 26)に出てくるa confounded vine、(Section 29)のan upturned kettle、(Section 30)に出てくるthe drawn green shade、(Section 31)に出てくるits serrated edges そして（Section 39）の some scattered brushesなどです。

また、文法コラム11で紹介した現在分詞の形容詞としての用法と同じく、今回も過去分詞以外の言葉が続いて形容詞句を作る場合は、形容する名詞のあとに置かれます。

They found some scattered brushes. （彼らは何本かの散乱した絵筆を見つけた。）
They found some brushes scattered on the floor. （彼らは床の上に散乱した何本かの絵筆を見つけた。）

(Section 1) に出てくるsmall strips called "places"もあとから形容詞句が置かれる例ですね。calledだけでなく、そのあとに"places"という言葉が続くのでstripsの後に「『プレイス』と呼ばれる」という形容詞句が来ているのです。

第 2 章
「最後の一葉」の謎

　第1章をお読みになった皆さま、まずはお疲れ様。今皆さんの頭の中にはどんな思いが渦巻いていることでしょう。今まで「最後の一葉」ってただのお涙ちょうだいの物語だって思っていたけれど、実はちょっと違うのかも……。この話の中にはもっともっといろいろな「物語」が詰まっているのではないかな、と思われた方も多いのではないでしょうか。そして、一つひとつの言葉の意味にも引っかかってしまったという皆さんもいらっしゃることでしょう。
　今度はそんな謎解きに一緒に挑戦してみましょう。

第 *1* 節

O.ヘンリーが描く
ニューヨーク、レストラン事情

1 ｜ 8番通りの「デルモニコ」の謎

●── Delmonico's と "Delmonico's"（デルモニコと「デルモニコ」）

　スーとジョンシーが出会ったのは、8番通りにあるレストラン "Delmonico's"（デルモニコ）で「定食（*table d'hôte*）」を食べているとき。この「定食で出会った（They had met at the *table d'hôte*）」という表現ですが、第1章、(Section 5) の解説にもあるようにO.ヘンリーはこの the *table d'hôte* という言葉を「定食屋」の意味でもよく使っています。ここもその例でしょう。でも、当時のニューヨーカーだったら、即座に「えっ？　そんなわけないでしょ。お金のないアーティストの卵がよりによってデルモニコで、しかも『定食』なんて」と、またちぐはぐなものを組み合わせるO.ヘンリーに、ちょっと面食らうかもしれません。そう、定食屋なんてとんでもない。デルモニコは今でもニューヨークの高級レストランとして、その歴史を刻んでいる実在のレストランです。でも8番通りにはデルモニコが定食を提供するお店を出した事実はありません。しかも当時は特にセレブ御用達の、とっても敷居の高いレストランでした。

　それと同時に、「デルモニコ」は素晴らしいレストランの代名詞でもあったのです。その証拠に、おいしい料理を提供するレストランは中華料理であれば、"Chinese Delmonico's"、イディッシュ料理（ユダヤ人の料理）であれば "Yiddish Delmonico's" というように雑誌に紹介されていたようです。

　一方、当時のニューヨークで台頭してきたレストランが、あとでも紹介するように、安価でしっかり前菜からデザートまでのセットメニューが食べられる table d'hôte restaurant（定食屋）でした。特に移民の多い区域では、国際色豊かな定食屋がそれぞれの食文化を彩っていました。こういった事情から、

100　　第2章　「最後の一葉」の謎

二人が出会ったレストランも「定食屋の『デルモニコ』」、つまりデルモニコという愛称を頂いた本当においしい定食屋であったと言えそうです。

では、元祖デルモニコはどんなレストランなのでしょうか。始まりは1827年にデルモニコ兄弟が小さなカフェレストランを開店、その後Delmonico'sとしてレストラン事業を拡大していきました。デルモニコには数々の「初めて物語」があります。一つ目はフランス料理を中心にしたアラカルト（単品で料理が選べる）のレストランで、1838年の最初のメニューを見てみるとその種類はなんと360品あまり。またニューヨークで、印刷されたメニューを最初に取り入れたレストランでもあります。フランス仕込みのシェフのおいしい料理のみならず、丁寧なサービスとテーブルマナーを紹介したのは、本場で経験を積んだ移民たち。その洗練された雰囲気のよさは、19世紀の新興の富裕層の心をとりこにしました。そして初めて女性同士のグループが会合をすることを許されたレストランということでも、時代の先駆的な役割を果たし、おしゃれをしてデルモニコに行くことが当時の女性のステイタスになっていたようです。外食を一つの文化に仕立てたのもデルモニコだったというわけです。

内装も豪華でした。一番大きな個室で開かれたパーティでは、小川や滝が流れ、白鳥が天井まである金色の柵の中で飼われていたそうで、その柵はなんとティファニー製だったとか。こんな伝説にも、「金ぴか時代（Gilded Age）」と呼ばれていた当時の貴族趣味がうかがえます。一般には南北戦争が終わった1865年から1890年ごろまでの時代を「金ぴか時代」といいます。急速に成長したアメリカ資本主義の富の誇張や物質主義に対して、自ら風刺してそれを命名したのはマーク・トゥエイン（Mark Twain, 1835～1910）。（別名「めっき時代」とも言われています。）彼はグリニッチ・ヴィレッジにも住みO.ヘンリーと同時代を生きた作家ですが、デルモニコで70歳（1905年）の誕生日を祝うほどのお得意様で、デルモニコには彼の名前を冠した「トゥエインの間（Twain Rooms）」があります。ほかにもO.ヘンリーが大好きな作家、チャールズ・ディケンズ（Charles Dickens, 1812～1870）の来店を記念した「ディケンズの小部屋（Dicken's［ママ］Alcove）」もデルモニコの自負するところ。ディケンズは1842年にアメリカを訪問していますが、国際著作権の問題などでアメリカから足が遠のいていました。しかし1868年の二度目の訪問の際、ニューヨーク・プレス主催のデルモニコでの晩さん会の席で、アメリカの様変わりした礼儀正しさ、繊細さ、ホスピタリティを受けたことも手伝って、著作権問題に終止符を打ったのです。このようにデルモニコは、セレブリテ

ィや政治家、ビジネスマンと並んで、作家や文化人などのさまざまなドラマを生み出した舞台でもありました。

　やがてアメリカの鉄道の最初の食堂車が「デルモニコ」と命名されるなど、人々のあこがれが"Delmonico's"というタイトルに乗って浸透していきました。まさに、その名は当時の素晴らしいレストランの代名詞。この影響力は、国境を越えて一世紀近くにわたって世界中に伝播します。パリの「デルモニコ」は店名を借用したことで訴訟を起こされ、ビジネス上のトラブルに（『ニューヨーク・タイムズ』、1889年11月8日）。なんと日本にも、1929年ごろに「デルモニコ」という名のレストランが京橋宗十郎町（現在の銀座7丁目並木通り）の貿易協会の中にありました。当時のグルメ本『東京名物食べある記』によれば、中央に噴水、生演奏付き、サービスが売りで貴族趣味の雰囲気があり、女性のティータイムもサービスがいいと紹介され、元祖デルモニコをお手本にした欧米の華やかな食文化を発信しようとしたのです。

　さて、二人のお気に入りのチコリサラダ（その時一緒に食べていたのかもしれません）ですが、これも実はデルモニコの伝統メニューです。19世紀のアメリカ人には、サラダを食べる習慣はあまりありませんでした。それが当時イタリアをはじめ、ヨーロッパから大量に移民が入植したことで、ニューヨークの食文化は多様性を極めていきます。デルモニコの創業者もイタリア系スイス人です。チコリはフランスから持ち込まれたエンダイヴのことを指しますが、当時アメリカになじみのないこのような食材を、ニューヨークのレストランのお客に紹介するのに一役買ったのが、デルモニコのシェフです。先ほどの1838年のデルモニコのメニュー表には、フランス仕込みのレストランということで、英語とフランス語でメニューが併記されています。それにはSalade de chicorée（フランス語）、Salad of endive（英語）とあり、もうすでにこのころから提供されていました。ちょっぴり苦味のあるチコリサラダは時代のトレンドに。そして1889年に出たデルモニコのアイディアを盛り込んだ料理本（*The Table*）は、アメリカの中流家庭でもレシピを再現できるようになっていて、評判も上々。敷居の高い上流社会のお店の味が、順次階級の垣根を超えて味わえるようになってきたのです。おそらくその人気は、スーとジョンシーの通う定食屋のメニューにまで及んでいたと思われます。ちなみに今でもデルモニコ本店では、当時のレシピと変わらないまま、チコリサラダは「デルモニコ・サラダ」としてメニューにも健在しています。ぜひ、スーとジョンシーの至福の時にタイムスリップしてみてはいかがでしょう。

美味しい食事と丁寧なサービスで、訪れた人びとの心を和ませ、時に氷解させて、数々の歴史的な瞬間を演出してきたデルモニコ。スーとジョンシーにとっても、出会って意気投合して一緒にスタジオを持つことに決めた、（人生の契約を結んだ）という点でも、この定食屋は自分たちの「デルモニコ」だったわけですね。一方、O.ヘンリーの数ある短編小説の中で、デルモニコの名が出てくるのは「最後の一葉」だけです。O.ヘンリーは貴族趣味のレストランで散財する当時の富裕層、接待される人たちを、どんな気持ちでながめていたのでしょう。この作品が発表された1905年、グリニッチ・ヴィレッジの時代は金ぴか時代 からボヘミアンの時代へと変わっていくところでした。

●──グリニッチ・ヴィレッジの定食屋

　先ほども紹介したように、定食屋は、当時のグリニッチ・ヴィレッジの住民たちにとってなくてはならない生活のよりどころでした。貧しい芸術家たち、ボヘミアンの社交場であったと共に、アッパークラスや国際人の文化が混じり合うところ──芸術家をめざす人々が集まる「植民地」のパレットだった──とも言えるでしょう。

　フランスの文化である *table d'hôte* は、相席する食堂であらかじめ決められたコースの料理を、決められた値段で提供する定食のことです。1893年ごろにはレストランで1ドルしていたディナーが、table d'hôteでは50セントから75セントほどになり、ホテルのレストランをはじめフランスやイタリアの移民たちが開く定食屋はデルモニコと対比して安いということで、1900年ごろを境にニューヨークの名物になっていきました（『ニューヨーク・タイムズ』、1903年5月23日）。当時の日替わりのメニューカードを見ても、華麗なイラスト入りの手書きのものもあれば、タイプで打たれたものもあり、お店によって多様なスタイルと価格設定があったことがわかります。

　グリニッチ・ヴィレッジの定食屋の様子は、実際に8番通りにあったtable d'hôteのレストラン、ゴンファローネ（Gonfarone's Table d'Hôte）の回想録『パパの定食屋（*Papa's Table d'Hôte*）』（1952年）からうかがい知ることができます。ゴンファローネの店は1900年ごろにイタリア移民向けホテルとしてスタートし、食堂で安いイタリアンの定食をサービスしていたところ、面倒見のいいオーナーの噂を聞きつけて無一文のボヘミアンたちも常連になっていったそうです。平日の夜の50セントのメニューを見てみましょう。前菜の盛り合わせ、ミネストローネ（スープ）、スパゲッティ（ミートソースまたはトマ

トソース)、ケーパーソースがけのボイルドサーモン、マッシュルームのパテを添えた子牛の胸腺、若鶏のオーブン焼きまたはビーフのローストプライムリブ、温野菜とグリーンサラダ、デザート、フルーツ、チーズ、デミタスコーヒー、これにカリフォルニア赤ワインがつきます(輸入ワインだと10セント増しだそう)。定食というと、日本ではもっと簡素なイメージですが、かなり充実していませんか？ 今でいうセットメニューやプリフィックスメニューと捉えるとしっくりくるでしょう。これは労働者の一般的な夕食よりも高いのですが(コカコーラ一杯が5セントの時代です)、予約が必要なデルモニコよりは、はるかに安いということで、ニューヨークのアップタウンからも医師や弁護士、また教授や学生などもやって来ました。料理だけではなくスタッフのパフォーマンスや、コースの途中で退座しても人生を楽しんでくれれば大歓迎という気さくなオーナーと、快楽的な雰囲気が人気のレストランでした。デルモニコとは正反対の価値観ですね。またボヘミアンのたまり場としても当時は有名だったようです。貧しい芸術家を支えるこんな定食屋の存在にもO.ヘンリーは心をとめていたことでしょう。

2 何をどこで食べるか ──O.ヘンリーとニューヨークの外食事情

● ──レストラン事情は人間模様 ── O.ヘンリーの視座

　アメリカの19世紀の都市部では、職場が家庭から遠くなるにしたがって外食産業が発達しました。まずボーディング・ハウス(まかない付きの宿)、長期滞在型のホテルが独身の移民や旅行者のために食事を提供し始めます。安酒場(グロッグ・ショップ)は、進化してサルーンからバーへ変化します。また軽食堂は、ビジネスマン、上流の婦人が利用する特定のお客向けなど多彩になり、カフェやレストランはそれぞれ集まる人々により異なる文化を形成していきました。

　またちょうど1905年ごろのニューヨークでは、働く女性たちにも男性と平等に、レストランのドアがもっと広く開かれた時代でもあります。このことについては、次の節で詳しく説明することにいたしましょう。

　O.ヘンリーの作品の中でもこれらのニューヨークのレストランは、とても大切な物語の背景を形作っています。食通で知られたO.ヘンリー自身もおそらく、定食屋やカフェに足しげく通い詰め、そこで見聞きしたことがそのまま

彼の物語の世界へと入り込んでいったと考えられます。ですからスーやジョンシーのように物語の主人公たちが「どこで食べるか」、「何を食べるか」ということは、実は結構重要なポイントです。O.ヘンリーの作品の中には table d'hôte（定食屋）をはじめとしたレストランが舞台となる物語がいくつかあります。そこから彼の視座を紐解いてみましょう。

　「お忍びの国（The Country of Elusion）」（1906年10月発表）の舞台となるカフェ・アンドレ（Café André）の主人、アンドレは、最初はバウアリー通りにある10セントで食事を提供する安料理屋（eating-house）のウェイターから身を起こし、やがて8番通り（か9番通り）の地下で定食屋を開き、ボヘミアンたちが常連となっていきます。スーとジョンシーが出会ったレストランもこんな場所だったのでしょうか。実在のゴンファローネの店がそうだったように、レストランはボヘミアンの生活と切っても切り離せませんが、同時にレストランも常連の客と一緒に成長していきました。やがてそこで貯めた資金を元手に、アンドレはアップタウンのブロードウェイ近くにボヘミアン御用達のカフェ・アンドレを構えるに至るのです。常連さんとみられるアーティストの手による素描が壁いっぱいに貼られたカフェ。そこでの食事の様子をちょっと覗いてみましょう。

　　ユーモアのオイスター添え。ウィットのおともにスープ。アントレには当意即妙の応酬。自慢話にはロースト肉を添えて。ホイッスラーとキップリングをこき下ろすにはサラダ。歌と共にコーヒー。そして食後のコーディアル酒にはドタバタ喜劇。

店内の喧騒が聞こえてきそうですね。また客たちが有名な芸術家や作家たちを完膚なきまでに、こき下ろして楽しんでいるさまは、デルモニコの晩さんの味わい方とは対極にあるようです。

　「あるカフェの国際人（A Cosmopolite in a Café）」（1905年1月22日発表）では、夜遅くまで賑わうカフェにやってくるお客たち——セミフォーマルに身を包んだ女性たちや陽気な人々など——が経済や富や芸術について語りあう様子が描写されています。主人公はそんな文化人や国際人を気取った客たちを少々辛辣な目で観察しながら、自分の物語のネタにしているのです。

　またO.ヘンリーにとって、レストランは人の素性が表に出る場所でした。
　「目覚めたドウアティ（Dougherty's Eye-Opener）」（1904年5月8日発表）

は、遊び人のドウアティが奥さんに「今夜は夕食に連れて行って」とねだられて、三年ぶりに二人して外食に出かける話。最初はどこかの定食屋にでも連れて行こうと思っていたドウアティですが、おめかしした奥さんのあまりの美しさに、常連であるセルツァーのカフェの前をこれ見よがしに通って高級レストラン、フーグリーに連れて行こうと決めます。セルツァーでも文化人たちが集まるフーグリーでも、奥さんは絶賛されて、注目をあびます。ここに来て初めてドウアティは、今まで気づかなかった奥さんの素晴らしさに「目が覚める」のです。

「ボヘミアのペリシテ人（A Philistine in Bohemia）」(1904年8月21日発表)は、移民の集まるイーストサイドでしがない下宿屋を営むアイルランド移民の娘、ケイティとボヘミアンに人気のレストランのシェフとの恋物語です。下宿屋に住むブルネッリ氏に好意を寄せられたケイティは彼の正体がわからず、結婚を迷っていました。ある日ブルネッリ氏は、一軒のレストランにケイティと出かけます。「トニオの店」は場所も秘密、いわゆるボヘミアンの会員制レストランのようなもの。しかし一度その中に入れば中はまた別の意味で「異国」の人々で賑わっています。

> 大柄なご婦人たちは、きらめくばかりのドレスと羽根と光り輝く指輪を身にまとい、りゅうとした紳士たちは大声で笑い、「ガルソン（Garsong）」「ウィー、モンスィーア（We, monseer）」や「ヘロー、メーム！(Hello, Mame!)」といった叫び声が飛び交う。これぞ「ボヘミア」である。活気ある会話、煙草の煙、輝く微笑みと流し目が行き交う。

おいしい料理が次々と運ばれてくるものの、彼女を一人テーブルに残し戻ってこないブルネッリ氏。みじめな気持ちになっていたケイティに、彼は思いがけない形でプロポーズをします。自分がこのレストランの誰からも愛されているシェフであることを明らかにして。そう、アントニオ・ブルネッリの偽りのない姿がこのレストランにあったのです。

また先述した「あるカフェの国際人」も、国際人を自称する男が、自分の故郷、メイン州の田舎のことを馬鹿にされて、ついついお里を知らしめてしまうというチャーミングなお話です。

O.ヘンリーにとってレストランは、思いっきりおしゃれをして「一夜の夢を見る場所」でもありました（第3章第1節「ビショップ・スリーブをめくって

みると…」を参照）。そんなことも、見た目とギャップのある素性が明るみに出るという物語の背景にあったといえそうです。

　一方、食通で知られたO.ヘンリーですが、彼の作品の中には味覚に訴えるようなご馳走の描写はほとんど登場しません。むしろレストランは「人が出会う場所」、そして食事は「人と人をつなぐ道具」でした。スーとジョンシーにとってのチコリサラダがいい例ですね。O.ヘンリーは「何を食べるのか」というテーマを、その人が「どんな人か」という観点で見ていたようです。それは当時ニューヨークでは、移民が祖国の伝統を守りながらコミュニティを作り、街を形成していた背景とも関係していたのかもしれません。

　「ア・ラ・カルトの春（Springtime à la Carte）」（1905年4月2日発表）は、定食屋で日替わりのメニューカードをタイプする若い女性サラの恋心を綴った物語です。「お客たちは食べているものの正体に時々面くらうことはあったものの、それが何という名前の料理なのかということは、今ではわかるようになった」とO.ヘンリー自身も書いているように、メニューカードは当時の食文化を推進する手立てにもなったことでしょう。春の食材のタンポポが、メニューカードの上で、農場で会った青年ウォルターとの思い出と重なるロマンチックなお話です。結婚の約束をしたのに一向に現れない青年を待つサラのもとに、彼は行き当たることができるのでしょうか。ここでは青年が、「一年のこの時期（春）になると何か緑の野菜料理が食べたくなるんだ」と言うところもポイント。レストランと食材が仲を取りもつO.ヘンリーらしいラブストーリーをぜひ味わってみてください。

　レストラン事情は人生模様――ですから、おいしい食事に舌鼓を打つより、O.ヘンリーはその目と耳の方を忙しく動かしていたのです。そこで見聞きした人間の裏舞台が、まさに彼にとってご馳走だったというわけです。そしてそこからさまざまな物語が生み出されたわけですね。

●── O. ヘンリーとボヘミアン

　一方「最後の一葉」にもいろいろな意味で通じる「ボヘミアからの送還（Extradited from Bohemia）」（1905年4月23日発表）の主人公は、スーやジョンシーのようにアーティストを目指すメドラ嬢です。この物語の中では、「定食」はメタファーとして登場します。

　　ここ、ニューヨークでは「芸術」は慈悲深い女神などではない、むしろ言

い寄ってくるものをみゃあみゃあと鳴きまわる雄猫や雌猫に変えてしまうキルケである。結果として姿を変えた猫どもは女神の住まいの戸口にたむろして、口さがない批評家たちが投げつける非難の雨あられにも無頓着を決め込んでいる。中にはすごすごと田舎に戻って「だから言ったでしょ」というお小言のスキムミルクに我慢する輩もいる。しかしほとんどの連中は、女神の神殿の寒々とした中庭に踏みとどまって神の食卓の定食（her divine table d'hôte）のおこぼれをかすめ取ることを選択する。

　日の目を見ないアーティストたちに残された道は二つ。食料品店のワゴン車の運転手となるか、それとも「ボヘミアの渦（the Vortex of Bohemia）」に飲み込まれるか。メドラ嬢はまさにこの渦に巻き込まれていきます。
　はたしてニューヨークにとどまったO.ヘンリーの場合はどうだったでしょうか。今まで見てきたように、彼はいつでもこの渦の周辺にいて、その中を覗き込みながら、観察をしていた様子であることが、ニューヨークを舞台にしたほかの作品群からもわかります。レストランの喧騒の中に身を置きながらも、彼は常に傍観者でした。
　観察者としてのO.ヘンリーはボヘミアン文化の渦に巻き込まれることもありませんでした。彼がこよなく愛したのは、ボヘミアンにあこがれて故郷をあとにしながらも、その文化に結局染まりきらない、そんな人々です。「ボヘミアからの送還」のメドラは渦に巻き込まれる寸前にヴァーモントの恋人に救われて、美しい自然の待つ故郷に戻ります。「ボヘミアのペリシテ人」のヒーロー、アントニオが自分の恋人として選ぶのも取り巻きのボヘミアンではなく、貧しいアイルランド移民の娘です。「お忍びの国」の主人公、メアリは週末、ボヘミアンの夜を過ごしたあと、ニューヨークのグランド・セントラル駅から12時55分発の電車に乗って誰にも知られずに故郷のクロッカスヴィルに住む貧しい両親の元に戻ります。親子水入らずの週末を過ごした後、3時の電車に乗って夜の9時にはメアリはまたカフェ・アンドレの常連に戻るのです。「どこに行っていたの?」という仲間からの質問にメアリは不思議な微笑みをうかべて次のように答えます。「ボヘミアにちょっと行っていたの。」
　おっと、定食のお話から、どうやら私たちも「ボヘミアの渦」の中に巻き込まれて迷子になってしまったようです。
　このように、O.ヘンリーはニューヨークのレストラン事情の中に、多様なドラマが生まれる可能性を見出しました。そしてスーとジョンシーが、「デル

モニコで定食を食べている席で出会い、チコリサラダが好きだということで意気投合した」（Section 5）という描写の中にも、さまざまなことが示唆されています。デルモニコは「見せびらかしの文化」といわれる金ぴか時代の象徴と言われています。しかしO.ヘンリー自身が傾倒するディケンズがこのレストランに一目置いていたように、作者は若い二人のアーティストの憧れに寄り添って、「デルモニコ」を登場させたとも考えられます。また、O.ヘンリーの描く定食屋はボヘミアンの時代の象徴です。しかしアーティストへの道をコツコツと歩んで行こうと、ささやかな共同のアトリエを見つけたスーとジョンシーは、O.ヘンリーと同様に当時のボヘミアンとは一線を画しているようです。このように二つの価値観が交錯する時代背景の中での二人の出会いは、作品を読み解く上で、いくつもの解釈の可能性を提供してくれるはずです。

　また華麗なデルモニコの食卓に代表されるように、著しい消費文化を陰で支えていたのは貧しい移民労働者たちでした。彼ら・彼女らは祖国の食文化を大切にしながら自分たちのコミュニティを作り、食文化だけではなくさまざまな文化の萌芽への支えとなりました。その中で、たくさんのスーやジョンシーたちの出会いの舞台を提供したのです。そんな観点からO.ヘンリーの短編を紐解くと、また新たなアメリカの一面が見えてくることでしょう。

第 2 節

女性が文化を創る!?
―― スーとジョンシーの不思議な関係

　前章でみたように、8番通りの「デルモニコ」で意気投合し、一緒にスタジオを持ったスーとジョンシー。二人は互いに家を離れ、このニューヨークという大都会にやってきたアーティストの卵です。それにしても当時、彼女たちのように独身女性が家を出て、大都会で仕事を探すことは普通だったのでしょうか。しかも、どうやらスーもジョンシーも「デルモニコ」にそれぞれ一人で来ていた様子です。まだ前世紀の保守的な価値観を引きずっていたこの時代に、女性が男性のエスコート無しに、しかもたった一人でレストランに行くことなどできたのでしょうか。

　どうやら女性たちをめぐる大きな文化の変容がここに見られるようです。この章では前章に引き続きニューヨークを舞台に、19世紀末から20世紀初頭の女性の文化をもう少し詳しく見ていきましょう。

1 ｜ 働く独身女性たち

　はじめに、スーとジョンシーは「独身女性」。当時の英語で言えば bachelor woman という言葉がピッタリくるでしょう。この言葉は『オクスフォード英語大辞典』（デジタル版、2015年3月アップデート）を引くと「自己収入があり、家族や親族から独立して生活をする未婚の女性」と定義されています。彼女たちはbachelor girl/maidとも呼ばれました。19世紀末にこれらの言葉が誕生すると、新しい現象であるbachelor woman/girl/maidについて、アメリカ中の新聞がこぞって取り上げるようになりました。

　たとえば1899年9月10日付の『サンフランシスコ・コール』紙の日曜版には、「bachelor girlといえば因習を笑い、タバコを吸って、カクテルを一日中飲む、厚かましい下品な若い女性という印象が、彼女たちを『知らない』、『理

解に苦しむ』という人々の頭の中で一般的になっている。これについて、『厚かましさ』は『独立している』と言い換えられるし、『下品だ』、という評判は、『淑女気取りを上品と勘違いしていない』ということなのである。実際彼女たちは、洗練されている。しかも女性らしく魅力的で可愛いのである」とあります。上述の記事は、「ニューヨークにはこうした独身女性が尽きることがなく、時に女性同士、（中略）何人かでアパートを借りて住み、男性のエスコート無しに堂々と娯楽施設へ遊びに行っている」と述べています。彼女たちは男性と常に同等の関係を好み、結婚は絶対ではなく一つの選択肢としてとらえていました。

　それ以前の独身女性はspinsterや、時に揶揄してold maidと呼ばれていました。この二語は『オクスフォード英語大辞典』で「一般的な婚期をすでに越えたのに、未だ結婚をしていない女性」と定義されています。女性が外で働くことをよしとしなかった時代、結婚こそが女性が生きていく数少ない方法でしたが、彼女たちはそれを逃してしまったがゆえに、経済的に誰かに寄生せざるをえない存在でした。

　働く独身女性、bachelor womanの誕生の背景には、19世紀後半の産業の変化が大きく関係しています。1865年に南北戦争が終わると、アメリカの産業化に拍車がかかりました。エネルギーは水力から蒸気力へと代わり、あらゆる産業において機械を用いた大規模な工業化が行われました。工場の作業工程は分業化され、組織は原材料の管理者、販売者、さらにその従業員を管理する者といったように、部門ごとに細分化されました。続いて、工場で生産された製品を必要な数だけ客先に迅速に届ける必要があります。1869年に大陸横断鉄道が完成し、その後も鉄道網は各都市を結んで拡張していきました。また、1876年には電話が発明され、その回線が張り巡らされていきます。アメリカでは産業化と時期を同じくして、通信網と輸送経路が拡大していったのです。

　こうして大量生産された製品が大量消費される先の一つは、デパートメント・ストアでした。ニューヨークで最初のデパートは、1846年アイルランド人のアレクサンダー・ターニー・スチュワート（Alexander Turney Stewart, 1803～1876）が、ロウアー・マンハッタンに開いた大理石の正面口を持つ「マーブル・パレス」でした。一日に１万５千人の客が訪れていたといいます。そのほか、ニューヨークのデパートといえば、「メイシーズ（Macy's）」を思い浮かべる方も多いでしょう。ローランド・ハッシー・メイシー（Rowland Hussey Macy, 1822～1877）がニューヨークに店を開いたのは、1858年のこ

と。オープン当時、小さな高級衣類屋だったメイシーズは、年々商品の幅を広げ、服飾品、毛皮、日用品、台所用器具、本を取り扱い、1870年には軽食カウンターも構えるようになりました。

19世紀後半のアメリカでは、こうした工業化による大量生産と大量消費を背景として、若い独身女性が男性よりも安価な労働力として雇われます。1900年には570万人の女性が非農業労働力として働いており、これは1870年と比べると三倍の数でした。当時の女性の平均賃金は男性の3分の1から2分の1程度で、働く白人女性の多くは若い未婚女性でした。家族を扶養することが前提にある男性と異なり、若い女性はいずれは結婚をして男性に扶養される身になるという前提で、この賃金の安さが正当化されたのです。実際は所得を持つ未婚女性の約3分の2は両親と住み、家計を支えていたといいます。

女性は特に紡績工場や服飾産業のスウェットショップ（161ページを参照のこと）において重要な労働者でした。それより賃金の良い植字や印刷業は男性の熟練工の仕事でしたが、ストライキの間は女性が代わりに雇われました。販売員も女性の仕事に代わっていきます。事務職についても以前は将来のキャリア形成を目指す男性の仕事でしたが、女性の仕事へと次第に代わっていきます。その中でも特に、タイピストは女性の仕事とされました。専門職の中では教師、看護婦、社会福祉に関する仕事、そのほかにも記者、作家、アーティスト、弁護士、医者といった職業もわずかながら女性に開かれ始めた時代でした。O.ヘンリーの作品をみても、工場労働者、タイピスト、ショップガール、レジ係、出来高のアイロンがけ、女優、画家、パン屋の経営者など、さまざまな働く独身女性が登場します。「最後の一葉」の主人公二人はアーティストの卵でイラストを描いて生計を立てているようですが、アメリカでは20世紀の初頭から女性画家たちが台頭してきました。今までは描かれる対象だった女性たちが今度は絵筆を執り始めたのです。

当時、独身女性たちの多くは、こうして仕事と自らの可能性を求めて都心へと向かいました。1896年11月の『スクリブナーズ（Scribner's）』の記事、「ニューヨークの独身女性たち（Women Bachelors in New York）」では、「女性たちが西部からは連隊をなして、また南部からは大部隊をなしてやってきた」と語られています。スーとジョンシーもこの流れに乗ってニューヨークへやってきたのかもしれませんね。

2 女性が回す経済

● ──お一人さまのテーブル

　このお一人さまの大部隊は、ニューヨークのレストランの慣習をも変えてしまいました。以前は、一人で外食をする女性は売春婦と間違われる危険性があり、たとえ複数でも、男性のエスコートがない場合は、門前払いをくらうこともありました。しかし、20世紀初頭の働く女性を大量に抱えた当時のニューヨークでは、その需要に合わせ、女性の一人客にもテーブルを用意し、すすんで女性客に給仕するレストランも誕生したのです。スーとジョンシーもそういった女性客だったのでしょう。

　1905年10月15日の『ニューヨーク・タイムズ』紙の記事ではこの新しい社会現象を取り上げ、女性に給仕をするレストランがビジネス街を中心に増えたことを指摘しています。この記事によると、ブロード・ストリート（Broad Street）には「女性専用席あり（Table for Ladies）」とうたった24時間営業のレストランがあり、パーク・ロウ（Park Row）には終夜営業の軽食堂（all-night lunch room）がありました。そこには一日3千人の女性客が訪れ、そのうち千人は午後6時～午前1時に給仕を受けていたといいます。ある女性は新聞社での仕事帰りの深夜にその食堂で食事をし、午前1時のボートに乗って帰宅したといいます。また、20年前には女性の姿などまれだった、ロウアー・マンハッタンのフルトン・ストリート（Fulton Street）に店を構えるフレンチの定食屋でも、昼夜多くの女性客を受け入れるようになりました。少々敷居の高いフランス料理の店でさえも時代の波には逆らえなかったというわけですね。これに触発されたかのように、通りをはさんだもう少し高級そうなフレンチレストランも、性別に関係なく食事を提供するようになりました。

　普段は自宅で社交の集まりを持つ女性たちも、やがてはレストランを利用して女性同士の社交を楽しむようになります。さらに同記事の中には、有閑階級の女性たちも、ここ数年は女性の友人を迎えるのに、家よりもホテルやレストランを好むようになったとあります。

● ──女性の娯楽

　続いて娯楽の王道、「旅行」を見てみましょう。ここでも女性たちは大切な顧客でした。当時のガイドブックには、女性旅行客にアピールするために、一

人旅の女性、またはニューヨークへ働きに来た未婚の若い女性を受け入れるホテルについての情報を含めることが一般的になりました。ちなみに、当時の女性誌をのぞいてみると、ファッションや家事の記事以外に、女性同士の旅行ガイドのページに行き当たります。下に紹介した記事のタイトルは、その名も「女性（お一人さま）のための最高の二週間旅行（The Best Two Weeks' Vacation for a Girl）」。とはいえ内容は、写真からも想像できるように二人からの女性グループでの旅行が中心になっています。このころ、女性たちは積極的に外に出かけていたのでしょう。この雑誌の見開きの左側のページは「家族のための最高の二週間旅行」の記事となっており、どうやら家族旅行も女性たちが仕切る時代が来ていたらしいことをにおわせています。

『レディース・ホーム・ジャーナル（Ladie's Home Journal）』
（1904年6月号）の記事

今ではアメリカの旅行ガイドブックを紐解くと、女性旅行者のためのページが必ずといってよいほどありますが、20世紀初頭にはすでに女性たちは積極的に外に出かけていたということですね。
　しかし、アメリカ人女性が向かったのは国内にとどまりません。19世紀末、その大半は中流以上の白人女性でしたが、多くの女性たちが海外旅行に出かけました。旅行本だけを見ても1900年より前にアメリカ人女性が書いた海外旅行についての書籍類は195点あり、そのうち27点は南北戦争前に、168点はそれよりあとに書かれています。女性が海外旅行に行けるようになった背景には、1840年代に、豪華な「蒸気のお城」、「海のマンション」である蒸気船が登場したことがあげられます。以降、資本家は好機と見て、女性向けの船の装飾に投資しました。お洒落な船内となったことで、これまで家に居るべきとされた女性が、「蒸気のお城」でレディとして旅行できるようになったのです。
　そして、消費者としての女性たちをなくてはならない存在としたのは、なんといってもショッピングです。中流階級の女性たちはデパートメント・ストアにとって重要なお客様であり、商品は女性に合わせて陳列されました。デパートメント・ストアはまさに消費者にとっての夢の城。ただ、商品が陳列されているだけではなく、その建物の豪華さ、ディスプレイの美しさなど、女性を魅了する仕掛けに満ち満ちていました。先に紹介したA.T.スチュワートの「マーブル・パレス」もその一つですが、20世紀初頭のニューヨークは、豪華なデパートや高級店の建設、および増築ラッシュでもありました（159～160ページも参照してください）。
　経済的には親や結婚相手に頼っている女性たちは「つけ」で買い物ができたので、懐を気にすることなく消費も進んだことでしょう。それだけではありません。デパートメント・ストアはまた、女性たちがエスコートなしに出かけることのできる娯楽の場でもありました。化粧室が整えられ、店内のティールームは女性たちの憩いの場となりました。
　O.ヘンリーの短編の中に、デパートで働くショップガールたちがたくさん登場する背景には、このような活発な経済状況があったのです。そしてO.ヘンリーのペンが主に描き出すのは、海外へも出かけ、社交を楽しみ、このような高級百貨店で買い物をして華々しく当時の経済を支えていた女性たちではありません。むしろ、百貨店で働く女性たちにこそ、作家の目は向けられているのです。

たとえば「釣りそこねた恋人（A Lickpenny Lover）」（1904年5月29日発表）を見てみましょう。この短編の主人公、ビゲスト百貨店の売り子メイシーは、百万長者のアーヴィング・カーターに見初められて、次のように求婚されます。

　　ヨーロッパの町々を見たあとは、インドへ行って、古都を見に行こう。象に乗ってヒンズー教やバラモン教の見事な寺院を見るんだ。それから、日本の庭園や、ラクダのキャラバン、ペルシャの戦車競走や、外国のあらゆる珍しい景色を残らず見て回ろうじゃないか。

　新婚旅行の行程をこのように告げられたメイシーは冷たくこの恋人を袖にします。なぜって？　その理由は次の通り。「あんなしみったれた男はお断りだわ。僕と結婚しよう、そして新婚旅行にはコニー・アイランド（ブルックリン地区にある観光地、庶民の憩いの場で遊園地がある）に行こうって言ったのよ。」海外旅行など、想像すらできないメイシーは、カーターの語る数々の異国の情景を、遊園地のアトラクションだと勘違いしてしまったという皮肉なお話。しかしO.ヘンリーが描いたのは、ニューヨーク以外の土地のことなど何にも知らないし、海外旅行に行けるなど夢にも思いもしないものの、思いっきり分相応の楽しみを謳歌し、男たちを手玉に取り、貧しいながらも知恵と機転で生き抜く働く女性たちのありのままの姿です。
　そしてこうしたメイシーのような女性たちもまた娯楽の消費者でした。「娯楽（recreation）」はこの時代、労働者階級をも対象とする「商品」となったのです。そのために必要だったのは、エスコートや家族の監視など、それまでの伝統的な社交の概念を打ち破ることでした。当時のニューヨークでは女性の集客を得るために、ダンスホール、ボードビル劇場、5セント映画劇場といった公共娯楽施設で、男性のエスコートの無い女性たちを積極的に受け入れました。特に5セント映画劇場の多くは下層労働者の多く住むテネメントの近くにあり、ダンスホールに娘が一人で行くことを許さない保守的なイタリア移民の家庭でも、映画館なら、一人で行くことを許しましたし、独身女性のみならず、妻や母親たちも、つかの間の自由を映画館で味わいました。銀幕で繰り広げられるのは、なんといってもロマンス、そして女性が機知を働かせて男性に一泡吹かせるコメディなど、ひと時の夢の世界でした。またテネメントの近くには5セント映画劇場のみならず、ダンスホールや遊園地も建ち、若い女性た

ちを呼び寄せました。彼女たちは友達同士、精一杯おしゃれをして出かけたことでしょう。もちろんそこで出会いがあり、愛も生まれたことでしょう。キャシー・パイスは『安上がりな娯楽（*Cheap Amusements*）』の中で、公の場に出ることによって、労働者階級の若い女性たちは、男性優位の社会を覆すことはできないにせよ、女性としての自由な自己表現と男性との関係性を構築し、新しい文化と市場を生み出していったと論じています。

　O. ヘンリーが暮らした20世紀初頭のニューヨークは、「お一人さま」の女性への視線と女性そのものを取り囲む文化、そして女性たち自身の意識が、前時代に比べ大きく様変わりをした時代でした。そしてその変化に積極的に女性たちも加担していったのです。スーとジョンシーがそれぞれ故郷を離れ、一人でニューヨークに住み、一人で出かけたレストランで意気投合し、共同のアトリエで一緒にアーティストを目指すという設定は、まさにこの時代ならではのことだったと言えるでしょう。

3 ｜ 女性同士の友情と女性専用の場の登場

●──スーとジョンシーの場合

　こうして女性たちが作り出した文化は、当然ながら女性同士の絆をも生み出していきます。たとえば、スーとジョンシーの関係はどうでしょうか。ただの友達以上の強い絆で結ばれているようです。死の世界へと進んで引き込まれていこうとするジョンシーに、スーは「せめて私のことを考えてみてね。自分のことを考えるつもりがなくっても。私はどうすればいいの」と懇願し（Section 32）、死の危険を乗り越えたジョンシーに「言わなくちゃいけないことがあるの。白ねずみちゃん（white mouse）」と愛情をこめて語りかけます（Section 39）。いったい二人の関係を私たちはどう考えたらよいのでしょうか？

　O. ヘンリーはニューヨークを舞台に、スーとジョンシーのように女友達二人を主人公とした作品をほかにも書いています。たとえば「手入れの良いランプ（The Trimmed Lamp）」（1906年9月発表）の主人公、ルーとナンシーは貧しい田舎から大都会へ仕事を求めてやってきます。「ハーレムの悲劇（A Harlem Tragedy）」（1904年5月1日発表）は結婚前に同じ工場で働いていた親友、キャシディ夫人とフィンク夫人の結婚一年後のお話です。そして「紫色のドレス（The Purple Dress）」（1905年11月5日発表）には同じ店で働き、同じ

下宿に住む女性二人が登場します。(「手入れの良いランプ」と「紫色のドレス」の筋については第3章第1節で詳しく説明しますので、そちらをご覧ください。)

これら三作品の女性たちは友人であるとはいえ、時に男性を奪い合い、また相手の恋人やパートナーとの関係を羨むライバル同士でもあります。これに対し、スーとジョンシーは一見男性に興味がなく、むしろ二人の緊密な関係がこの物語の中心となっています。さらに、「ハーレムの悲劇」と「紫色のドレス」の女主人公二人は同じ建物の「別の階」に住んでいますが、「最後の一葉」の二人は同じ建物の「同じ階」、しかもどうやらスタジオだけではなく、生活を共にしている様子です。

もう少し詳しく「最後の一葉」を見ていくことにしましょう。はじめに、二人の関係の手掛かりとなるのは名前です。作者はジョアンナ（Joanna）をジョンシー（Johnsy）という男性形の愛称で、スザンナ（Susanna）はスー（Sue）あるいはスーディ（Sudie）と、そのまま女性の名前で呼んでいます。このように男性と女性の名前を使うことで、スーとジョンシーの二人は、もしかしたら恋人同士なのではないかと匂わせています。

次にスーの意味深長な言葉に注目してみましょう。ジョンシーが回復するために、誰か思いをめぐらすような男性がいたら……と言う医者に対し、スーは「男？」と一蹴し、直ぐに「男ってそんなに大切？ いや、まあ……その種のものはまずありません」と返しています（Section 9）。スーの言葉通り、ジョンシーの方も男性に免疫があったようには決して見えません。彼女は「西風男たち（zephyrs）」との付き合いで血が薄まった女性ではなかったために、肺炎氏に襲われてしまった、と取れるのです（Section 7）。

そしてついに残る葉が一枚となり、ジョンシーが生きる希望を捨てたとき、先に述べたとおり、スーはジョンシーに「せめて私のことを考えてみてね。自分のことを考えるつもりがなくっても。私はどうすればいいの」と訴えます。この最後の言葉は読者の胸に切実に響きます。どうやら、二人はただの友達以上の関係だった、と思わざるを得ません。

キャロル・スミス＝ローゼンバーグの「同性愛が認められていた十九世紀アメリカの女たち」によると、19世紀のアメリカ社会において、女性同士の精神的・感情的に結び付いた関係は社会的に容認されていたと言います。男女の役割と世界がはっきりと家庭や社会で区別された時代に、異性との関係が厳しく制限されたのに対し、寄宿舎での思春期の少女たちや、成人女性たちの関係

は自由に感情を表現し、時に肉体の接触もありました。彼女たちの中には共に抱き合い、眠り、キスをし、性的にふるまう者もいたのです。

　リリアン・フェダマンは、『レスビアンの歴史』の中で、女性同士の「ロマンティックな友情」が、経済的基盤を持たずに結婚に道を譲ったのに対し、永続的な関係になったときに初めて社会的脅威として認識され、科学者たちは女性同士のこうした関係をレスビアンとして定義し、非難するようになったと言います。一方でこうした認識が一般大衆に広がるのは遅く、フェダマンは20世紀初期の大衆雑誌小説などでは、未だ女性どうしの恋愛を「純真で気高い友情」として描いていたとして、論文「20世紀初頭のレスビアン雑誌小説」の中でその例の一つにO.ヘンリーの「最後の一葉」を挙げています。

　O.ヘンリーはスーとジョンシーの関係を示唆するにとどめていますが、広い交友関係の中で、このような強い絆で結ばれた女性たちに出会っていたのではないでしょうか。

● ──エルシーとベッシー、そしてコロニー・クラブ

　この女性同士の「ロマンティックな友情」関係は19世紀末ごろにピークを迎え、高等教育の中で精神的・経済的に自立した女性たちは男性と結婚せずに、女性同士の世帯を持つまでになります。東海岸ではこれをボストン・マリッジと呼びました。

　有名なカップルに、女優からインテリア・デザイナーに転向したエルシー・ドゥウルフ（Elsie de Wolfe, 1859~1950）とニューヨーク屈指の名家出身で、今でいう作家や俳優たちのエージェントの草分けだったエリザベス（ベッシー）・マーベリー（Elisabeth Marbury, 1856~1933）の二人がいます。パリで出会った二人は1892年にニューヨークに戻ると、アーヴィング・プレイスと17番通りの角に立つ三階建ての煉瓦造りの家、アーヴィング・ハウスを借りて一緒に暮らし始めます。自分たちのことを"The Bachelors"と呼ぶ二人は、アーヴィング・ハウスに魅力的な内装を施して、客を迎え入れました。1897年から1907年の間、日曜日ごとに開かれる二人のサロンは、アーティストや、作家、そして役者たちでにぎわったといいます。1926年にエルシーはイギリス人の外交官、サー・チャールズ・メンドルと結婚して、世間を驚かせますが、この結婚はエルシーからメンドルに申し出たもので、ベッシーとの関係を前提にしたものでした。二人の女性の関係は40年という長きにわたって続いたといいます。

O.ヘンリーも同じアーヴィング・プレイスに居を構えていたときに、この二人のことを耳にしていただけでなく、知り合っていたかもしれません。実際にエリザベス・マーベリーはO.ヘンリーの作品を舞台化するために代理人になりたいと作家に手紙で申し出ているのです。

　世紀の転換期のアメリカを見てみると、こうした女性同士の絆を深めることができた場所が、家庭や学校の枠に留まらず、外へと広がっていたのがわかります。1907年、ニューヨーク初の女性専用社交クラブ、コロニー・クラブがマディソン街の30番通り付近に設立されました。このクラブはJ.ボーデン夫人が男性たちのクラブをモデルにし、有名な金融業者、J.P.モルガンの娘、アン・トレイシー・モルガンの協力で資金を調達してニューヨークの著名な建築家、スタンフォード・ホワイトに建設を依頼したものです。スタンフォード・ホワイトはエルシー・ドゥウルフとエリザベス・マーベリーのサロンに通っていた常連、しかもマーベリー自身、コロニー・クラブの運営委員の一人でした。このアーヴィング・ハウスのつながりからホワイトが内装を頼んだのがエルシー・ドゥウルフです。男性用のクラブの重厚なインテリアと異なり、ドゥウルフが採用したのは、薄手のカーテンやパステル調の色彩の壁など、女性らしい優しさを強調したデザインでした。集う女性たちのもう一つの「家」を目指した内装です。この仕事でエルシー・ドゥウルフはインテリア・デザイナーとしての地位を確立することとなりました。『インテリア・デザインの革新者たち、1910年～1960年』は、コロニー・クラブは「女性たちの解放を目に見える形で提示する」ものだったと述べています（Cherie and Kenneth Fehrman, p. 7）。このクラブで作家や弁護士など、プロフェッショナルな世界で足場を築こうとする女性たちが、その活躍の場所は異なっていても、ともに集い、社交のみならず激励し合うことができたのです。

　同時にコロニー・クラブのメンバーは、同じ女性として労働者階級の女性たちにも関心を向けました。1910年、トライアングル社のシャツ・ウェストブラウスの工場で女工たちのストライキが起こると、ストライキ救済基金の会に参加していたドゥウルフとマーベリーの呼びかけで、ストライキ中の女工たちの一人をコロニー・クラブに招いて話を聞くという会合が開催されました。コロニー・クラブは、女性たちの横のみならず縦のつながりをも導き出したのでしょう。

● ──女性専用、マーサ・ワシントン・ホテルの登場

　また、1903年には女性専用ホテル、マーサ・ワシントン・ホテル（The Martha Washington Hotel）がニューヨークにオープンします。初代大統領夫人の名前を冠したこのホテルは、私たちが考える一般的なホテルとはちょっと異なります。建築家ロバート・ギブソンによるルネサンス・リバイバル様式のデザインで、その12階建ての煉瓦と石造りの建物には、500名の住民と、150名の一時宿泊者のためのシングルの部屋が用意されているという大規模なものでした。部屋はバス・トイレ付きで、50名のウェイトレスと30名の客室用のメイドが雇われていたそうですので、基本的にメイド付きのアパートといってもよさそうです。設備には住民が共同で利用する食堂、居間、図書館、ルーフデッキがありました。

　このホテルは収入の高い専門職の女性たちに、居心地よい、独立した住居を提供することを目的とし、ウーマンズ・ホテル・カンパニー（the Woman's Hotel Company）が企画しました。その当時、働く独身女性が増えてきたにもかかわらず、その住居の選択肢が少ないことが問題となっていました。これまでのような女性用の安い下宿屋や規則の多い施設だけではなく、より独立した居心地の良い空間への要求が高まってきたのです。ウーマンズ・ホテル・カンパニーは、このホテルの建設は慈善ではなくビジネスであるという触れ込みで、投資家に訴えました。その株は裕福な資本家だけではなく、ホテルの意義を支持する個人の女性たちにも購入されました。ニューヨークの女性向け居住型ホテルは、世界でも一足先を行く動きだったようです。マーサ・ワシントン・ホテル建設のニュースは19世紀終わりのロンドンでも話題となり、ロンドンでもこのようなホテルを建てようとの声が上がったほどでした。

　そしてオープン当時の『ニューヨーク・タイムズ』紙（1903年2月3日）の記事を見ると、すでに200名がキャンセル待ちをしているということですので、大人気だったのでしょう。その住人は、教師、簿記係、音楽家、画家、作家、看護婦、医者などの専門職に就く女性たちでした。

　ニューヨークで男性と肩を並べて生きていく女性たちにとって、安全だけではなく、掃除や食事など、日常の家事を肩代わりしてくれるホテルは、ありがたい存在だったに違いありません。こんな環境の中で女性たちは職業にまい進し、特別な絆を培っていったのかもしれませんね。

前時代までは、家庭を守ることが女性らしさの美徳の一つでしたが、「最後の一葉」の時代、20世紀初頭までには女性たちは公的な空間に出ていき、広く受け入れられるようになったのです。労働力を提供する一方で、消費者としても社会的に受容されるようになった女性たち。彼女たちの経済的な影響力を認めるや否や、サービス業では女性を個人、または団体として集客することに力を注ぎました。消費社会は女性のための文化と空間を用意し、そこから新たな利益を生み出しました。その中で女性たちは単なる消費者や、安い賃金で搾取されるだけの労働者にとどまらず、この経済的変化を自分たちの好機として、一方では社会進出を果たし、また他方では女性独自の文化を享受し、同時に形成していったといえるでしょう。

　そんな文化的な背景のもとに公私ともども女性同士の強い絆も生まれ出たのです。「最後の一葉」は、そんな背景をもとにして生まれ出た作品だったのでしょう。

第3節

O.ヘンリーと Japan

1 ｜ Japanese napkinの謎

● ── Japanese napkin、海を渡る

　　After the doctor had gone Sue went into the workroom and cried a Japanese napkin to a pulp.

　　医者が去ったあと、スーは仕事部屋に入っていき、日本製のナプキンが涙でどろどろになるまで泣いた。(Section 11)

　医者からジョンシーの抜き差しならない病状を聞かされたスーの描写です。皆さんがここで気になるのはa Japanese napkinではないでしょうか。まず英語の"cried a Japanese napkin to a pulp"という言葉からJapanese napkinがどのようなものだと想像なさったでしょうか。これは布製でしょうか？　それとも紙製？

　Japanese napkin「日本製のナプキン」とはなんのためのものだったのでしょうか。仕事部屋にあったのだから絵の具の付いた画材を拭くためのもの？　画材を包んだもの？　それともレストランに置かれている、折りたたまれた薄い紙ナプキンでしょうか？　または正方形にたたまれた少し厚めの綺麗な絵柄の入っている紙ナプキン？　訳に出てきたように「日本製の紙でできたナプキン」であれば、それは和紙なのでしょうか？　洋紙でしょうか？　第一わざわざ「日本製のナプキン」とする意味はなんのでしょう。たった一言のこの言葉、どうしても引っかかってしまいます。

　答えは……確かに日本で作られた紙のナプキンのことです。日本製の紙を画家が使った例としてはオランダの画家レンブラント（1606〜69）が挙げられます。彼は銅版画や素描に和紙を使用し、後期の優れた作品はほとんどが和紙

に刷られていたそうです（渡辺、p. 59）。手漉き和紙は楮（こうぞ）、三椏（みつまた）、雁皮（がんぴ）という樹の皮の、長い靭皮（じんぴ）繊維を使い、ネリと呼ばれるトロロアオイやノリウツギという植物の根からとった粘液によって繊維を絡め合わせて作ります。この植物由来の長い繊維と粘液によって手漉き和紙は薄くても強い性質を持ちました。

　では、ここで登場する a Japanese napkin はレンブラントの時代と同じ和紙という意味で使われているのでしょうか。

　洋紙は綿ボロを原料としていましたが、需要に対して原料不足となり、木材をほぐして得られるセルロース繊維を抽出した砕木パルプを化学薬品で結合していくようになります。1858年（安政5年）日米修好通商条約調印後、アメリカは急速に日本との貿易を拡大していきます。

　日本国内では奈良吉野、土佐、美濃、越前をはじめ全国で手漉き和紙が作られていきました。渋沢栄一は、1867年（慶応3年）に渡欧した際の見聞により「紙は文化のバロメーターである」として、抄紙会社の設立を1872年（明治5年）に出願、翌年、会社を設立します。これが王子製紙株式会社の前身でした。日本ではこのころ、紙幣、新聞用紙、印刷用紙に大量の紙が必要とされました。大量生産のためには和紙では生産が追いつきません。洋紙の国産化は政府の急務であったのです。内田昌宏氏によると、海外への紙ナプキン輸出は「明治初年に欧米から来日した貿易商が日本の和紙技術に着目して製造を依頼したことに始まる」ということです（内田、p. 59）。また澤村守氏の聞き取り調査によると、1879年（明治12年）、岐阜市で紙ナプキンの製造を手掛けたのが日本最初ということです（澤村、p. 490）。

　同時に、のちに紹介する佐野熊ナプキンでは、紙ナプキンに独特のしわ加工を施すために、渋柿のシブを塗って干した紙を紙ナプキンの包装紙に用い、上から人の圧力で包装紙のしわをそのまま紙ナプキンにつけるという工夫を用いたそうです（内田、p. 63）。このしわにより、顔などの脂肪がとれ易いと評判になったようですので、絵の具の付いた画材を拭くのに使われた可能性は大いにありますね。

　1885年（明治18年）からは岐阜の美濃典具帖紙でも木版手刷りの紙ナプキンが製造され、盛んに輸出されました。こちらは和紙ですので、和紙と和紙に似た質感の洋紙とが同時に輸出されていたことになります。

　このような状況下、静岡県富士市原田に1894年（明治27年）、近くを流れる滝川の水を利用した原田製紙工場が作られました。それまで手漉きで作られ

ていた和紙ですが、原田製紙は日本で初めて和紙生産を機械化しました。その後、原田製紙では主に食事の時に使用するナプキン紙を製造していきます。輸入品を模しながら、独自にボロと古綱にネリを加えてナプキン原紙を製造し、これが和紙で使用するネリを洋紙製造に生かしてできた特異な紙として好評を博し、機械漉きで紙ナプキンを製造する日本最大の会社となっていくのです。

紙ナプキンの多くは輸出向けに生産されていました。1905年（明治38年）には「佐野熊ナプキン」が設立され、原田製紙のナプキン原紙を使用して、自社開発した水彩印刷機により色鮮やかな海外向け紙ナプキンを製造し、外国市場で好評を得ます。1893年のシカゴ万国博覧会や1904年のセントルイス万国博覧会をはじめとする欧米の万国博覧会では、日本製紙ナプキンが出品されています。Japanese napkin やwashiは国際的にその品質の良さが認められていったのです。

● ──おもてなしと Japanese napkin

次に当時のアメリカの新聞や雑誌のパーティー紹介記事、またレストランの広告などから日本製ナプキン（Japanese napkin）がどのように紹介されていたのかを見てみましょう。1880年11月22日の『シンシナティ・デイリー・ガゼット（Cincinnati Daily Gazette）』という日刊紙では、とあるパーティーについて「メニューは豊富でゲストの食欲はたっぷり三時間満足させてもらった。日本製ナプキンが使われて、テーブルには大量のワインが用意されていた」と紹介しています。日本製のナプキンが上質なおもてなしには欠かせなかったようですね。1887年9月16日の『ジュネーヴァ・ガゼット（The Geneva Gazette）』（ニューヨークの週刊紙）の広告の中では、ジュネーヴァ・コーヒーハウスのメニューのトップに「日本製ナプキン 1セント、紅茶、コーヒー、ミルク 4セント、スープ 5セント」とあります。日本製紙ナプキンがコーヒーとともに注文できるように用意されていたのです。また、1896年5月7日の『ニューヨーク・トリビューン（New York Tribune）』の「医者たちのバーベキュー」という記事にも、ゲストのための木製の大皿には、それぞれフォーク、ティースプーン、グラス、そして日本製紙ナプキンが用意されていたとあります。そのほか、結婚式のケーキを日本製ナプキンで包み小さなリボンで結んで渡されたというような記事もありました。アメリカの食文化の中で日本製紙ナプキンは、パーティーやレストランの必需品であったようです。

流行に敏感なO.ヘンリーは作品の中にさりげなく「日本製ナプキン」を登

場させているのです。「最後の一葉」が出版される少し前、1904年1月20日の『ニューヨーク・タイムズ』の「今お店では」という紹介記事の中では、バレンタインデー用の日本製紙ナプキンが紹介されています。「バレンタイン用品がもう店頭に並んでいますよ。プレゼントにぴったりなのは日本製ナプキン。白地に赤のアウトラインのハートが一角に描かれ、その中を潜り抜けているのは腕に手紙をたくさん抱えているキューピッド。そのまわりをたくさんの金のハートが囲んでいます。」この絵柄に似た同時代の日本製紙ナプキンが静岡県富士市立博物館に保存されています（次のページをごらんください）。実物を見てみると、現在販売されている色鮮やかな絵柄の入った紙ナプキンよりもかなり薄いもので、飲食店でよく見かける小さな紙ナプキンほどの厚さです。

しかし、日本製紙ナプキンの工場は昭和の戦争期に国に接収され、軍需工場に転換されたり廃業を余儀なくされたりして次第に生産量が減っていきました。日本製紙ナプキンが海外で好評を博していた期間は40年にも届かない短い期間でしたが、開国後間もない時代にメイド・イン・ジャパンの代表の一つとなったものがJapanese napkin、「薄くて丈夫、油をよくとる」日本製の紙ナプキンだったのです。

● ―― 文学と Japanese napkin

さて、詩人のエズラ・パウンド（Ezra Pound, 1885～1972）は、「出遭い（The Encounter）」という詩の中で、Japanese paper napkin をモチーフとして使用しています。

> All the while they were talking the new morality
> Her eyes explored me.
> And when I rose to go
> Her fingers were like the tissue
> Of a Japanese paper napkin.

> あいつらが新しい道徳をとやかく言う間も
> 彼女の眼は私を求めていた。
> そして私が立ち上がるとき
> その指の感触はまるで
> 日本製の紙のナプキンのようだった。

ここでパウンドはJapanese paper napkinに繊細、かつセクシュアルなイメージを持たせています。「最後の一葉」の中でもO.ヘンリーはスーの哀しみと内心の繊細さを際立だせるためにその手にJapanese napkinを持たせたのかもしれません。しかし今まで見てきたように和紙の特徴を生かしてできた日本製の紙ナプキンは薄くても丈夫な存在です。スーがこのすぐあとでその傷ついた心を隠すように元気よく口笛で吹くラグタイムは、内面の繊細さと恰好のコントラストを描き出します。このギャップはいかにもO.ヘンリーらしい描写です。傷心のただ中にありながらも強く明るく振る舞おうとする。Japanese napkinはそんなスーの表象なのでしょう。

佐野熊ナプキン（静岡県富士市博物館蔵）

2 ｜ O.ヘンリーと日本

　エズラ・パウンドの時代には東洋の異国情緒を象徴していた日本の紙ナプキン。ではナプキンの製造元である「日本」は、O.ヘンリーの時代にはどのよ

うに受け止められていたのかも気になります。

　エキゾチックな国、「日本」のイメージは、20世紀初頭の大衆文化のいたるところに顔をのぞかせます。下の図は1904年6月号の『レディース・ホーム・ジャーナル』の表紙と裏表紙です。季節にふさわしく、手に菖蒲を持った女性を描いた浮世絵風の表紙絵ですが、本号のページを繰ってみても、どこにも日本の紹介は見られません。浮世絵が女性誌の表紙を飾る一つの理由は当時のファッションです。着物風の上着、「キモノ（kimono）」は女性たちのお気に入りのファッションアイテムでした。O.ヘンリーの作品の中にも「キモノ」は名詞のみならず、「キモノを着た腕（kimonoed arm）」と形容詞にもなって登場しています。しかし裏表紙を飾るコダックの広告はどうでしょうか。日本風の菊と田舎の背景は、製品とこの広告文ともあまり関係がなさそうです。結局当時の「日本趣味」がこの雑誌のみならず、コダックのカメラを手に取りたくなる一つの媒介となっていたと考えてよいのでしょう。

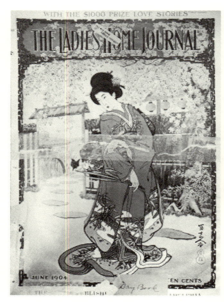

『レディース・ホーム・ジャーナル』1904年6月号の表表紙と裏表紙

しかしO.ヘンリーの作品の中で、日本はただの趣味だけには終わっていません。O.ヘンリーは1904年の1月3日から1906年7月15日まで、毎週一編の短編を『ニューヨーク・サンデー・ワールド・マガジン』に載せています。「最後の一葉」も同誌の1905年10月15日号に載せられました。その一年前の1904年7月31日号に載せられたのは、「第99消防団の外交政策（The Foreign Policy of Company 99)」という物語です。時事に敏感な作者が背景として取り上げているのは、1904年2月に勃発した日露戦争（1904年2月8日〜1905年9月5日）です。満州における権益争いでもあったこの戦争は、海外に市場を拡げようとするアメリカにとって、目の離せない戦争でした。ロシアの勢力を阻もうとするアメリカは、のちに仲介役を買って出ることになります。

　O.ヘンリーは「キャロウェイの暗号（Calloway's Code）」（1906年9月発表）など、いくつかの短編の中で日露戦争について言及していますが、「第99消防団の外交政策」は、戦争が激化し始めたころの作品として、注目に値します。物語の主人公は第99消防団の消防馬車の御者、ジョン・バーンズ（John Byrnes）。同僚が彼のことを「日本患い（Japanitis）」にかかっていると言うほどの日本びいきです。バーンズの楽しみは日露戦争の戦況報告を新聞から得ては、机の上に広げた地図にピンを指して、両軍の動向を追っていくこと。会戦で日本が勝利を収めるたびに、喜びのあまり踊り狂い、雄たけびを上げます。「行け、このちんちくりんの、寸詰まりの、ハックルベリーみてえにちっこい目をしたサル顔の唐辛子入りタマーレ野郎！　叩きのめせ、このチビのすばしっこい、がに股のブルテリア。鴨緑江会戦の勝利をもう一発ぶちかましてやれ、そしてサンクトペテルブルクでコメを食おうぜ。」話し手は「うるわしきニッポンにおいてすら、これほど熱いミカドのしもべはいなかった。ロシアに肩入れする輩は第99消防団の派出所には近寄らないほうが身のためだった」と言い切ります。

　感極まったバーンズが叫ぶ日本人礼賛の言葉は今では人種差別もいいところだと言われそうですが、おそらく本人にとっては心の底からあふれ出る親愛の表現だったのでしょう。

　というのもこの物語の主題は、日露戦争をバックに語られる当時の移民文化なのです。Byrnesという特徴的な名前が表すように、主人公はアイルランド人です。第1章の歴史コラム3の中でも紹介していますが、19世紀の後半にこぞって北アメリカに入ってきた移民の中にはこの名字を持ったアイルランド

人が大勢見られます。そしてこれも歴史コラム3の中で紹介されているように、当時のアイルランド移民はジャガイモ飢饉のあおりを受けた貧しい人々でした。新天地のアメリカでもその生活は決して豊かではなく、差別の対象ともなった人々です。バーンズが叫ぶ日本人の表象は、実はアイルランド人にぶつけられる差別的な表象とも重なります。自らの経験と思いを、我らがバーンズも大国ロシアを相手に果敢に奮闘する日本人に重ねていたのでしょう。

　同時に日露戦争を他人事として済ますわけにはいかなかったのがアメリカにいるユダヤ系の移民たちでした。ロシアでは19世紀の終わりに大々的なユダヤ人迫害（ポグロム）が行われます。また1903年以降、繰り返される襲撃から逃れようと、ユダヤ人は次々と国を出ます。アメリカはそんな大量の移民を引き受けることになるのです。ここからもわかるように、ユダヤ系移民たちにとってもロシアと戦う日本人の奮闘は、目が離せないものでした。

　実はそんなロシアからの移民が「第99消防団の外交政策」の第二の主人公です。エリス島に降り立ちアメリカという新しい国に来たばかりのロシア人移民デミトリ・スワンフスク（Demetre Svangvsk）は慣れない大都会をほっつき歩いている最中に火事の現場へと二頭の馬を駆るバーンズの消防馬車に正面衝突しそうになります。避けようとしたバーンズは大けがを負い、脚を折った愛馬の一頭はその場で射殺。悲劇を引き起こしたのがロシア人とわかったらどうなることかと読者はひやひやするのですが、物語はどんでん返しで幕を閉じます。バーンズの9歳の息子が遊び半分に乗った副消防署長の自動車が急に大通りを走り出すと、デミトリはバーンズのもう一頭の愛馬を見事に操り、息子を救い出すのです。馬と自由に意思疎通ができるこの不思議な男がコサックであることを知ったバーンズは、「日本患い」から立ち直るというわけです。

　移民のテーマは、ここでもう一ひねり加えられます。デミトリはコサックということで先ほど紹介したロシアからのユダヤ系移民ではありません。下層階級のコサックたちはむしろユダヤ人たちの加害者ともなったと言われます。このエンディング、何ともO.ヘンリーらしい終わり方ではないでしょうか。O.ヘンリーは「日露戦争」という時事的な出来事とロシアと戦う日本への人々の反応を作品の中に織り込みながら、ニューヨークの街で肩を寄せ合って暮らすさまざまなバックグラウンドを背負った人々の横顔をうまくとらえています。

　以上、紙ナプキンから始まったO.ヘンリーと「日本」の物語は、アメリカと日本という二国のみならず、もっと複雑な文化の諸相を物語ってくれるのです。

第4節
東部、西部に出会う
　　イースト・ミーツ・ウエスト
——スーの絵に見る「東部が作った西部」

　画家を目指すスーは、生活のために雑誌小説の挿絵を描いています。そんな彼女が描いているイラストを、O.ヘンリーはこの作品の中で紹介しています。一つは片めがねのアイダホ・カウボーイ（Section 14）。そしてもう一つは「世捨て人の老坑夫（the old hermit miner）」です（Section 22とSection 29）。どちらも少々不思議な出で立ちではありませんか？　前者のヒーローは、馬術競技ショーのためのエレガントな乗馬ズボンをはき、貴族趣味の片めがね——貴族や上流階級のカリカチュアには欠かせない象徴的なアイテムです——をかけている、けれどもアイダホ（ロッキー山脈を有するジャガイモの生産地で有名な北西部に位置する州）のカウボーイです。テキサスに暮らしたことのあるO.ヘンリーにカウボーイの知識がなかったわけがありません。そして世捨て人の老坑夫というのも何とも不思議な取り合わせです。これも、一人の人間の中に共存するちぐはぐな性格に惹かれ続けたO.ヘンリーのフィクション（小説）の中のフィクション（創造物）なのでしょうか？　いやいや、ここまではっきり書かれてしまうと、何か裏があるに違いない。どうやらここには、のちほどほかの章でも登場する「西部」のイメージが関係しているようです。ということで、この章ではスーの描くイラストをめぐって、当時の「東部」と「西部」の関係を探っていきたいと思います。

1 ｜ 片めがねのカウボーイ

　スーは作品の中でも紹介されているように、メイン州の出身、そしてジョンシーはカリフォルニア州の出身です。つまり東部と西部がこの小さな物語の中で出会っているのです。このころのニューヨークは第1章の歴史コラム3「ベ

アマンさんから知るニューヨーク移民事情」でも紹介されているように、さまざまな人種を受け入れていた最盛期にあたりますが、同時に国の中でも多くの人々が東から西へ、西から東へと移動していく最中でもありました。また、のちほどの第3章第3節でも紹介されているように、東部のアーティストたちは手つかずの自然からのインスピレーションを求めて西のフロンティアへと向かい、あるいは、ジョンシーのように、芸術もファッションも最先端の流行を生み出し、文化人が集まる東部へと向かう若者たちもあとを絶たなかったのです。広大な国、アメリカ。日本と違って同じ国でも時差があります。東部がすでに都市文化をはぐくんでいたとしたら、西部はいまだに人の手が及ばないウィルダネスの広がる、開拓されたばかりの土地でした。

　そして、一言に「西部」といってもこれもまた広大な地域です。スーはジョンシーからカリフォルニア州のある西海岸の話は聞いていたのかもしれませんが、アイダホ州を含むロッキー山脈地帯や、O.ヘンリーが若かりし時を過ごしたテキサス州などの西南中部、そして中西部に関しては、ニューヨークに住んでいた多くの人々がそうだったように、当時はやっていた小説や、カウボーイ・ショー、ワイルド・ウエスト・ショー（ボードビルの西部開拓版）でしか、その片鱗に触れることはなかったのでしょう。当時の東部の人々にとって「西部」は明確な地理としてではなく、どこまでもイメージだけでとらえられていたのです。

　そう考えると、この片めがねのカウボーイの出で立ちも納得できます。この時代、馬術競技ショーは社交の場でした。観客は最新のファッションに身を包み、このスマートなショーを見に出かけたのです。その様子について、スーやジョンシーは女性雑誌の記事から知識を得ていたのではないでしょうか。こうして出来上がったのが、スー版のアイダホ・カウボーイであったというわけです。

　O.ヘンリーの作品には、彼自身がイラストを描き、製図の仕事で生計を立てていたことをうかがわせるように、アーティストやアーティストの卵たちがたくさん登場します（第3章第3節もご覧になってください）。その中の一つ、「フールキラー（The Fool-Killer）」（1906年4月15日発表）にはカーナー（Kerner）という絵描きが出てきます。カーナーは、スーのように雑誌小説のためのイラストを描いて生計を立てています。語り手の作家とイラストレーターのカーナーは仕事上のパートナー同士ですが、作家がカーナーのことを「愚か者（a fool）」と呼ぶにはわけがあります。カーナーは作家がアイダホの鉱

山野営場について描いた作品の中に出てくる「馬」という言葉だけを頼りに、勝手な想像から作者の意図とはかけ離れた身なりのカウボーイ、「ブラック・ビル」を描いてしまうのです。

　そして、その出で立ちは、スーの描く片めがねのカウボーイを彷彿とさせます。

> 　ブラック・ビルはウエストチェスター郡狩猟隊の隊長お決まりのズボンをはいている。手にはパーラーライフル、そして片めがねをかけている。遠景にはなくしたガス管を探し出そうとしているころの42番通りの一部が見えている。それとタージマハルも。こちらは有名なインドの霊廟だ。（イラストを描いてみました。次のページをご覧ください。）

　スーが馬術競技ショーからインスピレーションを得ていたのだとしたら、カーナーはこちらも中・上流階級のお楽しみであった狩猟から発想を得ていたということでしょう。親はかなりの金持ちである様子の彼は、実際にウエストチェスター（ニューヨークの郊外の町）のキツネ狩りに参加したことだってあるのかもしれません。彼がカウボーイに持たせたパーラーライフルとは、騎乗から早撃ちなど到底できない銃身の重たい室内射撃用の銃のことです。しかし、カウボーイたちが護身用に持っていたのは、ウィンチェスター社製のライフルか、ピースメーカーの愛称で知られる回転式拳銃でした。そして、狩猟隊長のはくズボンとは、貴族がキツネ狩りの時に着用する乗馬ズボンのことです。狩猟隊長のズボンといい、スーが描く馬術競技ショーのための乗馬ズボンといい、上品な出で立ちです。なんとアイダホのカウボーイからは遠い姿でしょう。それどころか、背景にはニューヨークのシンボル42番通りだけではなく、白亜の霊廟タージマハルが同時に見えるのです。これでは三文喜劇の書き割りのようです。とはいえ、このヘンテコなカウボーイの姿にこそO.ヘンリーが生きた時代のニューヨークが凝縮されているように思えます。

　ルドルフ・カーナーの名前はドイツ語読みではケルナー。ビールのことをWürzburgerという彼は、ドイツ系移民の2世、あるいは3世のようです。おそらく東部から出たことはないのでしょう。しかもロボットや透明人間を扱ったSF小説家の先駆者であるフィッツ＝ジェイムズ・オブライエンが好きだというあたり、かなりの空想癖があるようです。彼にとっての「アイダホ」とはまさに慣れ親しんだニューヨークから西へと国を横断して太平洋を越えたずっ

背景だけを描いてみるとこんな感じ。ここはどこ？

そこにカーナー風のカウボーイを描きこんでみると…。ますますここはどこ？

と先にあるインドとの間に位置する、これもまた「見知らぬ地」だったのではないでしょうか。こうして人物のみならずその背景すら現実からほど遠いアイダホのカウボーイが生まれ出たというわけです。

　このような「井の中の蛙」は、ニューヨークを舞台にしたO.ヘンリーの作品群のそこかしこに姿を見せます。その極端な例は「みやこ自慢（The Pride of the Cities）」（1904年7月3日発表）に出てくるニューヨーカーでしょう。この大都会こそが世界のすべてと信じて疑わないニューヨーカーは、これまた西部の自分の町こそが素晴らしいと譲らないネヴァダ州のトパーズ・シティから来た訪問者と丁々発止のお国自慢を繰り広げます。トパーズ・シティに行ったことがあるかいと聞かれたニューヨーカーの答えは次の通り。「8番街から西へは足を踏み入れたことはないなあ。9番街で死んだ兄弟がいたが、葬列に加わったのも8番街さ。（中略）西（the West）には詳しいとは言えないなあ。」コスモポリタンの町、ニューヨーク。しかしながら、どうやらこの広大な国の中では自国すら十分異郷であり得たのでしょう。

2 ｜ 東部から西部へ出かけた「世捨て人」

　では、もう一人のキャラクター「世捨て人の老坑夫」はどこから来たのでしょうか？　鉱山労動者といえば、もちろんゴールドラッシュを容易に思い浮かべることができますね。1848年にカリフォルニアで金鉱が発見されると、翌年、フォーティー・ナイナーズと呼ばれる大勢の人々が一攫千金を夢見てカリフォルニアを目指しました。しかし、当時、東部からカリフォルニアまでは2000マイルに及ぶカリフォルニア・トレイルを行く陸路か、東海岸からパナマ地峡を越えるか、南米を回ってサンフランシスコ港に向かう海路しかありませんでした。いずれの行程も過酷なもので大勢のフォーティー・ナイナーズがカリフォルニアにたどり着く前に命を落としました。幸運にもカリフォルニアにたどり着いたとしても、金脈を掘り当てて成功した者はほんの一握りだったのです。おまけに1855年にはカリフォルニアの金鉱は掘り尽くされて採掘は収束をむかえ、やがて町はあっという間にゴーストタウンとなりました。その後、金鉱が発見されたコロラド州やアリゾナ州でもゴールドラッシュが起こり、ブームタウン（新興都市）が建設されましたがやはり金が掘り尽くされたのちにゴーストタウンと化したのです。

O.ヘンリーは、テキサス時代にアンクル・ジョーの愛称で知られている金鉱労働者ジョー・ディクソンの経験談をもとにした小説の挿絵を描きました。イラストの腕を認められ、ディクソンとそのオースティンの友人、ジョン・マドックスから小説の挿絵を頼まれたのです。O.ヘンリーは、ディクソンの話を基に40枚ものイラストを仕上げます。ディクソンはその挿絵を見て、自分の人生を本当によく描写していると誉めちぎりました。しかし、原稿を読み直したディクソンは、自分の文才のなさを嘆き、腹を立て、その原稿を川に投げ捨ててしまいます。若きO.ヘンリーの画才に嫉妬したのかもしれません。結局、本は出版されることはなく幻となりました。しかしながら、ディヴィッド・スチュアートの伝記によると、O.ヘンリーの文才を認め、雑誌投稿を勧めたのもディクソンだったようです (Stuart, p. 38)。結局アンクル・ジョーの物語は世に出るきっかけを失いましたが、O.ヘンリーの中に頑固で偏屈、不器用な生き方しかできない老金鉱労働者の姿が焼き付けられたことでしょう。

　その後、O.ヘンリーは自らもオースティンの州土地管理局の友人たちとメナード郡の銀鉱探索の旅に出かけたことがありました。賭けに出る大胆さと緻密な理論の双方を生かした金鉱採掘には、地勢調査の経験があるO.ヘンリーの食指を動かすものがあったのかもしれません。しかし、道中での娯楽にお金を使い果たし、埋もれた宝に出会うことはありませんでした。

　そしてこのような世捨て人の坑夫 (hermit miner) は、決してフィクションの中の登場人物だけではなかったということを証明するように、実に多くのhermit minerがメディアの中に登場するのです。ところで、当時の新聞記事を読むとhermit minerはいくつかのパターンに分類できそうです。まず一つ目が運よく鉱脈を探り当て、その幸運を独り占めしようと「世捨て人」生活を続けた人々です。例えば1907年9月21日付の『ブラウンズビル・デイリー・ヘラルド』紙（テキサス）の記事には「世捨て人の坑夫」の、「老バックスキン (Old Buckskin)」の伝説が紹介されています。月に一度、老バックスキンは砂金と金塊でいっぱいにしたビール瓶を二本持って、エスパノーラの町に降りてきました。これらの金を売り払ったあと、またどことも知れずに姿を消す彼の後を追おうとするものの、人々はいつもうまいこと巻かれてしまう。しかし、ある日、バックスキンはその居所を突き止められたのみならず、殺されてしまいます。犯人のメキシコ人は逮捕されて刑務所で死んでしまい、結局バックスキンの金鉱の居所は謎のまま。ようやくそれから10年もたって、その金鉱が見つかったというものです。

次に失恋がきっかけでhermit minerとなったロマンティックな人々がいます。1896年7月3日付の『ホプキンスビル・ケンタキアン』紙にはカリフォルニアでなくなった「世捨て人の坑夫」の話が出ています。「世捨て人、ジョージ・バーンズ」は莫大な遺産をニュージャージーに住む自分の兄弟に残しました。愛する女性との結婚を父親から反対されたジョージは、43年前次のように言い残して西へと旅立ちました。「僕は西に行きます。二度と戻ることはないでしょう。愛する女性と結ばれることが許されないのなら、この世は捨てます。どの女性とも二度と口をきくことはありません。」そしてその言葉通り、カリフォルニアの世捨て人の坑夫として彼はその一生を終えるのです。

　この話が「カリフォルニアの鉱山野営場にまつわるまたひとつの不思議なロマンス」として紹介されていることからも、どうやら愛に敗れて世捨て人の生活に入るという話は、人々のお気に入りだったようです。O.ヘンリーの作品の中でもこのテーマは応用されています。「待ち人（To Him Who Waits）」（1909年1月23日発表）には、失恋して世捨て人となった立派なあごひげ（ベアマンさんを彷彿とさせますね）と「正真正銘の世捨て人」として3千ドル分の札束をひそかにブリキの缶の中に蓄えた男が出て来ます。とはいえこの隠者は、ほかの隠者とは少し趣を異にしています。彼は、住んでいる洞窟付きの小屋近くにあるホテルの観光資源として、彼を訪問する観光客に「世捨て人」としての知識や哲学を披露する役割を担っているのです。彼も恋に破れて「世捨て人」となったのですが、その悲恋の物語は断りもなくホテルのレストランのメニューカードの裏に書かれており、観光客の目を引いていました。結局この「世捨て人」は、「世捨て人」たるもの、どこかに金を隠し持っているにちがいないと信じて近づいてきた美しいホテルの滞在客に恋をして、よりを戻そうとする昔の恋人を冷たく突き離します。二転三転のこの物語も当時の「世捨て人ロマンス」を皮肉るO.ヘンリーらしい短編です。

　同時に「世捨て人」的な坑夫のイメージが世間に蔓延していたことも事実です。T.H.ワトキンスの『西部の金と銀』（1971年）はイラストと写真入りで、西部における金銀の採掘の歴史を追ってくれますが、「粗野で薄汚く、すっかり日焼けして、剃刀を当てないひげぼうぼうの男」という坑夫のお決まりの姿を紹介しています（Watkins, p. 205）。ベアマンさんが「世捨て人の坑夫」のモデルに選ばれたのも納得できるというものです。

　「世捨て人の坑夫」が市井の人々にとって興味深いものだったのは、東部から西部に向かった傷心の人々が、その謎に満ちた存在に姿を変えて時を経て出

現するなどの、多くの逸話を生んだためなのです。距離も文化も東部からは遠くかけ離れている西部は東部の人間が「世を捨てる」行為をするには、ぴったりの舞台だったということでしょう。T. H. ワトキンスは、20世紀に入って次第にエネルギー源や機械・建築材料となるほかの金属にとって代わられるようになってもなお、金と銀は「ロマンティックな金属」だったと述べています (Watkins, p. 270)。人間界の夢や愛に破れた人々が新たな夢と冒険を求めた先が西部とそこに眠っている金と銀だったのです。岩に見立てた大鍋に腰掛ける老坑夫のイラストも、こんな東部の文明をあえて捨てて西部に来た男が、あとにした遠い故郷を顧みるという図なのかもしれません。

3 東部、西部に出会う（イースト・ミーツ・ウエスト）

●── O. ヘンリーとテキサス

　西部は小説家O.ヘンリーを育てた場所でもありました。西部から題材をとってきた短編や西部に言及する短編は、この本の中のほかの章でも数多く紹介されているとおり、O.ヘンリーの重要な作品群を作り上げています。

> カウボーイが仔馬に乗って、その左手を鞍角に置いているなんていう嘘っぱちの絵で編集者をごまかすことはできても、恋愛小説で編集者をうまく騙すというわけにはいかないよ。つまり本物を描こうというのなら、先ず進んで恋に落ちなくっちゃ。

短編「冥界の火（The Plutonian Fire）」（1905年9月24日発表）の中の主人公は、恋愛をしたこともないくせに恋愛小説を書こうとしている作家に対して、こんな言葉をかけています。何気ない一言ながら、O.ヘンリーが当時の東部に蔓延するまがい物の西部を揶揄するには十分な一言ですね。

　1882年3月、19歳のO.ヘンリーは彼の止まない咳を心配した父の友人・ホール医師の勧めで、彼の息子たちが経営するテキサスの農場に転地療養を目的として二年間居候をすることとなりました。25時間列車に揺られて着いたテキサスは、彼が少年期を過ごした中部ノースカロライナ州グリーンズバロとは全くの異世界でした。牧場のカウボーイたちはスペイン語、メキシコ訛りの英語を話すなど、文化も習慣も異なっていたのです。O.ヘンリーは、牧場主の

キャプテン・リー・ホール——テキサスの開拓者の一人として本になるほどの有名人でした——から乗馬や家畜の世話、強盗やカウボーイのことを教わりました。その当時のテキサスは、強盗や殺人がしばしば起こる危険な土地でしたから、牧場の仕事をこなしながら、ならず者から牧場をライフル銃で守るレンジャーの側面を併せ持つ男たち（ランチマン）は、西部の日常そのものだったといえます。その中でも、1869年に完成した大陸横断鉄道の主要駅や町に向かって、牧場から出荷する牛の群れをスムーズに運ぶ"Long Cattle Drive"に従事する男たちこそが、もともとカウボーイと呼ばれていたのです。もちろん、O.ヘンリーはカウボーイとなったわけではありませんでしたが、そのまま故郷グリーンズバロに帰ることなく、テキサスで仕事を得て結婚し、家族を養っていた彼にとって、西部はこれ以上ない現実でした。そしてこの現実がO.ヘンリーの「西部もの」のインスピレーションになっています。

　だからこそ、カーナーのことを「愚か者」と呼ぶ作家のように、O.ヘンリーは当時東部を席巻していた東部から見た西部に対する誤った固定観念をスーのイラストに象徴させて、皮肉っているのです。ということで、「西部」がどのようにして東部の人々の頭の中で作られていたのかをもう少し探ってみる必要がありそうです。

●──新たなアメリカ、西部

　南北戦争後のアメリカは国の再建に力を入れます。特に大陸横断鉄道の建設に尽力することで、西部開拓が進みました。この西部で開花した新たな理想の土台を作ったのは、アメリカの歴史学者、フレデリック・ターナー（Frederick Jackson Turner, 1861～1932）の唱えた「フロンティア学説」です。ターナーが1893年に発表した論文「アメリカ史におけるフロンティアの意義」は、のちのアメリカ史に大きな影響を与える論文となり、現代でも批評の対象となっています。ターナーによると、18世紀には東部は自分たちの工業、産業、経済の発展にしか目を向けなくなり、東部より工業化の遅れている西部とのつながりを絶ち始めたと述べています。しかし、19世紀中葉からの産業革命以後、西部への開拓は新たな「アメリカ」の成長を意味しました。フロンティアは、常に文明とウィルダネスがせめぎあい、荒々しい自然やネイティブ・アメリカンや無法者たちと闘いながら、土地を勝ち得ていく「現場」、アメリカが成長していく現場でした。

　同時にこのフロンティアには数多くの移民が流れ込み、辺境の地で東部の体

制とは異なる新しいアメリカを形成していきました。野蛮と文明、そして移民たちのもたらす異なる文化が接触する場所で、多くの新しい文化や制度が生み出され、最初に入ってきたヨーロッパ的なものが次第に新しいアメリカの文化にとって代わっていきます。ターナーは、このフロンティアでこそ、アメリカのアイデンティティが生み出されていった、と語ります。国税調査局長官の発表によると1890年にはフロンティア・ラインは消滅し、これにより、アメリカの歴史の第一期は終わった、とターナーは述べています。同時にフロンティアによって培われたアメリカの特質がすべての国民に行き渡っていったというわけです。

●——東部と西部の出会いの立役者たち
——ウィスター、レミントン、そしてルーズベルト

　O.ヘンリーと同時代に活躍した同世代の三人の東部出身者がいます。作家オーウェン・ウィスターと、画家であり、彫刻家であり、作家でもあったフレデリック・レミントン、そして1901年に第26代大統領になったセオドア・ルーズベルトです。彼らは理想化された西部を東部に持ち帰り、新たなアメリカのアイデンティティを広める役割を果たしました。

　実はO.ヘンリーの時代は西部ものの小説が大ヒットしていた時代でした。この西部ものの小説の布石を置いたのが、オーウェン・ウィスター（Owen Wister, 1860〜1938）でした。「最後の一葉」が書かれる三年前の1902年に出版されたウィスターの長編『ヴァージニアン（*The Virginian*）』はハードカヴァーだけで200万部を売りアメリカ史上初のベストセラーとなります。O.ヘンリーが子供時代から夢中になって読んでいた1860年ごろから出版されるようになったダイム・ノベルには、インディアンやカウボーイ、ならず者などが多く登場しました。内容は、実在の人物を取り上げた活劇やメロドラマなどの娯楽性の高いストーリーであることが特徴です。つば広のカウボーイハットを被り、革のオーバーズボンをはいた腕の立つガンマンで、美女を恋人に持つ、お馴染みのウエスタン映画に出てくる典型的なカウボーイを世に送り出した『ヴァージニアン』は、これらダイム・ノベルを通して成長した西部ものというジャンル初の金字塔となりました。

　この作品で注目に値するのは、主人公がヴァージニア貴族の末裔であることです。「ヴァージニアン」の名が示す通り、彼は西部の出身ではなく、東部ヴァージニアで生まれたこと、本名ではなくその出身地の愛称で呼ばれ続けてい

たことが、彼のアイデンティティを示しています。西部の人々にとって最後までヴァージニアンは東部出身者なのです。エンディングで彼は花嫁のバーモント州に住む家族に会うために仕立ての良いスーツ姿に変身します。東部出身の貴族は西部によって育てられ、成長するのみならず、新たなアメリカのアイデンティティを背負って東部に戻るのです。紳士姿のヴァージニアンは、堂々として見目麗しく、裕福な妻の家族やうるさい伯母にもすんなりと受け入れられ、ハッピーエンドを迎えます。こうしてヴァージニアンは理想のアメリカ人の象徴となるのです。

　ウィスターの友人でもあったセオドア・ルーズベルト（Theodre Roosevelt, 1858～1919）は、米西戦争において友人たちやカウボーイ、アフリカン・アメリカンやネイティブ・アメリカンなどさまざまな人々を募り、1898年に義勇騎兵隊、通称「ラフ・ライダーズ（The Rough Riders）」を結成します。サン・フアン・ヒルの戦いを指揮し勝利したルーズベルトはアメリカン・ヒーローの典型といえます。そして、彼は片めがねの愛用者としても有名で、新聞記事の風刺画にもよく登場しています。スーの描くカウボーイの片めがねもこんなところに由来するのかもしれません。O.ヘンリーは、「騎馬巡査オルーンのバッジ」（The Badge of Policeman O'Roon）」（1904年12月25日発表）の中で「ジェントル・ライダーズ（The Gentle Riders）は、西部の荒くれ者の中の貴族たちと、東部の貴族の中の荒くれ者たちの中からメンバーを募ってきたのだ」とラフ・ライダーズのパロディともいえる騎兵隊を登場させています。O.ヘンリーの中ではラフ・ライダーズはやっぱり大きなインスピレーションだったようですね。

　そして東部の西部熱をあおった今一人の立役者はフレデリック・レミントン（Frederic Remington, 1861～1909）です。ダイナミック、かつ精緻なカウボーイの絵画やブロンズ像の彫刻で有名なレミントンのイラストは、今でもアメリカの人々に愛されています。そこにはアメリカ人が思い描く、開拓時代の西部のアイコン——大草原、カウボーイ、暴れ馬、インディアン、バッファロー、幌馬車、唸る鞭、高く上げられた拳銃など——が写実的で美しい絵の中に理想通りに納まっているからでしょう。

　先に述べたように、O.ヘンリーの絵描きとしての腕前も相当なものでした。実際にO.ヘンリーは西部でのスケッチやイラストを数多く残しています。レミントンが、灰汁を取り除いて理想化したイラストを描いたとすれば、O.ヘンリーの作品は灰汁もスパイスの一つとばかりに、人々をユーモラスに

描く風刺の利いたイラストでした。

　また、レミントンは西部を舞台にした小説も書きました。特に『イエローストーンのジョン・エルミン（*John Ermine of the Yellowstone*）』（1902年）は再版もされ、舞台化もされるなど、この話だけでかなりの収入を得たようです。しかし、イラストレーターや、作家として世間に認められるようになるまでには、定職についていないことからのちに妻となる女性の両親に結婚を反対されたり、売春宿まがいのサロンの経営者のパートナーになったり、詐欺にあって無一文になったりと波瀾万丈、おまけに大酒のみで48歳の若さで亡くなるなど、その人生はどこかO.ヘンリーと似通っています。

　ウィスターとルーズベルト、レミントンは終生を通した友人関係にありました。三人それぞれが時代の寵児だったばかりではなく、相互作用の力が加わって彼らが東部に持ち帰った「西部」の影響は相当なものだったのです。

● ──理想化されたアメリカの象徴へ

　では、ウィスター、ルーズベルト、そしてレミントンが西部から持ち帰ったものとはいったいなんだったのでしょうか。彼らは西部の現状を持ち帰ったのではありません。むしろ、理想的な国家の象徴としての「西部」を持ち帰ったのです。ウィスターたちは自らの経験したリアルな西部を東部に持ち帰って理想化したといえましょう（このテーマについては、第3章第3節も参照してください）。それはウィスターのヴァージニアンが体現するようなアングロサクソン的な騎士道精神であり、武骨な個人主義、誠実、勇気、そして貞節という美徳が加わった理想でした。

　前に紹介したターナーの「フロンティア学説」に彩り豊かな着色を施していったのは、まさに東部から出かけていき、体制化された故郷とは異なるアメリカを持ち帰り、理想化した人々だったのです。ウィスターやレミントン、また、O.ヘンリーらが活躍する20世紀初頭には、ターナーの説いたフロンティアは、東部での固定化した体制の圧迫からの逃走の場とみなされるようになりました。東部の束縛に対する、西部の自由。先にも紹介した「世捨て人の坑夫」の物語はこの言説から生まれ出たものでもあったのでしょう。

　しかし、西部は決して東部からの逃避行の場だけでは終わりませんでした。G・エドワード・ホワイトは、その著書『東海岸主流派と西部体験──フレデリック・レミントン、セオドア・ルーズベルト、オーウェン・ウィスターの西部』（1968年）の中で、産業革命が訪れる前から東海岸に根差していた伝統的

な「主流派」、つまり国を動かす数少ない特権階級出身のレミントン、ルーズベルト、ウィスターたちが、西部に旅立ち、そこでの経験を経て再び東海岸に戻って活動することによって、彼らの「西部体験」が、いかに東部の伝統的な体制そのものに新たな価値を付け加えたのかを描き出しています。東海岸主流派の作り出した「西部」は、一般の人々にとっては遠い存在であることには変わりありません。しかし間違いなく自分たちの一部、つまり理想のアメリカの象徴となっていったのです。

4 O.ヘンリーの西部

　ではこのような流れの中で、西部を描いた作家、O.ヘンリーはどのように位置づけられるのでしょうか。O.ヘンリーの作品の中でも東部と西部は何度も出会います。そして、病弱な若きO.ヘンリーが西部で健康を取り戻したように、東部の欠落を西部が補う場面も何度も出てきます。第3章第4節の中でも「病を治癒するための西部」をテーマにした物語をいくつか紹介していますので、そちらを見ていただきたいのですが、その中の一つ、「牧場のマダム・ボーピープ」（1902年6月発表）は、ニューヨークをあとにした男女が、西部で再会し結ばれる物語です。男性のほうは、健康を害して、女性のほうは夫に先立たれて残された牧場に移り住むためにそれぞれテキサスに来るのです。ここでは東部をあとにするのは男性だけではなく、女性でもあります。そして西部は自分の中に眠っていた新しい自分に出会うきっかけを与えてくれる場所なのです。

　しかしながら、この「新しい自分」は常に「成長」を意味するものではありません。東海岸主流派のウィスターやレミントンの小説の中で描き出される東部対西部とは異なり、O.ヘンリーはどちらかを理想化することはないのです。O.ヘンリーにとって西部は伝説と英雄を生む場所、そして未開と野蛮が文明と争う地という概念でくくられるものではありませんでした。

　たとえば「20年後（After Twenty Years）」（1904年2月14日発表）はその名の通り、20年という時を経て、二人の幼なじみのニューヨーカーが行きつけの店が立っていた場所で待ち合わせるというお話ですが、一旗揚げようと西部に向かったそのうちの一人は、指名手配中の大悪党、「シルキー・ボブ」となってニューヨークに戻ってきます。ボブの語る西部は以下の通り。

「西部で一山築くには、とんでもないペテン師ども相手にしのぎを削らなくちゃいけませんでしたからね。ニューヨークじゃあ、惰性で生きていける。キレ者になるには西部に行かなくっちゃね。」
　同じく、西部はわけありの過去の清算の場所でもあります。「よみがえった改心（A Retrieved Reformation）」（1903年4月発表）の中で、ビジネスマンに化けた銀行泥棒のジミイ・ヴァレンタインは、各地で荒稼ぎをしますが、たどりついた南部のアーカンソーで運命を変える最愛の女性に巡り合います。そんな彼が、セント・ルイスにいる旧知の同業者に宛てた手紙の中で語るひとことは、「結婚したら店を売って西部に行くつもりだ。西部なら、脛の傷で追いかけられるようなこともないだろうからね」。
　O.ヘンリーの作品の中では西部からの訪問者もいとも簡単に東部に感化されます。「都会の呼び声（The Call of the Tame）」（1905年6月4日発表）は、その題名が示す通り、ジャック・ロンドンの『野生の呼び声（*The Call of the Wild*）』（1903年）の人間版逆パロディ。ラフ・ライダーズの一人が、ニューヨークで西部の顔なじみに会うものの、すっかり相手はニューヨーカーになっています。最初は相手の変心を頭からバカにしていた主人公ですが、最後にはどうやら彼も東部の大都会にすっかり「飼いならされて」行く模様……。

　　「もしも俺の牧場をそこそこの値で売り払うことができればなあ。それこそ……ギャーソング！［訳注：原文は"Gyar—song!"「ギャルソン」のつもりでしょう］」と突然彼は大声で叫んだ。レストラン中のナイフとフォークがパタと動きを止めた。
　　給仕が駆けつけた。
　　「このカクテルちゅうやつを二杯持ってきてくれ。」

　言葉遣いといい飲み物の選択といいあっという間に都会に感化された誇り高き（はずの）ラフ・ライダーの様子に読者はくすりとせずにはいられないでしょう。
　ここからもわかるように、東部から西部であれ、西部から東部であれ、場所の変化は人の成長を促すというより、その人の本来の姿をあぶりだす媒介としてO.ヘンリーは使っているようです。その意味で夢物語、「選んだ道（The Roads We Take）」（1904年8月7日発表）の中で、ニューヨーク州の田舎からニューヨーク市に行くつもりが興行中のワイルド・ウェスト・ショーの一行に出会い、西部にやってきて、挙句の果てに銀行強盗と相成った（ともあれこれ

はすべて夢の中の話なのですが）シャーク・ドッドソンに、相棒のボブは以下のように言います。

　　　どの道を行こうとも結局一緒だったのさ。（中略）道の選択の問題じゃない。俺たちの行く末は俺たち自身の中にあるものが決めるんだ。

　アメリカ中を渡り歩いたO. ヘンリーの人生訓とも取れる言葉です。
　O. ヘンリーの伝記を書いたアルフォンソ・スミスは東部対西部という位置づけの中で、O.ヘンリーの特徴はその「公平さ」にあると述べています。すべての土地はその地域の特徴も含めてそれぞれの現状を抱えています（Smith, pp. 240〜241）。O.ヘンリーはニューヨークを舞台にした短編と同じく、時にアイロニーを持って、時に愛情たっぷりにさまざまな土地で繰り広げられる、ありのままの人間模様を描きました。その意味で、「主流派」とは一線を画すO.ヘンリーの西部ものは、再評価される必要があるといえましょう。
　いえ、それは何も西部ものに限るわけではありません。世紀末をまたいで、O.ヘンリーは、横領の疑い、南米への逃亡、コロンバスでの収監、そして、ニューヨークで稀代のストーリーテラーとして評価を得るという激動の変遷を経験します。それぞれの土地で見聞きしたことはそのまま彼の作品に反映されていきました。彼の作品は南米、アメリカ南部、西部、北部に東部とその背景はさまざまですが、そのすべてにおいて、作家の態度は一貫しています。O.ヘンリーにとって、その土地にしかありえない人々の性格、その土地でないと絶対に培われない人々の性格はありませんでした。どこへ行ってもいろいろな人がいる。ニューヨークの400万の一人ひとりに物語があるように、その一人ひとりに彼は注目し、その一人ひとりから学びえた真実を描き出したのに過ぎなかったのです。

第5節

Very Blue and Very Useless?
——青の謎

　小康を取り戻したジョンシーがベッドでせっせと編んでいる「とても鮮やかなブルーの、誰も使うことがなさそうな（very blue and very useless）」肩掛け（Section 38）。この箇所を読んだ皆さんはちょっと不思議に思われるかもしれません。せっかくの肩掛けをどうして「誰も使うことがなさそう」とまで言わなくてはならないのでしょう。肩掛けだったら自分も使うだろうし、それに考えてみれば季節は11月。冬は間近ですし、クリスマスももうすぐ。だとすれば、当時の女の子たちも友達や大切な人のために肩掛けを編むことだってあったでしょう。この肩掛けはスーのためなのでしょうか。勘のいい皆さんだったら、ここでもうこのvery uselessという言葉が、実はジョンシーがこの肩かけを使ってもらいたいと思っている人がおそらく使ってくれない、ということを暗示しているのかもしれないと気が付くかもしれません。O.ヘンリーらしく、ジョンシーが編み物がとっても下手、ということを皮肉っているのかしら。でももしかしたら、この肩掛けをプレゼントしたいとジョンシーが思っている相手がいなくなっている、とも考えられます。そしてそのことに気が付いていないのは当のジョンシー自身なのだとしたら……。この肩掛けはすでにこの世にいないベアマンさんへのプレゼントとしてジョンシーが真心こめて編んでいた、と考えることもできるのではないでしょうか。

　スーのイラストのモデルとして大鍋の岩の上に座ったベアマンさんは青いシャツを着ていたということでしたね。もともと青はベアマンさんが好きだった色なのかもしれません。しかしここでもう一つ気になるのは、この肩掛けがただの「青い肩掛け」なのではなくvery blueだったということです。実はこの「青」を探ってみると、ここにも当時の文化が潜んでいることがわかります。

　本書でも何回か紹介されるO.ヘンリーの作品、「紫色のドレス」のオープニングは次のような文章で始まります。「パープルとして知られている色合いについて考えてみたいと思う。今や若者は男も女もこの色がお気に入りであ

る。」この書き出しにたがわず、作品の冒頭は当時の衣服の「色」や作者が街で見かけて気に入ったスタイルについて紹介しています。二人の主人公グレースとメイダの意中の人、ラムゼイ氏がどんな色が好きなのか、二人はあれこれ議論したすえ、グレースは赤を、メイダは紫を選ぶのです。

　そしてこの紫以上にO.ヘンリーが好んで作品の中に登場させるのが「青（blue）」です。「最後の一葉」ではvery blueだった「青」はほかの作品では洋服の色だけをとってもその色調をさまざまに変えて登場します。light blue、dark blue、pale-blue、blue-and-green、jay-bird-blue、sky-blue、brilliant blue、cordon blue、navy-blue、gay blue、bright blue、blue-gray、greenish-blue、ultramarine-blueなどなど。

　紫のみならず、「青」も、当時の人々のお気に入りの色だったのでしょうね。そのもっともよい例は第2章第4節でも紹介した「待ち人」の主人公である世捨て人が恋に落ちる相手です。

> 彼女の身に着けているものは帽子からカンヴァス地のパンプスにいたるまですべて青だった。その色調は、春の土曜日の夜明けに咲いているブルーベルの静かに鈴を鳴らすようなあわい色あいから、寝坊した洗濯女がいまだ姿を現さない、月曜日の朝9時の濃いブルーの色調までさまざまだった。

　同じ色でもこれほど異なる色調を出すことを可能にした立役者は化学染料でした。タイセイや高価なインディゴといった植物染料に対して、人工顔料のプルシアン・ブルーが開発されたのは18世紀前半のこと。やがて18世紀の後半には市場に出回るようになります。この強い染色力を持った顔料は、18世紀の末から19世紀の初頭にかけてもてはやされましたが、布には定着しづらい、しかも光やアルカリ洗剤に弱い、などの弱点がありました。

　続いて1856年、産業革命をいち早く成し遂げた工業国イギリスで、若き化学者、ウィリアム・パーキン（William Henry Perkin, 1838～1907）が、世界初の合成染料、アニリン染料の開発に成功しました。「モーヴ（mauve）」という青みがかった紫色の発見です。パーキンはもともとコールタールから抽出されるアニリンからマラリアの薬、キニーネを作る実験を行う過程で偶然この紫色の染料を生み出し、成果を商品化へとつなげました。こうして、モーヴは当時のファッション界を席巻する色となるのです。その後は紫のみならず、アニリン染料の技術を使ってさまざまな色が生み出されていきました。同時に

1865年にはドイツ人の化学者、アドルフ・フォン・バイヤー（Adolf von Baeyer, 1835～1917）がインディゴの合成に取り組みはじめ成功、1883年には、合成インディゴの構造式を発表するにいたります。やがて、20世紀のはじめには合成インディゴは天然インディゴにとって代わられるようになるのです。

　ジョンシーが選んだvery blueも当時大人気のアニリン系の青色、あるいは合成インディゴの青だったのではないでしょうか。こういった化学染料の特徴は、「誰も今まで見たことがない」、「驚異的な鮮烈さ」（深井、p. 18）にあったといいます。ことによると、この「とても鮮やかなブルー（very blue）」はモーヴだった可能性もありますね。いずれせよ、ビショップ・スリーブ同様に、ジョンシーたちが流行に敏感であったことが見て取れる一節です。

　1906年7月26日、コールタールを使ってモーヴが発見されてから50年が経ったことを記念して、そしてウィリアム・パーキンの偉業をたたえるために、最古の科学学会、ロンドン王立協会主催の大規模な記念式典が開かれました。パーキンは同年の秋、アメリカに招待され、ニューヨークも訪問しています。ニューヨークでの記念晩さん会は、「最後の一葉」でもその名前が紹介されているデルモニコ（ただし、こちらは本物の方。第2章第1節をご覧ください）で開催されました。出席者はこの偉大な化学者をたたえるために、モーヴ色の絹の蝶ネクタイを着用して会に臨んだそうです（『ニューヨーク・タイムズ』、1906年10月7日）。晩さん会の席上、パーキンには金のメダルが授けられました。現在でもアメリカの工業化学の発達に貢献した研究者に与えられる最高の賞、パーキン賞（Perkin Medal）がこうして始まったのです。O.ヘンリーもそのニュースを見聞きしていたかもしれません。

　このようにファッション界を大きく揺り動かすことになる化学染料ですが、発見当時、化学染料の誕生を皆が皆、快く受け入れていたわけでは決してありません。モーヴはヴィクトリア女王自身も好んで身に着けた色にもかかわらず、当時このような化学染料の侵食に対して、昔ながらの植物染料の伝統を守り抜こうとしたイギリスの手工芸者たちもいました。アニリン染料をはじめとする化学染料は日光にさらされたり、洗濯を繰り返すことで褪せてしまいます。このはかない「青」の侵出に対抗して、タイセイ（大青、英語ではwoad）から手間暇かけて作られる耐久性のある青を見直そうと、一部の芸術家たちは中世以来の植物染料と染めの技術を掘り起こし復活させようとしました。今でもイギリスではその伝統が受け継がれています。

ではO.ヘンリー自身は、この流行色のモーヴ、そして人工的に作り出される染料にどのような思いを抱いていたのでしょうか。あれほど時事的な事象に敏感だった作家は、不思議なことに当時はやっていた新しい色、"mauve"を全著作の中でたったの一度しか登場させていません。なぜでしょうか。
　それには二つの理由が考えられます。一つはO.ヘンリーが薬剤師であったこと（実際にアニリン染料は、パーキンがマラリアの治療薬、キニーネを合成しようとしていた時に見つけた副産物でした）。O.ヘンリーは詐欺師ジェフ・ピーターズと相棒アンディ・タッカーが登場するいくつかの短編を書いていますが、その一つ「カリスマ術師、ジェフ・ピーターズ（Jeff Peters as a Personal Magnet）」（1908年）では、ジェフはキニーネを作るキナノキの汁とアニリンを使って、「よみがえりチンキ」を作ってひと儲けします。また「風、治まる（A Tempered Wind）」（1904年8月発表）の中では詐欺師コンビのピックとバックが、水道水にアニリンで赤い色をつけ、シナモンで香りをつけた毛生え薬（「ヘアトニック」のラベルがなかったので、その場で「かぜ薬」に早変わりしますが）をせっせと作ります。食品の着色料としてもアニリンは使われましたが、薬剤師だった経験のあるO.ヘンリーはアニリンが解熱剤などの薬に使われると同時に、中毒を起こすことも知っていたことでしょう。そんな知識が、あえてアニリン染料の紫とはっきりわかる「モーヴ」という言葉からO.ヘンリーを遠ざけたのかもしれません。
　そしてあと一つの理由は人の心の移り変わりと流行の儚さです。ニューヨークに住んでいるO.ヘンリーは都会に住む人々の心移りの早さをその目で見続けてきたことでしょう。化学染料があっという間に褪色するように、モーヴという色自体、いつ流行から外れていくとも限りません。ほかの色だって同じこと。冒頭で紹介した「紫色のドレス」の始まりで、紫色の目下の流行を伝えてくれたO.ヘンリーは、その段落を以下のように締めくくります。「女性は皆、紫が大好きだ――それがはやっている時は。」O.ヘンリーは「最後の一葉」の中で、very blueという色彩を誰でもが知っている「青」という言葉に託して、とどめておきたかったのかもしれませんね。
　そしてこの作品の中には、もう一つの青が見え隠れしています。生きる希望が見えてきたときにジョンシーが口にしたのが「いつかナポリ湾の絵を描きたいな」という言葉でした（Section 36）。ナポリというと、当時の人が思い出す色はなんといっても「青」でした。のちの第3章第3節でも紹介されるように、その青い海、そしてカプリ島の「青の洞窟」は多くの作家や画家の心をと

らえて離しませんでした。透き通った海に日の光がさすと、まさにvery blueとしか言いようのない青色に洞窟全体が満たされる。そんな光景をジョンシーは夢見ていたのかもしれません。そしてそんな話をして聞かせたのがドイツ移民のベアマンさんだったのかもしれません。化学の色と自然の色。20世紀初頭のニューヨークで、人々の心をつかんだ二つの青が、不思議な出会いを果たしているといえるのでしょう。

第 3 章

「最後の一葉」から知る当時の文化

　第2章の謎解き部分から、私たちが知らなかった当時の文化が随分とわかってきたことでしょう。ニューヨークの「400万人」の人々との出会いからおよそ150もの短編小説を書いたO.ヘンリー。彼にとって作品を書くことはそういった人々の日々の暮らしを記録し続けることでした。そんな中から私たちは当時の人々の文化をうかがい知ることができます。この第3章では、第2章同様、「最後の一葉」を中心に、ほかのO.ヘンリーの作品も読みつつ、当時のニューヨークの、そしてアメリカの文化についてもっと詳しく見ていくことにしましょう。

第 1 節

ビショップ・スリーブをめくってみると…
――O. ヘンリーが教えてくれるニューヨークおしゃれ事情

　「もしもこの冬の上着の袖の流行について彼女に一つでも『どうなのかしら』と尋ねさせることができれば、助かる見込みを10に1つから5に1つにすると約束できるんだがね。」病床に伏せたジョンシーを診察した医者の言葉（Section 10）は、おしゃれこそが当時の女性たちが生きていくうえで欠かせなかったことをうかがわせます。言われてみればそもそもスーとジョンシーの二人が一緒にアトリエを持つきっかけの一つとなったのも「ビショップ・スリーブ」に対する好みでした（Section 5）。O.ヘンリーのこの作品の中にさりげなく織り込まれた、「袖」。しかし、この袖をちょっとめくってみると当時の女性たちの文化にどれほどO.ヘンリーが精通していたのかが見えてくるのです。
　この章では、O.ヘンリーに導かれて、スーとジョンシーのみならず、当時の女性たちにとってのファッションについてもう少し詳しく見ていくことにしましょう。

1 ｜ おしゃれを自前で――女性雑誌・ミシン・そして型紙の三種の神器

　ここで登場する「ビショップ・スリーブ」は、その名前通り、キリスト教の主教の僧服の袖のように、下に向かって広がる袖口にギャザーを寄せてカフスをつけた袖のことで、パフスリーブの一種です。ブリュノ・デュ・ロゼルの『20世紀モード史』（1995年）によると、1900年から1908年にかけてのモードの変化は袖の形と帽子に顕著に見られたようです。
　当時の雑誌に掲載されたブラウスの型は、やはりさまざまに装飾された膨らんだ袖（パフスリーブ）でした。O.ヘンリーがいたころのニューヨークでは流行のファッションだったというわけです。当時の新聞記事を見てみると、華やかなイベントに出かけていく著名人の服装が事細かに報告されていますが、

1901年8月11日の『ニューヨーク・タイムズ』紙の記事ではNYから電車で二時間ほどの富裕層の別荘地、ロードアイランド州ニューポートに集う婦人たちの服装を取り上げています。やはり彼女たちの間でも、ビショップ・スリーブは大流行。また、おしゃれな女性のファッションをチェックするコラムでは第２章第１節で紹介した「デルモニコ」にビショップ・スリーブを着て出かける女性の記事も見られます（『ニューヨーク・タイムズ』1902年1月19日）。富裕層の間で流行っていたビショップ・スリーブへの憧れは、スーやジョンシーも抱いていたことでしょう。

『レディース・ホーム・ジャーナル』
1904年6月号の中のファッション記事
ビショップ・スリーブが描かれています

第1節　ビショップ・スリーブをめくってみると…

●──ファッションは階級を超える──女性誌の力

　ところで、富裕層のファッションは、どうやってつつましい生活を送っていた若い二人のアーティストの好みとなり得たのでしょうか。おそらくスーやジョンシーはビショップ・スリーブをただの憧れに終わらせず、好んで身に着けていたことでしょう。身にまとうという夢があるからこそ、「最後の一葉」の中の医者が言うように、最新のファッションへの興味がジョンシーの生きる活力にもつながるはずなのです。

『レディース・ホーム・ジャーナル』
1900年3月号に載せられた服の仕立てに関する記事

女性たちのそういった日々の活力の火付け役は女性雑誌でした。雑誌のイラストを描いて生計を立てているスーたちは、もちろん当時の雑誌の読者でもあったはず。1900年ごろには既に、婦人雑誌が数多く発刊されていました。特に『レディース・ホーム・ジャーナル（*Ladies Home Journal*)』（1883年創刊）は群を抜いての購読数を誇っていました。月額10セント（年額1ドル）と安価であったことと、充実した内容を提供していたからです。今でも私たちが、本を読み回すように、女性たちは一冊を何人かで読んで楽しんでいたのかもしれませんね。では『レディース・ホーム・ジャーナル』の記事を見てみましょう。

　1900年3月号の記事は型紙を使って服を自分でどのように仕立てるのかの指南が書かれています（154ページの図版）。ここでは初心者であっても望むようなデザインに布を裁てる簡単な方法や、縫製の手順が紹介されています。1901年12月号には、自分で衣服を作るためのいくつかのアドバイス、クリスマスのテーブル飾り、働く婦人のための服装の提案などが、1902年1月号には春のブラウス、イブニング・ドレスのスタイル画が詳しい説明付きで記載されています。

　ここでも袖は大きな特徴となっています。おそらく女性たちはこういったイラストで自分の好みのスタイルを見つけ、続いてそれぞれのパーツの「型」を使って自分好みの洋服を自前で作っていたのでしょう。

● ──「ミシン」と「型紙」

　当時のおしゃれ事情で重要なことは、上で見たとおり、最新のおしゃれはただ雑誌の素敵なイラストを見てため息をつく対象であるだけではなく、実際にその流行が簡単に手に入るものとなったことです。

　雑誌に続く立役者は「ミシン」と「型紙」でした。1851年にI.M.シンガー社がミシンの特許を取り、分割払い可、修理のサービスも提供するという独自の方法を打ち出して、ミシンの販売台数が飛躍的に伸びました。しかし、分割とはいえ依然としてミシンは高価なものでしたから、購入することができるのは主に中産階級以上の人たちや服飾製造業者でした。とはいえ、そのころ、既におしゃれな衣服を作るための型紙を簡単に手に入れることができるようになり、家庭での縫製（手縫い）が可能となっていったのです。同時に織物工業の発達により、富裕層のような豪華な素材とはいかないまでも、比較的安価に布地が手に入るようになりました。ビショップ・スリーブのような袖元がゆった

りとしたデザインは、当時の縫製から考えると作りやすかったのでしょう。O.ヘンリーの作品、「ハーレムの悲劇」は、同じアパートの上と下に住んでいる二人の女主人公たちのお話です。着るものは自分たちで作っているのでしょうか。「型」を貸したり借りたりする様子がさりげなく挿入されています。また「虚栄と毛皮（Vanity and Some Sables）」（1905年2月5日発表）ではギャングから足を洗おうと決めた主人公が、恋人にこう言います。「ねえ、モル。おれは堅気になるよ。そして一年たったらお前と結婚する。お前のためだよ。アパートを見つけて、フルートに、ミシンとゴムの木を買って、清く正しく生きるんだ。」プロポーズの言葉にも登場するミシンは、当時の女性の憧れでもあったのでしょう。

「最後の一葉」では物語の最後で、「とても鮮やかなブルーの」マフラーを編むジョンシーが登場します。スーとジョンシーも自分たちでお好みの衣服を手作りしていたのかもしれませんね。

●──イラストとファッション・アイコン

もちろんファッションは雑誌のイラストで描かれる美しい女性たちが身にまとうからこそ、流行の波に乗せられていきます。当時の有名なファッション・アイコンは、チャールズ・ダナ・ギブソン（Charles Dana Gibson, 1867～1944）が描いた「ギブソン・ガール」たちです。緩く髪をまとめあげるポン

「ギブソン・ガール」

パドゥールの髪型、美しく健康的で、社交だけではなくスポーツを楽しみ、さっそうと自転車に乗る活動的な新しいアメリカ女性の象徴としてギブソン・ガールは大人気でした。まさに当時のファッション・アイコンとして、彼女たちが身に着ける服や髪型が爆発的な流行となったのです。

　イラストに描かれた女性たちはファッションのみならず、その立ち居振る舞いでも女性たちに影響を与えました。O.ヘンリーもニューヨークの街でギブソン・ガールズに行き会ったことでしょう。その証拠に「ジョン・アーバスノット（John Arbuthnot）」の名前で、次のような詩をしたためています。

「あるギブソン・ガールに捧ぐ（To a Gibson Girl）」『エインズリー・マガジン』（1903年12月に発表）

　　　　　　　　　原文　　　　　　　　　　　　邦訳

"Simulating ice and snow,
　Proud, impassive, haughty, cold,
From you satin-slippered toe
　To each tress of wayward gold !

　　　　　　　　　　　　　氷か雪か
　　　　　　　　　　　　　　気位高く、涼しき眉根、傲慢かつ冷淡
　　　　　　　　　　　　　そのサテンのつま先から
　　　　　　　　　　　　　　むら気な黄金の飾り房ひとつに至るまで！

"Pouting-lipped complexity;
　Daphne, gay in crepe-de-chine;
Softer-souled Euryale
　Sedately gowned in etamine !

　　　　　　　　　　　　　尖らせた口元は何をか語らん。
　　　　　　　　　　　　　　デシンに彩られたダフネよ。
　　　　　　　　　　　　　情けあるエウリュアレよ
　　　　　　　　　　　　　　エタミンの衣に厳かに身を包む！

原文　　　　　　　　　　　邦訳

"Child of old Deucalion,
　　Mocked by all this modern pomp;
Aphrodite, full of fun;
　　Juno, aching for a romp!

　　　　　　　　　老デュカリオンの子よ
　　　　　　　　　　　この現世の虚栄を笑われようとも。
　　　　　　　　　朗らかなるアフロディテ。
　　　　　　　　　　　喜悦に焦がれるユノよ！

"Dreaming-eyed, unmoved, austere;
　　Towering queen of dignity
To a hoodwinked world, my dear,
　　But imposter unto me!

　　　　　　　　　夢見るまなこ、不動の風情。
　　　　　　　　　　　威儀正す女王のたたずまいにて
　　　　　　　　　偽りの世を制す、いとしい人よ、
　　　　　　　　　　　ただ我にはあやかしの像にすぎぬ！

"For I know you —I alone—
　　Laughing, wayward child of sun,
An impulsive, overgrown
　　Girl and angel, all in one!"

　　　　　　　　　我は君を知る、ただ我のみ
　　　　　　　　　　　笑いさざめく、気まぐれな太陽の子よ
　　　　　　　　　恐るるものなく、のびやかに
　　　　　　　　　　　少女にして天使、ひとつに重なりて！

どうやら、ファッションとは、身にまとう女性たちのたたずまいをも変えてしまう力があったようですね。

2 | 既製服の登場と服の大量生産

● ──オーダーメイドからレディーメイドへ

　このように富裕層の特権だったおしゃれは雑誌・ミシン・型紙の普及によって中流階級の女性たちの手に届くものとなりました。そして、おしゃれの浸透はさらに階級を超えることになります。

　ミシンの登場と普及、そして移民たちが支える労働力は既製服の大量生産を生み出します。富裕層の間では自分の体にぴったりと合わせて作ってもらうオーダーメイドが主流でした。しかし、ミシンと型紙はホームソーイングによるセルフメイドを可能にし、やがては既製服の時代の到来となります。既製服（ready-made）の前には、あらかじめ用意されたデザインと生地の中から選んで自分のサイズに仕立ててもらうmade-to-orderの時代がありました。沖原茜氏の「20世紀初頭アメリカにおける衣服の通信販売」によると、このmade-to-orderはフルオーダーメイドと既製服文化の橋渡し的な存在でした。

　1900年初頭にはやった胸と腰を強調するようなファッションは、それぞれの身体にフィットすることが求められ、made-to-order向きのファッションだったといえます。しかし1910年代以降、既製服が主流になることで、より誰にでも合わせられる直線的でシンプルなデザインへとおしゃれ事情も変わっていきました。O.ヘンリーの時代は丁度この移行期でもあり、フルオーダーメイド、パターンメイド、レディーメイドがそろい踏みでニューヨークのファッション界を彩っていた時代です。その様子はこの節の後半で、O.ヘンリーの作品を通してゆっくり見ていくことにいたしましょう。

● ──どこで買うか ──デパートの登場

　ファッションが階級を超えていくこの状況を支えたものは、デパートメント・ストアでした。第2章第2節「女性が文化を創る!?」に登場するアレクサンダー・ターニー・スチュワートは、1869年にブロードウェイの9番通りと

第1節　ビショップ・スリーブをめくってみると…　　　*159*

10番通りの間に6階建ての「マーブル・パレス」と呼ばれたファッション専門の百貨店を開きます。この店は当時は大変な賑わいを見せていました。1階には裁縫洋品、シルクから高級綿などのドレスを作るための布地や帽子、2、3階はカーペット、婦人用のスーツ、ショール、毛皮、下着、手袋、室内装飾品、4階は女性用衣服の仕立て用フロアとなっていました。これらの百貨店ではファッション・グッズは主要な売り物であり、趣向を凝らしたディスプレイのみならず、取り扱うのもレディーメイド、パターンメイド、オーダーメイドとさまざまな顧客に対応する場所でもありました。このように19世紀後半から20世紀にかけては、ブロードウェイを皮切りに、5番街の高級デパートから、6番街のメイシーズのような大衆デパートまでニューヨークの街には多くの店舗が展開していきます。

　さらに顧客を増やす役割を果たしたのが、カタログ販売です。国土の広いアメリカにおいては、パターンメイド用のカタログ販売は画期的ともいえる方法でした。この販売に大きく関わっていたのもデパートです。デパートでは新たな顧客を取り込むためにこぞって豪華なカタログを作りました。

　このような状況がO.ヘンリーの作品を彩るおしゃれ事情を支えていたのですね。ここでO.ヘンリーの作品をさらに深く読み解く前に、もう少し当時のファッション業界を支える裏事情を見てみることにしましょう。

●──移民たちが支えるファッション産業

　20世紀初頭、ニューヨークでは、衣服産業は全国の既製服の約半分、婦人服の4分の3のシェアを持つ大産業となります。誰がその産業を支えていたのでしょうか。実は、そのほとんどの労働力は東欧系（主にロシア系）ユダヤ人が担っていました。もともと祖国で衣服製造労働者として熟練を積んでいた彼ら・彼女らにとって、それは自然なことでした。例えば1900年には、シンガーミシンがロシアのポドリクスに土地を購入し、その後工場を完成していることから、すでにミシンでの縫製技術を身につけたユダヤ人たちが希望をもってニューヨークを目指したと考えられます。またドイツ移民がすでに被服産業を営み、基盤を築いていたために流入しやすかったともいわれています。

　1880〜1917年ごろ、ロウアー・イーストサイドは東欧系ユダヤ人の居住区となり、テネメントと呼ばれる安い集合住宅の一間に大勢の人々がひしめいて暮らしていました。多い場合は一部屋に10人以上の男女や子供たちが働き、テネメントは生活の場であると共に小さな作業所（仕事場）でもあり、そこは

労働制限や規律の及ばない苦汁労働工場（スウェットショップ）となっていました。既製服産業は完全な分業でした。労働者はチームに編成され、ミシン操作工、縫いつけ工、仕上げ工などの担当に分かれたことで、仕事の効率を上げることができましたが、低賃金、長時間労働と、労働条件の悪さもさることながら、テネメント周りの環境も非常に悪く、貧しさと不衛生の温床となっていました。

　ニューヨークといえば、華やかなファッションの街として現在の私たちにも周知のとおりですが、その華やかさはこのような貧しい移民たちの労働力によって支えられ、彩られていたというわけです。今でもロウアー・イーストサイドのチャイナ・タウンとイタリア人地区からユダヤ人地区に入ると、外階段のついたテネメントは高さを増し、ぎっしりと、往時そのままの姿を残しています。いまだに小さな服飾店が軒を並べる通りを歩いてみると、1000台のミシンの音が鳴り響いた当時の面影が彷彿とされるのです。

　しかしニューヨークのファッション界を製造業にかかわることで支えてきた移民たちは、同時に消費者でもありました。バーバラ・A・シュレイヤーの『アメリカ女性になるということ──服飾とユダヤ系移民の生活、1880～1920』（1994年）によると、新しい国で生活を始めたユダヤ系移民の女性たちがまず心を砕いたのは、「見た目」だったそうです。あとにしてきた国や文化の衣服を脱ぎ捨て、当時の流行に身を包むことで、彼女たちは「アメリカの女性」になろうとしました。ニューヨークなどの大都会に住む移民たちは、誰よりも最新のファッションに関心を払う消費者でもありました。1913年4月から1914年10月にかけてはイディッシュ語による女性誌、『ジューイッシュ・レディース・ホーム・ジャーナル（*The Jewish Ladies Home Journal* [*Di Froyen-Velt*]）』も出版され、英語になじめない女性たちの「変容」を後押ししました。すでに述べたようにファッションは、既製服の大量生産、そして「型紙」の流通をばねに、階級を超えて人々の生活に入り込む文化となっていました。移民たちはこの文化潮流を製造者としてのみならず、消費者としても支えていたのです。

3 | 「O.ヘンリー・ガールズ」のニューヨーク・ファッション

　このように、20世紀の初めに、おしゃれが階級を超えて広がっていった様子とその裏事情は、O.ヘンリーの実にさまざまな作品に現れています。彼の筆致は事細かにそのおしゃれの様子を素材や色合い、そして型から紹介してくれます。女性のおしゃれが彼の関心事の一つだったことがわかるのです。そして貧しいながらも精一杯おしゃれにいそしもうとする切ない乙女心を描く彼の作品は、今まで述べてきた事情を念頭に置いて読んでみると、またひと味もふた味も違った楽しみ方ができます。ここではその醍醐味をほんの少しだけ味わってみましょう。

●——「紫色のドレス（The Purple Dress）」
　　——赤い既製服と紫のオーダードレス

　まずは二人の女性たちを主人公にした作品、本書でもすでに何度か登場している「紫色のドレス」を見てみましょう。主人公のメイダとグレースはともにビーハイブ商店で働く店員です。流行の先端を行くデパートと違い、このビーハイブ商店は、ちょっと大きめの雑貨店。まるで家族のような和気あいあいとした雰囲気のお店です。
　物語は年に一度のお店主催の感謝祭のパーティーに、二人がどんなものを着ていくのかをめぐって進んでいきます。どちらもお店の女性陣のあこがれ、主任のラムゼイ氏のハートを射止めようと、なけなしのお金をはたいてドレスを用意します。主人公の一人、メイダは、紫のドレスを手に入れるのに必死です。メイダがこだわる仕立てのドレスはもちろん衣服として高価なものでした。「お決まりのブラウスと黒のスカート（shirt-waist-and-black-skirt-affairs）」が定番のファッションだったのです。メイダは8か月の間、生活費を切り詰めて18ドルを貯め、紫の布やビロードなどを買い、8ドルで次のようなドレスを仕立ててもらいます。「スカートには襞を付けて、上着には金糸の打ちひもで縁取りをしてもらうの。その上の白い襟のへりには二本線の（中略）縁飾りを入れてね、ゆったりした白いベストをその下に着るの。胴着にも襞を入れて（中略）こちらもたっぷり襞を付けたジゴット袖にして、その袖口は折り返しのところをビロードの通しリボンで止めるの。」

それに対して同僚のグレースは赤い既製服のドレスを用意します。「私は赤で行くわ。5番街じゃ赤のほうを多く見かけるもの。それに、男の人たちって、みんな赤がお気に入りのようだし。」模造ダイヤのブローチを付け、口元からははっかの匂いをさせているグレースは、最初から感謝祭に着るものは既製服と決めています。「スタイルが良ければ、ぴったりの服は簡単に見つかるものよ。既製服のドレスは理想の体型で作ってあるんだから。ただ、私の場合、既製服は皆ウエストの部分を詰めてもらわないといけない。平均体型だと私にはウエストがゆるすぎるんだもの。」既製服はオーダーメイドと違ってある程度ゆったりと作ってあるため、ちょっとした手直しは必要だったようですね。

　この作品で重要となってくるのは、型のみならず当時流行の「色」についてです。O.ヘンリーは物語の冒頭で、紫は当時の流行色で多くの人が紫色の服を着ていると言っていますが、「色」については、第2章第5節をご覧ください。

　さて、こうしてたった一日のお祝いに合わせるために、食うや食わずに我慢し、「型」や「色」、細かな装飾の好みに夢をはせる女性たちの気持ちをO.ヘンリーは忠実に描き出し、擁護します。赤いドレスを買うために家賃を払えなくなったグレースを助けたメイダに、救いの手を差しのべる仕立屋のシュレーゲルさんも、ベアマンさんそっくりのドイツ語訛りの英語をしゃべります。彼もドイツ系の移民だったのでしょう。イーストサイドの移民たちは仕立屋として当時の流行を陰で支えた人々でもあったことは先に述べましたね。そしてシュレーゲルさんは「最後の一葉」のベアマンさんのように一人の女性の人生をその紫色のドレスで彩ります。グレースの家賃のために分割払いのドレス代を手放したメイダにシュレーゲルさんは怒ったようにこう言います。「なんてこったい（Gott!）。（中略）なんて悲しそうな顔をしてるんやら。さっさとこいつ（him）を連れて行きな。あとはあんたに着てもらうばかりなのだから（He is ready）。金はあとでいいって。」

　ほら、ベアマンさんの口調を思わせるでしょう？　しかもここで紫色のドレスを女性の体を覆う男性として描くとは、ちょっぴり意外ですが、いかにもO.ヘンリーらしい筆さばきといえそうです。やがてデパートの既製服産業に飲み込まれていくのであろう小さな仕立屋は、失われつつある手仕事のみならず人情の象徴でもあるのですね。

●── 「手入れの良いランプ（The Trimmed Lamp）」
　──教育の場としてのデパートとクリーニング屋

　次の「手入れの良いランプ」も若い二人の働く女性たちの話です。貧しい田舎からニューヨークに出てきた二人の主人公の一人、ルーはクリーニング屋でアイロンがけの賃仕事をしており、もう一人のナンシーは、デパートで働いています。クリーニング屋では季節ごとの「高価で派手な」最新流行服を手に取ることができたし、デパートは、最新の流行のみならず、買い物に来る貴婦人たちの立ち振る舞いを学ぶ格好の場でもあったのです。その学習ぶりといえば……

　　ある婦人からは、その身ぶりを、別の夫人からは、口ほどにものを言う眉の上げ方を、さらにほかの夫人たちからは、歩き方やハンドバッグの抱え方、ほほえみかた、友人との挨拶の仕方、「身分の下のもの」への口のきき方を真似て、それを実行に移したのである。最もお気に入りのお手本、ヴァン・オルスタイン・フィッシャー夫人からは、その銀のように澄んでいて、ツグミのさえずりのように発音の完璧な、柔らかな低音の声音というすばらしい特質を採用させてもらおうとした。

　同時にナンシーにとってデパートは、玉の輿に乗るための「獲物」を探す猟場でもあります。言い寄ってくる男性たちがどんな買い物をするのか、どんな車で来て、そのお抱えの運転手がどんな出自なのかにいたるまで、厳しい鑑識眼は妥協を許しません。
　デパートで働くナンシーの賃金は週たったの8ドルで、着るものはフィッシャー夫人の洗練された服装をお手本にして格安の素材で作った自前です。一方、出来高で収入が決まるルーは週18ドル50セントの稼ぎです。そのうち6ドルを部屋代と食事代にして、残りはすべて着るものに費やしています。彼女のファッションは、こんな調子。

　　彼女は身体に合わない紫色のドレスを着ているし、帽子の羽根飾りにしても4インチは長すぎる。エゾイタチの毛皮のマフとスカーフは25ドルもしていたが、冬が終わる前には、仲間のエゾイタチの手皮がショーウィンドーで7ドル95セントの値札で売られることになる。

そう、「身体に合わない」という表現からすぐにわかるように、ルーの身に着けている派手な衣装はおそらく既製服。しかも彼女の着るものはどうやら少し流行に遅れているようですが、きっとこれは季節の終わりにクリーニングに出される衣服から学んだり、引き取りに来ないクリーニングの品物を安価で購入したり、季節外れのセール品を買っているためでしょう。また、デパートに勤めるナンシーとは違って、クリーニング屋は地元に根差した商売であることからも、その界隈の中流階級や成り上がりの意識がそのままルーに刷り込まれているともいえるでしょう。
　どうやらナンシーが勤めるデパートはファッショナブルな5番街に位置しているようです。それに対しルーの洗濯屋は、こちらもお店の立ち並ぶ6番街よりも西に位置しているという位置関係も二人の職場の違いを示唆しているといえます。このあたりは移民が多い地域で、比較的安価な店が立ち並んでいました。この二人の意識の違いを鍛島康子氏は『既製服の時代――アメリカ衣服産業の発展――』の中で、「20世紀初頭のホワイト・カラー・ガール（主に事務や販売の仕事）と賃金労働者の意識と生活をかなり正確に描いているのではないかと思われる」と指摘しています（鍛島、p. 102）。
　しかし、O.ヘンリーを読むときには少し注意が必要です。この当時、つまり、20世紀初頭のアメリカの大都会では、技術革新と都市集中型の文化の中で新しい職業が次々と現れていました。職業上のホワイト・カラー、ブルー・カラーという言葉自体、O.ヘンリーの死後、1910年代末から使われるようになったものです。O.ヘンリーがニューヨークにいたころは、新しい職業が生まれ出る潮流の中で、将来性のある職業のカテゴリーも刷新されていく時代であったことを私たちはいつでも頭の片隅に置いておく必要があるでしょう。O.ヘンリーは、この状況に非常に敏感でした。彼の短編の中にはさまざまな職業が登場し、週給いくら稼いでいるのかという情報がさりげなく添えられることで、この活気に満ちた大都会の労働事情をも垣間見せてくれるのです。そして第2章第2節「女性が文化を創る！？」の節が伝えてくれるように、そんな中で女性たちも職業を持って確固とした立場を築いてきたのでした。
　同時にO.ヘンリーの作品の中では、職業や稼ぎから想像できるステレオタイプが一蹴されることもしばしばです。
　たとえば、「手入れの良いランプ」の、今一人の登場人物、ルーの恋人、ダンを見てみましょう。彼は、週30ドルを稼ぎ出す電気技師です。このころ、

電気技師は時代の寵児でした。1899年9月の『レディース・ホーム・ジャーナル』には「若者と専門職（The Young Man and the Professions）」という記事が出ています。青年たちが法律家、医師、薬剤師、建築家、音楽家、画家、イラストレーター、司書、公認会計士、土木・機械・鉱山・電気の技術者などになるには、どんな教育を経て、どれくらいの収入が見込めるか、という内容です。ちなみに電気技師は専門学校や大学などで4年程度学んだあと、数年で3,000ドルから10,000ドルの年収を得られると書かれています。このころはエジソンによる電気事業の黎明とともに、電気を用いた施設が次々に建設されました。デパートに代表される高層建築物に電気エレベーターが設置され、1904年にニューヨーク最初の地下鉄路線が引かれたように、1900年初頭には、鉄道・地下鉄も次々と敷設されていきました。ダンのような電気技術者はひっぱりだこだったのです。この記事は、おわかりのように、どんな職業の男性に将来性があるのか、つまり結婚相手にふさわしい職業を女性雑誌が指南しているということなのですね。ルーが意気揚々とダンのことをナンシーに語るくだりも、そんな女性たちの抜け目なさをO.ヘンリーが知り尽くしていた証拠でしょう。

　さて、そのダンは、よそ行きのハイカラーシャツをクリーニング店に取りに来たときに、ルーにほれ込みました。こんなルーとナンシーとダンはいつも連れ立って遊びに出かけます。

　　　この気晴らしを求める三人組で、ルーは色彩を、ナンシーは明暗を、そしてダンは重みを、それぞれ加えていたといえるかもしれない。この護衛兵は、こざっぱりとしているが、明らかにレディーメイド（ready-made）とわかる背広を着て、レディーメイド（ready-made）のネクタイを締め、忠実で、温和で、これといって特徴のない（ready-made）分別の持ち主で、決して人をびっくりさせることもなければ、衝突することもなかった。彼は、その場にいるあいだはその存在を忘れられがちだが、いなくなってみるとはっきりと思い出されるような、善良な人間だった。

　ここでダンの堅実な性格はそのまま彼の着る「既製服」に重ね合わせて表現されています。繰り返される「レディーメイド（ready-made）」という言葉がそのことを物語っているのでしょう。

　男性の既製服の生産は女性の既製服より一足先に始まりました。南北戦争

（1861〜1865）における軍服の大量生産が火付け役です。その後その技術が一般の衣服に採用されるようになりました。ファッションは、表現された言葉以上に多くのことを語ってくれます。ダンの性格をこれといって特徴のない既製服（ready-made）に重ねて表現しているO.ヘンリーですが、彼の作品では既製服、そして既製服とオーダーメイドの対比がしばしば用いられます。「よみがえった改心」では、刑務所から出所した金庫破りのジミイ・ヴァレンタインは、出所時に用意された不格好な既製服ときゅうきゅう音を立てる堅い靴を、アジトに着くやいなや体にぴったり合った趣味のよい服に着替えます。ここでは自由を奪われた塀の中と外を服装で如実に表しています。洒落者の彼にとって既製服は我慢ならないものだったのでしょう。

　同時に着ている人の個性をわざわざ覆い隠すのも既製服です。「円を描いて」（1902年10月発表）という作品では、テキサスの牧場主、サム・ウェバーが羊の買い付けに出かけるために「ドレスアップ」しようと「既製服のスーツ（[t]he suit of "ready-made"）」を身に着けます。このスーツは「彼の体格の良い、筋骨たくましく堂々とした体の線を効果的に隠して」しまいます。それだけではありません。どうやらこの既製服は、ランチマンとしてのサムの本能をも隠してしまうようなのです。おかげで馬に乗ったサムは道を見失ってしまいます。

　もちろん男性でも女性でも「既製服」はお金のなさの象徴でもあります。「牧場のマダム・ボーピープ」の中では、女主人公のオクタヴィアは夫の死により一文無しになってしまった自分の身を次のように嘆きます。「みじめな、正真正銘、絵にも描けない貧困状態になってしまったってわけ。これからは既製服と、ガソリンで汚れた手袋と、たぶんまともな食事はお昼だけの生活となるんでしょうね。ほら、扉を開ければ貧困のオオカミが大口開けて待っているというやつだわ。」

　話を「手入れの良いランプ」に戻しましょう。人並み以上の収入を得ているにもかかわらず衣服にお金をかけないダン。「既製服」を効果的に使ってきたO.ヘンリーだからこそ、ダンの描写にも意味がありそうです。そもそもダンは、「袖をまくって」アイロンがけをしているルーのふっくらとした白い腕にほれ込んだのです。着るものではなく、ダンはその人の素の姿に惹かれているのですね。見た目ではなく、その人の中身こそを大切にするダンの象徴が「既製服」なのでしょう。

　いったいルーとナンシーの恋のさや当てはどうなるのでしょうか。既製服で

身を固めた善良なダンとルーの行く末は？「手入れの良いランプ」はO.ヘンリーの代表作の一つとして翻訳も出ていますので、ここは一つ、袖をまくって皆さん自身の目で確かめてみてくださいね。

4 おしゃれが運ぶ夢

　こうして見てくると、O.ヘンリーの中でおしゃれがどれほど重要であったのかがわかってきます。おしゃれは自分を装い、夢を見せてくれる仕掛けです。このような「夢」のお話は、「紫色のドレス」以外にも、O.ヘンリーの作品の中に何度も顔を覗かせます。
　たとえば「迷子の洒落者（Lost on Dress Parade）」（1904年2月28日発表）の主人公、タワーズ・チャンドラー。彼は寝室で自分のイブニング・スーツにエナメルの靴先から襟ぐりの深いチョッキの端までピンと真っ直ぐに折り目を出そうと念入りにアイロンをかけます。一点非の打ち所のない完璧な服装をして、下宿屋の階段を下りようとする姿は穏やかで自信たっぷりの伊達男、外見は典型的なニューヨークの上流の青年社交家です。そんなチャンドラーの真の姿は週給18ドルの建築事務所勤めの22歳。彼の最大の楽しみは10週に一度、アッパー・ブロードウェイのレストランで贅沢な食事を取り、あたかも金持ちのように振る舞うことでした。この日のために毎週1ドルずつ貯め、69日間食事代を切り詰め、70日目に贅沢をするのです。
　同じく「桃源郷の短期滞在客（Transients in Arcadia）」（1904年7月17日発表）の舞台、ブロードウェイのホテル・ロータスで出会うのは、おしゃれも身のこなしも非の打ちどころのないマダム・エロイーズ・ダーシー・ボーモンと「地味ではあるが流行にあった」服装で端正な顔立ちのハロルド・ファリントン。二人は日々の社交や海外での華々しい生活から逃げ出してひと時桃源郷に身を寄せる短期滞在客ですが、マダムの正体は、ケイシー大型商店の靴下売り場で働く週給8ドルのショップ・ガール、メイミー・シヴィター。オダウド・アンド・レヴィンスキーの店で75ドルで仕立ててもらったドレスは、いまだに分割払いの支払いが終わっていません。そしてファリントンの正体は週給20ドルのオダウド・アンド・レヴィンスキーの集金係、ジェイムズ・マクマナス。なんと、メイミーの分割払いの集金人だったのです。二人ともこの桃源郷滞在のために必死になってこつこつとお金を貯めてきたのでした。シンデレ

ラの夜は終わり、お互いの素性を明かした二人には、明日からまたいつもの現実が待っています。それでもきらきらとした夢の終わりには希望が垣間見えます。

「……ねえ、メイム、今度の土曜日の夜、船でコニー・アイランド [訳注：第2章第2節「女性が文化を創る!?」の116ページをご覧になってください] に行きませんか──どうでしょう？」
　偽のマダム・エロイーズ・ダーシー・ボーモンの顔は輝いた。
「ええ、必ず行きます……。」

夢の終わりにはもう一つの、ささやかだけれど、もっと手に届く夢が待っていそうです。あでやかな夢の衣服を脱ぎ捨てた二人。しかし二人はその衣服の下の生身の人間に再び恋をするのでしょう。

　まわりまわって、お話を「最後の一葉」に戻しましょう。スーとジョンシーが意気投合したのは「袖」の好みでした。当時の多くの女性がそうであったように、アーティストの卵であった二人のささやかな憧れはこれもまたささやかな「袖」に込められていたのでしょう。そしてどれほどこの小さな楽しみが当時の女性たちの生きる活力となっていたのかは、O.ヘンリーの作品を読むとよくわかるのです。

第1節　ビショップ・スリーブをめくってみると…

第  節

カンヴァスの中のカンヴァス
―― トロンプ・ルイユとしてみる「最後の一葉」

　「最後の一葉」は自己犠牲をテーマにした美談として有名なお話です。美談の立役者は、人生の落伍者ベアマンさんと絵描きの卵のスー、この二人のジョンシーへの献身にあるでしょう。特にベアマンさんが、絵描きのジョンシーの目をだませるほどの見事な最後の一葉を描くことができなければ、このお話は成り立ちません。とはいえ、芸術の女神のまとった衣の裾に触ることすらできなかったベアマンさんが、なぜ生きる望みを失ってしまったジョンシーの命を救えるほどの最高傑作をものにできたのでしょうか。

　さて、上で「目をだませるほどの」と言いましたが、絵画にはフランス語で「目だまし」の意味を持つ「トロンプ・ルイユ（trompe l'oeil）」という技法があります。遠近法による技法を使って天上界を表現した天井画や、舞台美術の背景などにその手法は用いられていて、いわゆるトリックアートといわれるものの一つです。ただし、トリックアートといってもこの時代に流行したものは、私たちになじみ深い遠近感を錯覚させる「エイムズの部屋」や、マウリッツ・エッシャーの矛盾する透視法で描かれた不思議な絵ではありません。アレクサンダー・ポープ、デ・スコット・エヴァンズ、ウィリアム・マイケル・ハーネットなどの、O.ヘンリーと同時代を生きた画家たちが描く、本物と見まごうほど精緻に描かれた静物画（次のページ）が、アメリカン・トロンプ・ルイユの神髄なのです。

　だまし絵画家たちは、カンヴァスの中に額縁、壁、扉などもう一つのカンヴァスを作ります。それは、画家の執念ともいうべき技術で、写真かと思うような精密なスーパーリアリズムで描かれており、だましの世界に引きずり込むための説得力を持っています。その上に、日常生活でよく目にするオブジェクト――手紙、帽子、拳銃、新聞紙など――を描くのです。拳銃は、当時のアメリカでは日常品でした。そうです、ありふれた小物であることが大切なのです。見る者に違和感なく虚構の世界を本物の世界と思わせるためには。

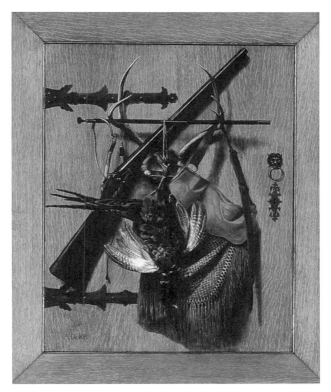

アレクサンダー・ポープ《楢の扉(*The Oak Door*)》(1887年)
油彩・オーク材　メトロポリタン美術館(ニューヨーク州)

　「最後の一葉」が書かれる少し前の19世紀末、アメリカの絵画は、トロンプ・ルイユの全盛期でした。その背景には、急速に普及していった劇場の存在があります。1875年ごろには、ユニオンスクエア周辺は多くの劇場が立ち並ぶ地区として既に成り立っていました。劇場建築に一役買ったのは、マクエルファトリック父子です。父と二人の息子によって創られた建築会社、J. B. マクエルファトリック・アンド・サンズは1922年に息子の一人、ウイリアム・H・マクエルファトリックの死によって廃業するまで、ニューヨークにオフィスを構え、アメリカ全土90都市以上で、228の劇場を設計しました。創始者ジョン(John Bailey McElfatrick, 1826 あるいは 1828～1906)は、今では

「アメリカの劇場の父」と称される人物ですが、父エドワードから建築技術を学び、一代で会社を発展させ、防火設備としてスプリンクラーを導入し、電灯、エレベーター、暖房設備を完備するなど当時の最新技術はなんでも取り込んで革新的な劇場を作っていきました。特に、ユダヤ系ドイツ人でタバコ製造によって財を成したオスカー・ハマースタイン1世から依頼されたブロードウェイの複合施設、オリンピア劇場（1895年開業）は、彼らの最大の偉業といえます。石膏や大理石でイタリア風装飾が施された劇場の色調は青の濃淡で統一されており、壁には巨大な壁画がかかっていました。彼らの建てた劇場のいくつかはアメリカ全土で今も健在です。

　エジソンが1879年に電球を発明すると、この地区には電飾による広告塔が登場します。この広告を普及させたのはO.J.グーデ（O. J. Gude）というドイツ人のデザイナーが起こした広告会社でした。あまりに煌びやかな電飾広告で道が飾られたために、1890年代後半には劇場地区のブロードウェイは別名 "The Great White Way" と呼ばれるようになったほどでした。

　劇場の背景画をバックドロップといいますが、劇場の興隆によってこのバックドロップを描くための工房や画家の組合までが生まれました。*The Cambridge Guide to American Theatre* や、*History of the North American Theater* によれば、アメリカで最初に成功した工房を作ったのは、1859年に20歳でアメリカにやってきたドイツ移民のマティアス・アルムブルスター（Mathias Armbruster）でした。アルムブルスターは、オハイオ州コロンバス（ここには、O.ヘンリーが横領事件で収監されていたオハイオ州立刑務所もあります）にアメリカ初の舞台装置や背景のスタジオを構え、オペラの劇場のための何百という背景を制作し、ストックしてある舞台装置をブロードウェイの劇場などに貸し出しました。これを可能にしたのは、鉄道のネットワークが充実したからにほかなりません。アルムブルスターが貸し出していた背景の中には、ヴィクトリア朝のインテリア、大西洋の海景、そして日本庭園もありました。それらは、折りたためたり、巻いたりできるカンヴァス上にアニリン（この染料については、第2章第5節を参考にしてください）を使って染め付けられていました。彼の工房で作られる背景はクオリティの高いものでしたが、安物の素材を使いながら工夫して絵描きが作っていたのです。広告の仕事で口に糊しているドイツ系の移民のベアマンさんも、若かりしころはそんな工房で働いていた腕の良い職人だったかもしれません。梯子をかけて地上から20フィートもある高さで絵筆を振るうことも（Section 31）当時の舞台背景を描く画家なら身

に付いていた作業だったことでしょう。

　しかし、1873年と1893年と世紀末に二度、アメリカは恐慌に襲われます。1873年に起こった恐慌は、1879年まで続く大不況の引き金となりました。また、その間に行われた過剰な投資、鉄道などの建設ラッシュが1893年の恐慌を招いたのです。1892年7月にはのちにバックドロップ画家たちの労働組合の基となったthe American Society of Scenic Paintersがニューヨークにでき、労働環境や賃金の向上を訴えました。しかし、この長引く不況は、多くの劇場を潰し、工房を潰し、背景を描いていた絵描きたちを失業させることとなったのです。

　さて、トロンプ・ルイユの法則に従えば、第一に用意周到なカンヴァスが必要となってきますが、もちろんこれは彼らが住む建物のアパートの一室がその役目を果たすのでしょう。その安アパートは、この物語の一割弱を使って生き生きと描写されるグリニッチ・ヴィレッジの中にあります。（このグリニッチ・ヴィレッジそのものも油断ならない迷宮のようです。）そのカンヴァスの上で三人の画家たちが絵を描いていくことになるわけですが、そのうちの一人、ジョンシーは今では筆を置いて、ベッドの上に寝たきりとなって窓の外の「鑑賞者」になっています。海野弘は「トロンプ・ルイユ――視覚のエキセントリック」の中で、室内劇ともいえるこの作品のシチュエーションがだまし絵を成功させるとし、「だまし絵の構造を、オー・ヘンリーはベッドの上に固定された視点と窓枠によって見事に準備しているのである」と、O.ヘンリーが仕掛けたトロンプ・ルイユ効果について評価しています（海野、p. 90）。トロンプ・ルイユは、ある距離と角度から見ることで本物と錯覚させることが可能なトリックアートです。いくら精緻な技巧を用いたとしても、近くに寄って角度を変えて眺めれば、それが本物かどうかは瞬時にわかってしまうでしょう。しかし、確かにジョンシーは終始、ベッドに臥して20フィートつまり約6メートル離れた向かいの建物の壁面を這うツタの葉を凝視したままなのです。約6メートルの距離があって素晴らしい技巧で描かれていたのならば、そのツタが本物かどうかの見分けはつかないでしょう。

　O.ヘンリーは、20代半ばから、テキサス州土地管理局で製図の仕事に4年間携わっていました。ジョンシーの視点を固定したのは、透視図法の知識を持っていたO.ヘンリーならではの発想といえます。そして、ベアマンさんが劇場でバックドロップを描いていたとするならば、ベッドに横たわるジョンシーと彼女の視点を捉えたツタの葉を見たとたん、窓枠の向こうのレンガの壁が絶

好のカンヴァスになると気が付いたことでしょう。

　しかし、カンヴァスがあるだけでは絵は描けません。嵐の中、命を懸けても描きたかった動機こそが大切です。村田宏は、「トロンプ・ルイユ絵画再考——19世紀アメリカ美術への一視角」の中で、日常的な事物に着目したアメリカのトロンプ・ルイユの静物画は「その緻密で客観的装いに反して、実は、きわめて私的で内密な物語を忍ばせている」としています（村田、p. 66）。静物画は、ほかのどんなジャンルの絵画より、画家と静物の間に意図的に深い関係性があるというわけです。つまり、ベアマンさんの遺言ともいえるツタの葉と彼には、これ以上ないほど濃密な関係性があったといえます。それはもちろん、根底には地獄の門番ケルベロス然として（第4章第2節をご覧ください）、彼が大切に護って来たスーとジョンシーへの愛情を下敷きにしていたことは間違いありません。彼女たちは、未来の無かったベアマンさんにとって、未来・生命・芸術と幾重にも意味のある希望だったのに違いないのですから。決して、その希望の火を消してはならないと思ったはずです。

　そうして、ベアマンさんにとってこれ以上は望めもしない最高のカンヴァスに向かった時、彼は初めて心から描きたいものに出会ったのです。まさに、ベアマンさんにとっての傑作は、「見えるものといえば、何も生えていないわびしい庭だけだった。それに20フィート離れたレンガ造りの建物の窓のない壁面である」（Section 16）という殺風景なカンヴァスの中に彼から揺り起こされるのを待って眠っていたツタの葉一枚だったのです。ひとたび筆を振るってみれば、冷たい北風も叩き付ける雨も、ベアマンさんには微塵も感じられなかった。ベアマンさんにとっての芸術は、この舞台の世界があってこそのもので、部屋の片隅の画架に立てかけられた小さな布カンヴァスで再現できるものではなかったのです。女神は天界から降りてきて、ローブの裾を触らせるどころかそのベアマンさんの手を取って、これ以上はないトロンプ・ルイユを創り出すことに協力しました。

　ベアマンさんの死は、何も知らないジョンシーにとって衝撃となるでしょう。しかし、彼女とて同じ絵を志す者です。ジョンシーがいつの日かナポリ湾を描く時が訪れれば、彼女にはベアマンさんの至福——トロンプ・ルイユにかけた一世一代の大歌舞伎——を理解することができることでしょう。そして、もう一つの救い。これは、もちろんベアマンさんが意図したことではありませんが、彼は死をもって、壁の上の永遠の最後の一葉同様、若い芸術家二人の心の中に永遠の位置を占めたことにほかなりません。

第3節

「ナポリを見て死ね」じゃないけれど、ジョンシーがナポリを描きたかったワケ
——O. ヘンリーと風景画

　ジョンシーが描きたかった「ナポリ湾（the Bay of Naples）」。O.ヘンリーはジョンシーに「いつかナポリ湾の絵を描きたいな」と言わせることで、死の淵から舞い戻り、回復していく様子を表しました（Section 36）。なぜ、O.ヘンリーはここで"the Bay of Naples"を用いたのでしょうか。

　この章では、「ナポリ湾」に象徴される風景画の発達と、アメリカ風景画と絵画の歩みを、O.ヘンリーのほかの作品にも言及しながら深読みしてみたいと思います。

1 ｜ ナポリを見てからじゃないと死ねないワケ

● ――「絵になる」場所 ――ローマとナポリ

　ナポリ湾といえば、真っ青な空と紺碧の海、そして雄大なヴェスヴィオ山。ナポリに行ったことのない方でもこれらの風景を写真や絵で見たことがあるのではないでしょうか。

　太陽の光と、温暖な地中海性気候に恵まれたナポリの町は、2000年以上も前にギリシア人植民地として「ネアポリス（Neapolis）」、つまり「新しいポリス（都市）」として建設されました。ローマ帝国時代になると、風光明媚な避寒地として、皇帝や貴族の別荘が数多く建てられました。ラテン文学の大巨匠といわれるウェルギリウスもこの地を気に入り、死後はナポリに埋葬されています。

　その後のナポリは、1861年にイタリア王国に併合されるまで、一度もイタリア人に統治されることはなく、ノルマン人や神聖ローマ帝国、フランス、スペインといった列強の支配下に置かれていました。いかにこの地が、地理的、

経済的、その他さまざまな面において魅力的だったのかということでしょう。文化面においても、宮廷文化が花開き、最大級の文化水準を誇っていました。ナポリは、19世紀末までヨーロッパにおいてパリに次ぐ大都市だったといわれています。

　ナポリのみならずローマやフィレンツエ、ミラノなど、その多くの魅力ある都市で今でも世界中の人々をひきつけてやまないイタリアですが、その人気は、17世紀にさかのぼります。その証拠に17世紀から18世紀にかけてイタリアのガイドブックが各国で出版されています。アルプスを越えて、道なき道を馬車でひた走り、治安も悪く、宿屋の衛生状態も最悪……。それでも、人々はイタリアを目指したのです。

　イギリスでは、17世紀後半以降、「グランドツアー」が慣習化していました。「グランドツアー」とは、いわゆる今でいう修学旅行の豪華版といったところでしょうか。貴族の子弟たちが教育の総仕上げとして家庭教師を伴い、数年かけて欧州大陸（主にフランスとイタリア）を巡り、国際人としての教養とたしなみを身に付けることを目的とした大旅行です。イタリアでは各地の宮廷を巡りながら、ローマ帝国の遺跡や、ルネサンスの芸術作品を鑑賞し、審美眼を養うことを目標としていました。そして帰国時には、多くの芸術作品をイギリスに持ち帰りました。

　このようなグランドツアーについて行った人々の中には芸術家たちもいました。彼らにとってイタリアはインスピレーションの源泉でした。そしてまだ写真のない時代だったので、芸術家たちが描く名所の絵が飛ぶように売れたのです。またイタリアは、芸術の世界に「近代風景画」というジャンルをもたらした場所でもありました。芸術を目指すものにとって、ローマやナポリは、一度は行きたい場所となっていったのです。

　「風景」が新たな思想を付与されて、絵画としての存在を燦然と輝かせるようになったのは18世紀の後半のことです。ようやくこのころから、アカデミーの中でも「風景」が教えるべきジャンルの一つとして台頭してきました。小針由紀隆氏の『ローマが風景になったとき』によると、はじめのうちはこの動きには困難が伴ったようです。フランスのアカデミーの中でも風景画というジャンルは歴史画に比べると下に見られていたため、この二つを組み合わせることで、どうにか歴史的風景画という部門が公認されたのです。1816年ごろにこうして、風景画は芸術教育の中でもその地位を確立していき、この変化の中でイタリアの景観は重要な役割を果たしました。このころから初めて画家たち

はアトリエを出て、戸外での活動を重視するように推奨されました。戸外の自然を描くことは、芸術家たちにとってはやりがいのある大きな挑戦であったに違いありません。アトリエの中で光源さえ与えられれば、画家は何時間でも同じものと向き合って絵を描くことができました。しかし戸外では光源は動き、それによって陰影が生まれ、色彩も変わります。天候は刻一刻と変化し、そのたびにあらゆる事象が異なる外観を呈するのです。この自然を鋭い観察力で限られた時間の中でどのようにとらえるのか。こうして自然と対峙する中で画家たちはいくつもの素描を描き、それをアトリエに持ち帰って完成品として仕上げていくのですが、この素描作成の過程こそが重要となりました。

当時のローマにあったのは、自然と古代遺跡、そして照りつける太陽。アルプスという大自然を越え、まさに「very blue」（第2章の第5節をご覧ください）と言わんばかりの青い空の下、太陽の光を浴び自然の中にたたずむローマ時代の建造物は、このような画家たちの注目を集めました。

それにしても、どんな「風景」が「絵」になるというのでしょう。理想の風景を作り出したのは、18世紀後半からイギリス人のウィリアム・ギルピンやエドマンド・バークを中心に発展していった「ピクチャレスク」という概念でした。ピクチャレスクとは、今でいうと、「絵になる」ということでしょうか。その神髄は単に美しいというだけではなく、たとえば光の微妙な効果など、その場の偶然の状況で引き起こされる、と考えられていました。風景の美しさは、永遠なのではなく、その時その時に生み出されていくものでした。画家にとってはこの一瞬の出会いこそが大切だったのです。そして描く者がその場、その時に感じた感動や感覚を鑑賞者に伝えること、つまり見る人の心を動かすことができるものが、「ピクチャレスク」だったといえるでしょう。

一方ナポリには、ローマにはない美しい海岸線といつ噴火するかわからないヴェスヴィオ山、そして、さまざまな建造物や文化遺産など、こちらも描きたいと思わせる魅力的な対象がたくさんありました。

自然を見て、私たちの心が高揚する時とは、どんな時でしょうか。それは、自然の大きさや猛威を眼にした時、また自然が私たちに恐怖心を与えた時、などではないでしょうか。このような、心の高揚を同じくバークは「崇高」と呼びました。それは「危険を臨み見ながらも身の安全を確信できることによって生じる喜び」です。この考えから私たちの心を打つ風景画が生み出されました。そう、まさに、ナポリは海や火山など「崇高」なモティーフに満ちた場所でした。

こうして、画家たちは、自分の描きたいところで、ここぞという外光の効果を求めながら、戸外でスケッチを始めました。そして、自然の的確な観察、自然探求が画家にとって必要不可欠となったのです。そういった自然観察の代表的なモティーフは植物や木でした。同時に何物もさしはさまずにただ自然と対峙することの大切さは、五感を総動員させることになりました。画家たちは光のみならず風や雲、また空気の冷たさなどの大気の様子をもカンヴァスの中にとらえようとしました。こうしてまさに見る者の感情を動かす風景画が出来上がっていったのです。ここで小針氏の言葉を借りれば、「無許可で誰もが自由に取材できるモティーフの宝庫」（小針、p.8）はまさにローマとその近郊にあったというわけです。やがてそのモティーフ探しはナポリを含む南イタリアへと下っていきました。つまり、ローマ、そしてナポリは風景画を生み出す原点だったといえます。「本物をみてその場の空気を吸い、それを絵に描きたい」という画家たちの思いは、芸術家の原点であり、それこそがジョンシーの望んだものなのでしょう。同時にそれは、自分が経験したことから作品を作ろうとしたO.ヘンリーの態度とも重なります。

● ──《文豪たちのナポリ》
　　　──言葉で風景を描く

　画家によるピクチャレスクな風景は、同時に言葉によっても描かれました。絵と言葉は二人三脚で大きな風景画を作っていったといえるでしょう。「ナポリを見て死ね」という言葉は、イタリアで古くから言われていたそうですが、ゲーテが『イタリア紀行』（1817年）で紹介し、世界中に広まったといわれています。ゲーテは、恋にも仕事にも行き詰まり八方塞がりの状態に陥ってしまった1786年、突然、憧れの地イタリアに旅立ちました。イタリアを訪れた作家はゲーテだけではありません。フランスの作家スタンダールも『イタリア紀行』（1817年）を残していますし、アンデルセンも自身のイタリア旅行をもとにして『即興詩人』（1835年）を書き上げました。また、本書の第4章第3節に出てくるシェリーやバイロンも強い憧れとともにイタリアを訪れています。

　レストラン、「デルモニコ」（第2章第1節）の特別ルームにその名を残す二人もまた、19世紀半ばにナポリを訪れています。チャールズ・ディケンズの『イタリアのおもかげ（*Pictures from Italy*）』は、1846年にイギリスで出版されました。ディケンズは1844年～1845年に訪れたイタリアでの見聞を批判的に描いています。特にナポリについては、盗賊や物乞いの多さに辟易している

様子と、街の汚さが何度も語られる一方、美しい空と海の青さと景観の素晴らしさを讃えています。

　　盗賊の話で有名な宿屋の窓の下でうねっている海の何と青く明るいことか！（中略）星の下、一晩中、海のつぶやきが聞こえる。そして朝、まさに夜明けに、まるで奇跡のように突然目の前に視界は開け――はるかかなた、海の向こうに――姿を現すのだ！　ナポリとその周辺の島々、それに火を噴くヴェスヴィオ山が！（Dickens, p. 412.）

そして、ナポリの生活習慣の劣悪さを嘆きながらも、

　　地上のこの上なく美しく素敵なこの場所の美を、望むならば未来永劫に至るまで絵にし、詩にして残すことは、私たちの義務として、人間の運命と能力に対するかすかな認識を、新たな絵画的光景（ピクチャレスク）の中に表現しようという気にさせるのだ。（Dickens, p. 415.）

と、美しい風景を褒め讃えているのです。ポンペイの廃墟となった街では、伸び放題のブドウの木とひどい状態の建造物を見て、再び目にするのは破壊をもたらしたヴェスヴィオ山です。それは「悲惨な時に耐えているこの美しい国に訪れた悲運および宿命」（Dickens, p. 420）の象徴です。

　マーク・トゥエインは、特派員としてヨーロッパの周遊旅行に参加し、新聞社に寄稿したものを『赤毛布外遊記（*The Innocents Abroad*）』として1869年に出版しました。彼もまた、ナポリでは、物乞いの多さと、上流階級の意地の悪さ、そして、労働者の逞しさ、貧富の差の激しさと共に、ナポリがいかに過密都市だったのか、を教えてくれます。そんな描写の中でも、高台から眺めるナポリの美しさ、カプリ島の「青の洞窟」を訪れたときの感動は私たちにも鮮烈に伝わるほどの情熱で描かれています。

　　まだ夜の明けきらぬころに、ヴェスヴィオ山腹のはるか高いところから、ナポリを眺めるのは、驚くほど美しい一枚の絵を見ることに等しい。それだけの距離を置くと、町の薄汚ない建物は白く見える――いくつものバルコニー、窓、屋根が、青い海面から列をなして積み重なって、ついにはサンテルモの巨大な城が、その巨大な白いピラミッドの頂を飾り、この絵の

ような景色に、調和と強調と完璧さを与えていた。そして、その百合が薔薇に変わった時——それが太陽の最初の接吻を受けて、頬を赤らめた時——町は筆紙に尽くしがたいほど美しかった。(Twain, p. 315.)

面白いことに、ディケンズとトゥエインの二人とも、ナポリには、美しい風景（＝美）と、盗賊・物乞い・貧しい人々（＝醜）が隣り合わせであることに言及しています。当時は、イタリア統一運動の末期で、ナポリは混乱を極めていたに違いありません。しかし、人々はそんな過酷な環境の中、たくましく生きていかなければならなかったのです。けたたましい日常が繰り広げられる一方、夜明け前のヴェスヴィオ山から眺めるナポリ湾は、一枚の絵画のように静かで、永遠に残しておきたくなるほど美しかったのです。自然の美しさと貧富の差が同居するナポリ。美と醜と、静謐と混乱……両極を兼ね備えたナポリは、ニューヨークにはない長い歴史と文化を持っていましたが、同じ両極端のエネルギーはO.ヘンリーがいたころの今一つの「ネアポリス（新しい都市）」、ニューヨークのありさまだったことは、彼の短編小説が語ってくれるとおりです。

ナポリの太陽を浴び、風に吹かれ、その裏で民衆の貧しいながらもエネルギーに満ちた生活を見ることで、自然はますます鮮烈なイメージとなり、時としてピクチャレスクで、時として崇高な絵画を画家や作家の筆から生み出していきました。一方で高層ビルに代表される新しい都会の美を生み出し、一方でロウアー・イーストサイドのような貧しい区域を抱えていたニューヨークもまた、O.ヘンリーにとってはまたとない「風景画」と「絵画」のモティーフを次々と提供しました。O.ヘンリーがここで「ナポリ」を登場させた理由も実はこの二つのネアポリスの親密性にあったのかもしれませんね。

2 ｜ アメリカの風景画

O.ヘンリーの時代から一世紀ほどさかのぼる19世紀のはじめ、まだまだ芸術後進国だったアメリカは、ヨーロッパの芸術を目標に活動していました。

しかし、そんな中、ある変化が表れ始めます。

ヨーロッパにはなく、アメリカにだけ存在するものがある。それは豊かな自然であり、人間が訪れたことのない荒野である。そして、それは神からアメリ

カだけに贈られたものであり、選ばれた人々にだけ与えられた祝福である、という思想が生まれ出たのです。これは一般的に「超越主義」と呼ばれていますが、その代表者がエマーソン（Ralph Waldo Emerson, 1803～1882）です。また、イギリス出身のアメリカの画家、トマス・コール（Thomas Cole, 1801～1848）が、「アメリカの風景に関する論考（Essay on American Scenary）」という論文を1836年に発表し、アメリカの風景の豊かさを訴え、アメリカで最初の風景画運動であるハドソン・リバー派の創始者となりました。コールは、まずニューヨーク州を流れるハドソン川をさかのぼり、ハドソン渓谷の風景を描きました。未開拓の、前人未踏の荒野は、まさに「天地創造」を思わせました。そのような原始の世界は画家たちにとって、まさにピクチャレスクであり、崇高な風景でした。そして、ローマやナポリがヨーロッパの画家たちのインスピレーションとなったように、アメリカの画家たちは、自らの国の中にさまざまなモティーフを見出していったのです。

　こうしてアメリカの画家たちは、前述のローマ、ナポリを描く風景画とはまた一味違う風景画を作り上げていきました。彼らは手つかずの原始的な自然、その飲み込まれてしまうほどの壮大さの中に神を見つけ出し、神の領域である自然を表現しようとしました。これは、近代風景画の理論を後押ししたイギリス人の美術評論家、ジョン・ラスキンの影響と考えられています。ラスキンは、自然は神の栄光の現れであり、絵画は自然のうちに啓示される神の意思を表現するものだと考えました。アメリカの風景画家たちは、本国イギリスの画家たちよりも忠実にこのラスキンの教えを守りました。創造者の神を、崇高な、そして、誰も足を踏み入れたことのない自然の中に見つけ出し、忠実に描きながらもそこから沸き起こる情感を表現するということが、風景画を制作する上で大切な要素となっていたのです。そしてまさに神の御業を思わせる崇高な風景は、このアメリカにこそ存在したのです。

　それまでは、ヨーロッパ絵画の二番煎じに甘んじていたアメリカが、独自の絵画を描き始めたことは、絵画に留まらず、アメリカ独自の文化を生み出すきっかけ、つまり一つの国家としてアメリカが歩き出したことを表しているのかもしれません。

　このようにアメリカの風景画が独自の発展を遂げるとき、すでにヨーロッパでは風景画は確立されたものとなっていました。その確立した風景画の様式を、画家たちは応用しながらも次々と新しいアメリカ様式に変えていきました。その一つが、ヨーロッパでの風景画でも大切な位置を占めていた光の描写

です。アメリカの風景画における光の描き方は、超越主義に影響を受けた、より精神的なものでした。のちにルミニストと呼ばれた画家たちは、光や大気の効果を静寂な景色の中にとらえました。見るものを吸い込むような光と透明な大気、そして落ち着いた水平線の広がりと透明な水の描写は、アメリカ独自の静謐な崇高性を生んでいる、とバーバラ・ノヴァックは『自然と文化――アメリカの風景と絵画　1825-1875』の中で論じています。

　一方で荒々しい崇高な自然を描く欲求もまた新たな風景画をアメリカ絵画にもたらしました。そのためのモティーフ探しは、次第に開拓が進む西へと移動していきます。コールが風景画を描き始めたころ、アメリカ東部にも前人未踏の自然がありましたが、東部は開発が進み、急速に発展していきました。ウィルダネス（wilderness）という言葉は、「（自然のままの）荒れ地、荒れ野」、「原生、原生自然」という意味ですが、いまだに開拓が及ばないウィルダネスを描くために画家たちは東部から、だんだんと西部に移動しました。開発を推し進める人々と、ウィルダネスを求める人々。そして、手つかずの自然を絵に残そうとする画家たち。第2章第4節に出てくる東部と西部のつながりがここにも垣間見られるのです。

　また、彼らの描く絵の大きさもそれまでのヨーロッパの風景画にはなかったものでした。崇高かつ壮大な風景から与えられる感動を伝えるには、大きさも必要だったというわけです。あまりにも大きくて、一作品だけ展示した展覧会も開かれたほどでした。たとえばハドソン・リバー派の一人、ドイツ出身のアルバート・ビアスタット（Albert Bierstadt, 1830～1902）が1866年に描いた《ロッキー山脈の嵐（A Storm in the Rocky Mountains）》（ブルックリン美術館蔵）は210.8cm×361.3cmという大きさです。

　こうしてアメリカ独自の大自然が、アメリカ国民の誇りとなった時、この風景を体験することが、当時の流行となったようです。その自然を人々に啓蒙するために、大衆娯楽としてパノラマがありました。パノラマとは、紀行映画の先駆けのようなものであり、数時間かけてゆっくりと展開する、旅の情報が盛り込まれた、地質的かつ科学的なドキュメンタリー風絵画です。弁士の説明やピアノ演奏とともに観客に提供するもので、この方法はサイレント映画に応用されました。そんなパノラマと同じく、絵画もアメリカの風景の素晴らしさを伝えるために巨大になったのでしょう。巨大な絵を描くことには、それだけ困難が付きまとったはずです。しかし、画家は、大きなカンヴァスに描かなければならないという使命を感じていたに違いありません。

ヨーロッパからアメリカへ。このような風景画の変遷をO.ヘンリーはどのように見ていたのでしょうか。最後にO.ヘンリーと風景画、そして絵画の関係をほかの作品も参考にしながら探ってみましょう。

3 | O.ヘンリーと絵画

● ──「最後の一葉」の中の絵画

　さて、「最後の一葉」の中にはもちろん風景画は出てきません。しかし、O.ヘンリーの作品の一行、一言の中にさらに奥の深い景色が待っているように、当時の芸術事情についてもうかがい知るヒントがたくさん詰まっています。
　まず、第3章第2節でもご紹介した「だまし絵（トロンプ・ルイユ）」の伝統です。窓枠に切り取られた空間は、あるがままの窓からの眺めであり景色であると同時に、一枚の絵でもあります。しかもこの絵はちょうどジョンシーの視線に入るようにツタの葉が配置されているだけではありません。

> 　打ちつけるような雨と荒々しい突風が夜通し続いたあとだというのに、レンガの壁の上にツタの葉が一枚がんばっていた。それがつるに残った最後の一葉だった。その葉のつけ根の近くはまだ濃い緑だが、ぎざぎざになった縁の部分は、朽ち果てかけて黄色くなって、地上約20フィート上の枝から勇敢にもぶらさがっていた。(Section 31)

この最後の一葉は形状だけではなく、その細かな色彩に至るまで、いかにも本物のツタの葉のように見えますが、枯れていこうとしている中にいまだ鮮やかな色彩を残して果敢に壁を背に立ち上がっている様子は、単なる写実的な存在ではなく、ジョンシーの心に「生」を導き出すように仕組まれた葉の姿です。このように「生きる」という意図をその一枚の身に請け負った葉っぱは、リアルでありながら、すでに何らかの情感を観察者に伝えようとしている「崇高」な作品であることがわかります。この巧みに構成されたツタの絵は、ジョンシーをその鑑賞者とする立派な風景画なのでしょう。
　続いて「アトリエ」について考えてみたいと思います。画家のアトリエやスタジオそのものも、芸術の象徴であり、絵画のテーマとなります。ヨハネス・フェルメールやギュスターヴ・クールベの「画家のアトリエ」の絵は有名です

ね。スーとジョンシーは二人で共同のアトリエを構えた、と作者は紹介していますが、このアトリエについては何の記述もありません。ただ、ずんぐりしたレンガ造りの3階建ての最上階にスーとジョンシーは共同のスタジオをもっていた（Section 4）、とあるように、階段を上っていかなくてはならない最上階は家賃が安いだけではなく、採光にも向いていたのでしょう。それに引き替えベアマンさんの住居兼アトリエは「穴倉」です。

> スーが彼のほのかに明かりのともされた穴倉部屋に入ってみると、ベアマンはジンの杜松（としょう）の実のにおいをぷんぷんと撒き散らしていた。部屋の一角にはカンヴァスが画架に立てかけられていたが、そこには何も描かれてはいなかった。同じ場所に25年間立ちんぼで、傑作の最初の一筆を今か今かと待ち構えているのだった。（Section 25）

この穴倉は物語の最後を締めくくる場面でもあります。今度はスーの口から次のように語られるのです。

> 二日前の朝、管理人さんが下の彼の部屋に行ってみると、ベアマンさんがなすすべもなく苦しんでいたんだって。靴と衣服はぐっしょり濡れて氷のように冷たかったのだって。あれほどひどく荒れた夜にベアマンさんがどこで過ごしていたのか誰にもわからなかったの。そうしたら、見つかったの。まだ明かりのともっているカンテラ、もとあった場所からひきずってきたはしご、散らばった絵筆が何本か、そして緑と黄色の絵の具が混ぜてあるパレットが。（Section 39）

散らばった絵筆、そして絵の具の混ぜてあるパレット。「アトリエ画」にのっとって考えるのなら、ここに足りないのは、最初の穴倉部屋の描写で述べられていたカンヴァスでしょう。スーはこのカンヴァスについては何も語っていませんが、間違いなく部屋の隅に立っていたはず。しかしこのカンヴァスは果たして以前と同じものだったのでしょうか。「25年間立ちんぼで」待っていた、何も描かれていなかったカンヴァスには、いまだ本当に何も描かれていないのでしょうか。

　リアリティに富むツタの葉を描くことができたベアマンさん。以前は偉大な画家を目指していた彼は、向かいの建物の壁を這うツタの葉を、ジョンシーが

好きだったように（Section 19）愛で、近代の風景画家のように詳細に観察し、スケッチしていたのかもしれません。そのスケッチをもとに、これもまた風景画家が行ったように何も描かれていないカンヴァスに、自らの解釈と思いを込めてツタの葉の試作を描いてみたと考えることもできるでしょう。そこで最終的な構成と色彩を決定して、雨と風のたたきつける壁に向かったと考えてみるとどうでしょうか。25年間待ち続けたカンヴァスには、こうして見事なツタの絵が描かれていたととると、最後のベアマンさんの部屋は、一枚の「画家のアトリエ」の絵として完成するのです。（この最後の場面を表すもう一つの絵画、宗教画としての解釈については第4章第2節をご覧になってください。）

第2章第4節で紹介したスーの「イラスト」は「Art（芸術）」に対比するものとしてこの作品の中に出てきましたが、実はArtそのものの存在もこの作品の中に見え隠れするのですね。

● ——真の芸術とは？ —— O. ヘンリーの中の Art

確かにO.ヘンリーの作品の中にアーティストはしょっちゅう登場します。自らもイラストレーターだったのみならず、雑誌小説のイラストレーターたちとも一緒に仕事をしたことがあるO.ヘンリー。彼の絵の才能は母から受け継いだといわれています。母の描いた肖像画や風景画はポーター家の壁を飾っていたということです。ニューヨークに移ってからはボヘミアンのたまり場の常連だったO.ヘンリーはスーやジョンシーのようなアーティストの卵にはじまり、有名な画家たちにも出会っていたことでしょう。こういった経験や出会いが、彼の短編の題材となっていくのです。

しかし当時の絵画そのものをO.ヘンリーはどれほど理解していたのでしょうか。ナポリを発端とする風景画の伝統とアメリカの風景画についてはすでにこの節の1と2で述べたとおりですが、それらの伝統や風景画の手法について作家は作品の中で語っているわけではありませんし、残された言説の中で、O.ヘンリーが語っている形跡もありません。「ナポリ湾」という場所に至っては「最後の一葉」の中に登場するだけです。

ところが、O.ヘンリーはアメリカでの風景画というジャンルについて詳しく知っていたのではないか、ということがほかの作品を読むことでわかってくるのです。最後にそれらの作品を紹介したいと思います。

風景画のみならず絵画というテーマからO.ヘンリーを語るとき、二つの側面から考えることができるでしょう。一つ目は、作家としてのO.ヘンリーが

言葉を使って絵画を描くときです。風景の叙事的な描写を考えると、この例は枚挙にいとまがありませんが、ここでは本当に言葉で「絵画」を描いている例を一つ挙げてみましょう。短編、「論より証拠（Proof of the Pudding）」(1907年5月発表) は、春のニューヨークのマディソン・パークの様子をあたかも象徴（そして皮肉）に満ちた風景画のように描き出します。

> 柔らかな外気とこの小さな公園の設定はあたかも一つの田園風景曲を奏でているかのようだった。中心的な色調は緑——人間と植物の創造における指揮者ともいえる色彩である。
> 　歩道の間の芽吹きだしたばかりの芝は緑青色だった。毒々しい緑で、浮浪の民の群れが夏と秋の間地面に横たわっていた時の息吹の名残りを思わせる。膨らみ始めた木々の新芽は40セントの夕食コースに出される魚の付け合わせを植物学的に研究している連中には不思議となじみのある様子を呈していた。頭上の空は淡いアクアマリンを帯びている。舞踏会御用達の詩人なら「真実（トゥルー）」とか「スー」とか「囁き（クー）」とかと韻を踏ませるあの色合いである［訳注：つまり「ブルー」のこと］。唯一自然で、まっすぐに目に飛び込んでくるのは、ペンキを塗ったばかりのベンチの見せかけだけの緑。こちらはきゅうりのピクルスと去年流行のファーストブラック色の防水レインコートの中間を行く色彩だった。しかし、都会育ちのウェストブルック編集長にとってはこの風景画は傑作に見えるのだった。

確かにこの風景画はニューヨーカーの生活を象徴的に表しているようです。
そしてもう一つの例。それは絵画そのものがテーマとなるときです。「巨匠たち（Masters of Arts）」(1903年8月発表) は、いつの日かビッグになることを夢見るニューヨークの絵描きの卵が、仲間とグルになってさる南米の社長から大金をせしめようとする話です。有名な肖像画家との触れ込みで、肖像画の依頼者である社長に会いに行った若者のホワイト。戻ってくるなり相棒に次のようにぶちまけます。

> こんな絵は描けないよ、ビリー。俺は抜けるぜ。あの野蛮人がなんていってきたと思う。もう頭の中ですべてが出来上がっていて、やっこさん、スケッチだって描いているんだぜ。しかも出来は悪くない、ときた。それにしても、ああ、芸術の女神さま！　奴が俺に描かせようとしているとんで

もない代物について聞いてくれ。まずカンヴァスの真ん中に自分を置く、まあこれは当然。しかも足元に雲を踏みしめてオリンポスの頂に座るジュピターとして自分を描いてもらいたいんだと。片側には軍服で正装したジョージ・ワシントンが社長の肩に手を載せている。頭上には翼を広げた天使が舞い、月桂冠を社長の頭に載せている。勝利の花冠さ。ちょうど五月の女王みたいにね。背景には大砲が一台、さらにたくさんの天使たち、それに兵士たちという具合。こんな絵を描こうというやつは犬畜生だ。死んだあとに鳴らす弔いの鐘の代わりに尾っぽにブリキ缶をくくりつけられる値打もない。とっとと忘却の彼方に追いやられろ、さ。

5000ドルという大金と自分の芸術家魂を天秤にかけるホワイト。結果はどうなるでしょうか。ページを繰ってぜひとも二転三転のO.ヘンリー・ワールドをお楽しみください。
　ここでのテーマは「肖像画」ですが、次に紹介する物語では、まさに「風景画」がテーマとなります。
　「芸術と荒馬（Art and the Bronco）」（1903年2月発表）は次のような一文で始まります。

　荒野から、一人の画家がやってきた。
　Out of the wilderness had come a painter.

　画家がウィルダネスにモティーフを求めてやってきた、のではなく、ここではウィルダネスからやってくるのが画家というわけです。舞台は偉大なる西部の町、テキサス州のサンサバ。荒野から突如現れたこの画家は、カウボーイの若者、ロニーです。たくましいその身体に突如として「芸術の女神」が微笑みかけたのでしょうか。彼の絵は「腐敗した女々しい東部」に勝るとも劣らじ、とここ西部でも芸術と諸科学のテコ入れをはかる政治家たちの関心を引きつけます。荒々しいカウボーイ文化が日常のこのサンサバ郡にもたらされた一枚の絵。物語はこの絵をめぐって進みます。

　　　ロニーのその絵は――パノラマとも呼べそうなものだ［訳注：182ページをご覧ください］――典型的な西部の風景を描いたものだった。一番目を引くのは真ん中に配された一頭の獣の姿である。逃げ出す実物大の牛

で、目は血走って荒れ狂い、絵の右奥あたりに描かれている、これまた典型的なカウボーイに追い立てられる群れの中から猛烈な勢いで走り出している。風景はいかにも西部で見られるままの小物を配している。低木の茂み、メスキートの木、それにウチワサボテンが正しい大きさで描かれ、スパニッシュ・ダガー［訳注：ユッカの一種］の青白い花が柔らかくかたまって、その房がバケツほどの大きさになっている。おかげで絵に花の美しさと新しい趣が添えられている。遠景に見えるのはゆるやかなプレーリーでこの地方特有のときどき途切れてはまた流れる小川によって二つに分割されている。小川の流れは土手に生えるアカガシや楡（にれ）の豊かな緑で彩られている。一匹の見事なまだら模様のガラガラヘビが、前景に描かれたウチワサボテンの薄緑が群生するあたりの地面でとぐろを巻いている。カンヴァスの3分の1はウルトラマリンとレーキホワイトで占められている。典型的な西部の空と飛んでいく雲の様子である。空は雨を降らせる気配もなく、雲は羽毛のようである。

実物大の牛、ということはこの絵は相当大きなものなのでしょう。

　　議員会議室の入り口近くの広々とした廊下にある二つの石膏の柱の間にこの絵は立てかけられていた。町の人や議員たちはその前を二人連れや集団で通り過ぎ、ときどき何人かの人たちが見入っていた。多くは（たぶんほとんどの人が）プレーリーの生活を送ったことがあったので、この風景に描かれていることをすぐさま思い出すことができた。年老いた牧場主たちは立ち止まって追憶にふけり、素直に喜んで、この絵が思い起こさせてくれる日々のことを野営テントや馬上の旅で共に過ごした兄弟たちと語り合った。批評家なるものは町にはほとんどいなかったし、東部の人間たちが芸術家気取りで轡（くつわ）や鞭の代わりに使いたがる色彩、遠近法や情感といったものについての専門用語を耳にすることもなかった。それは偉大な絵だ。ほとんどの人がそう思ったし、その金色の額縁も素晴らしかった。何しろ今まで見たこともないような大きさだった。

　先ほど説明したようにアメリカの風景画の特徴の一つにその大きさが挙げられます。その大きさは崇高な自然の驚異を描き出すために必要なものでした。西部はそのための格好のテーマをいくつも画家たちに与えましたが、ロニーが

描きだすのはアルバート・ビアスタット（182ページ）が描いたような威厳に満ちた自然の風景ではなく、西部の日々の生活です。しかもそこで中心となるのは、一頭の牛です。広々とした空に浮かぶこれといった特徴のない雲も、偉大な風景画の霊妙な大気の描写からはかけはなれています。

ロニーの風景画は、郡の政策の小道具に使われます。本来なら「州の歴史」を描いた偉大な絵を望んでいた議員も、ロニーがこの西部の偉大な開拓者、ルシアン・ブリスコウの孫であるとわかった途端、その態度を一変させます。そこに灌漑権の獲得などの利権が微妙に絡んだ結果、ロニーの絵は2000ドルという大金で州によって買い上げられることになります。

しかし、この風景画の価値はたまたま画題を求めてニューメキシコを目指していたさる有名なニューヨークの画家によってあっさりと否定されます。どうやら肺結核を患っているらしいこの画家は、「ズニ族の古代遺跡の壁の上に当たる日の光の効果を探りに行くのだった。現代建築の石材は光を反射する。これらの昔の建造物のものは光を吸収するのだ。画家は今描いている絵にこの光の効果を取り入れたかった。そのために2000マイルもの距離を移動中だったのだ」。この節の2で紹介したような「光の効果」を追求する画家は、ロニーに次のようなすごい言葉を投げつけるのです。

> もうこれ以上絵の具には金を使わんことだね。これは絵じゃない。銃だ。銃口を州に突きつけて2000ドル出させればいい。でもこれ以上カンヴァスの前には立たないことだ。カンヴァスはテントに使うものだよ。その2000ドルで馬を二百頭ほど買って（ここじゃ安く買えるということだから）、乗って、乗って、乗りまくれ。肺いっぱいに空気を吸って、食べて、ぐっすり寝て、幸せになれ。でも絵はこれ以上駄目だよ。君は健康そのものに見える。それこそ「才能」だ。その才能を大切にするんだよ。

この言葉を聞いたロニーは愛馬、ホット・タマーレスを駆って絵の飾られている建物へと向かいます。

> ちょうどそのとき二階の窓からやわらかな日の光が大きなカンヴァスの上に降り注いでいた。廊下の暗い背景からこの絵は素晴らしい効果を持って浮き上がっていた。芸術上のさまざまな欠点にもかかわらず、見る者は本物の風景を眺めているような気持ちになったことだろう。その実物大の牛

が草原を踏み鳴らして迫ってくるのを見て少しひるむことだろう。たぶんホット・タマーレスにもそう見えたのだ。この風景は彼もよく知っているものだった。もしかしたら馬はただ主人の意思に従っただけかもしれない。馬は耳をそばだてた。鼻を鳴らした。ロニーは前かがみになって肘を上げた。まるで翼のように。この動きは、カウボーイが彼の馬に与える合図となった。馬は猛スピードで突進した。

　この絵の運命はみなさんもご想像できるとおりです。しかしここではO.ヘンリーが「光の効果」について言及していることに注意してください。絵の中で描かれる光の効果ではなく、まさに実際の光はこの絵を一枚の「だまし絵」（第3章第2節）に仕立て上げたのです。雨の中の「最後の一葉」と微妙に絡み合う描写です。

　ちょっと悲しいこの物語。でも最後はO.ヘンリー特有の優しい余韻が待っています。O.ヘンリーのこの物語、「芸術と荒馬」は「東部と西部」と読み替えることもできます。ここでは東部の女々しさを笑う西部は知らず知らずのうちに東部の体制のあとを追っています。同時に本書の第2章第4節でも触れられた、東部が見出した「理想化された西部」の風景と西部人による「ありのままの西部」の風景の対比と読み解くこともできるでしょう。もちろんO.ヘンリーが肩を持つのはそのどちらでもありません。ただカウボーイは、絵筆を捨てて、ウィルダネスへと戻っていくのみです。広い西部に思いを馳せながら、みなさんもO.ヘンリーの言葉の織り成す風景画をぜひ楽しんでみてください。

第4節

病と文学
―― O. ヘンリーの場合

　O. ヘンリーの「最後の一葉」の主要登場人物は三名、そこにもじゃもじゃ眉毛のお医者さんが加わりますが、実はもう一人、忘れてはならないのが「肺炎氏（Mr. Pneumonia）」です。この擬人化された病は、その姿こそはっきりとは現さないものの、最後までこの物語を引っ張っていく今一人の登場人物です。病はいつでも私たちのそばにひっそりとたたずんで、突如としてその存在をあらわにします。「最後の一葉」でも物語を陰で操るのが、肺炎という病なのです。

　この章では「肺炎氏」をはじめとして、病から見たO.ヘンリーの文学と当時の文化を見てみたいと思います。

1 ｜ 物言わぬ登場人物、「肺炎氏」

　「最後の一葉」の今一人の登場人物「肺炎氏」。実は当時のアメリカではそれほど珍しい存在ではなかったようです。「最後の一葉」が書かれたころ、1900年のアメリカでの死亡原因の第1位が肺炎です。第2位は肺結核となっています。肺炎の症状は、発熱、咳、痰、呼吸困難、全身倦怠感、胸痛などです。最初は風邪のような症状ですが、急に病状が悪化し、死に至る恐ろしい病気。それが肺炎でした。

　よく風邪をこじらせると肺炎になるって聞きますよね。これは正確に言うとちょっとちがうんです。肺炎は、細菌やウイルスなどが肺に入り、炎症を起こす病気です。原因となる細菌やウイルスは、人の体や日常生活の中に存在していますが、私たちの体には抵抗力があり通常は発症することがありません。しかし抵抗力が低下すると感染を起こしやすくなり、さまざまな病気を引き起こしてしまいます。肺炎もその一つ。抵抗力が低下する原因は、色々ですが、風

邪や高齢による免疫力の低下、持病の悪化や、低栄養、不摂生な生活などが挙げられます。ベアマンさんの暮らしぶりを見ると、この原因を引き起こしそうな要素がたくさんあります。換気の悪そうな穴倉部屋に住んでいて、ジンを浴びるように飲んでいた……とあるように、住環境も、食生活も良いとはいえません。当時の60歳といえば確かに高齢者といえるでしょう。そんな彼が、北風が吹き雨が打ちつける戸外で、パレットと筆を握りしめ、絵を描くのです。これはもう肺炎氏が喜ぶ条件がそろい踏みです。そう、彼を襲ったのは急性の肺炎だったのです。

そして私たちが「風邪をこじらせると肺炎になる」と考えるように、当時の人々も、「雨と寒さ」を、肺炎の大きな要因と考えていたはずです。打ちつける雨と荒々しい突風の中で一世一代の大傑作を描いたベアマンさんが二日後に肺炎で亡くなってしまうというのも当時の読者の肺炎に対する考えをそのまま映し出しているのでしょう。

この本の中でも何度か登場する「紫色のドレス」にも、読者の気遣いを肺炎に向けるような記述があります。感謝祭のために8か月間生活を切り詰めてきたメイダが、やっと手に入れた注文仕立ての紫色のドレスを着て、打ちつける雨、吹きすさぶ風の中、傘もささずに通りを歩くシーンはこの作品の中のクライマックスです。「雨が彼女のからだを伝い、指先から滴り落ちていった。」このあと、メイダは自分の働く店の主任であり、憧れのラムゼイ氏に偶然出会います。そして美しいドレスに身を包んだメイダにラムゼイ氏は彼女への思いを告白するのです。「そしてメイダは頬を赤らめ、くしゃみをした。」こんなハッピーエンドにただほっとするのは、現代の読者。当時の読者は、ここで胸をなでおろすと同時に、激しい雨の中を歩き回り、くしゃみをしたメイダが肺炎にかかりませんように、と祈ったのではないでしょうか。

もちろん肺炎氏は20世紀初頭に突然現れたわけではありません。その症状が最初に記述されたのは、紀元前4世紀、古代ギリシアの医者ヒポクラテスに遡ります。やがて19世紀後半にバクテリア（細菌）による感染で肺炎が発症することが解明されましたが、当時はまだ肺炎の治療法は確立されていませんでしたので、死への恐怖を身近に感じさせる病だったのです。ようやくアレクサンダー・フレミング（Alexander Fleming, 1881〜1955）がペニシリンを発見し（1929年に『英国実験病理学会誌』に発表）、その後もさまざまな抗生物質が開発され、治療法が確立されていきました。肺炎は適切な治療さえ施せば恐ろしい病気ではなくなりましたが、今でも日本では死因の3位を占めています

し、世界保健機関による報告書、『世界保健統計（*World Health Statistics*）』の2014年度版によると、2012年の世界の死因の2位を占めるのが肺炎などの下気道感染症です。

　O.ヘンリーの時代にはとても恐ろしい病気だった肺炎。作者はこの病を擬人化することで当時の人々の恐怖を具体化したのです。「肺炎氏」は「その氷のように冷たい指で人々に触れながら、植民地を人知れず歩きまわって」しのびよります。かと思うと、突然暴挙に出ます。彼は貧しい区域では「何十人という人々をなぎたおし」ながら、闊歩するのです（Section 6）。時にひそやかな侵略者、時に「赤いこぶしのぜいぜいと息を切らせているぼけ老人」（Section 7）と、「肺炎氏」は、とらえどころのない神出鬼没、変幻自在の存在でもあります。O.ヘンリーの肺炎の描写は、当時の人々の恐怖を巧みに表しているのです。

　O. ヘンリーのほかの作品の中で「肺炎」が登場するのは、ところ変わってテキサスを舞台にした短編「鳴らないピアノ（The Missing Chord）」（1904年6月発表）です。キャルおじさんは風邪をひいて咳もひどいのに、愛娘のマーガレットのために羊毛を売ったお金でサンアントニオにピアノを買いに行きます。4日後に楽器を買って戻ってきたキャルおじさんは高熱と胸の痛みで倒れます。診察をしたお医者さんは、キャルおじさんがもう治る見込みがないことを告げます。

　　シンプソン医師が言うには、キャルおじさんは肺炎で、しかも悪性だということだった。60歳を超えているし、衰弱しきっているので、もう牧草の上を歩ける見込みもないだろうとのことだった。

「最後の一葉」の最後で、お医者さんがベアマンさんの容体を語る言葉「年取って衰弱しているし、急性の発症でね。こちらは助かる見込みがない」（Section 37）をほうふつとさせるこの言葉。実際にキャルおじさんはそれから一週間ほどで亡くなってしまいます。自分の健康を顧みずにピアノを買いに出かけたキャルおじさん。彼も、もう一人のベアマンさんといえそうです。楽器のことは何でも知っていると周囲に話していたキャルおじさんが買ってきたものは果たしてどんなピアノだったのか。これは作品を読んでのお楽しみとしましょう。O. ヘンリーらしいちょっぴり哀しいけれど、ほのぼのとした結末が用意されています。

2 | The Three Thousand と The Four Million──結核とO.ヘンリー

● ── O. ヘンリーと肺結核

　さて当時、肺炎とともに発症率の高かった病気は肺結核 tuberculosis（TB）でした。先ほども紹介したとおり、1900年のアメリカでは死亡原因の第2位となっています。少なくとも肺炎はジョンシーのように治る見込みがあるのに対し、肺結核は不治の病と考えられていました。ゆっくりと進行し、体力を奪っていくために、またの名をconsumption（「消耗」の意味）ともいわれます。

　実は、O. ヘンリーの人生もまた、この結核によって侵され続けました。母メアリーは1865年、肺結核で亡くなっています。祖母も肺結核で亡くなりました。O. ヘンリー自身も空咳がひどくなり19歳の時、結核を疑ったホール医師の勧めで医師の息子たちが働いているテキサス州の牧場へ転地療養に行ったのです。その後1896年、かつて勤めていた銀行の金を横領した疑いで起訴されたのち、O.ヘンリーは裁判の当日に病弱の妻と娘を残してニューオーリンズに旅だちます。1897年に妻アソルの危篤を聞きつけて戻り、看病に努めたものの7月にアソルは肺結核で亡くなりました。29歳という若さでした。このことについては「作者、O.ヘンリーについて」でも書いたとおりです。結局彼は翌年から刑務所生活を送ることになるのです。刑務所の中での生活は、将来の短編小説家、O.ヘンリーに人間観察の機会を与えただけではありません。薬剤師としての経験が買われて、彼は刑務所の病院で働くようになりました。また、医師の回診にも付き添っています。娘の面倒を見てくれていた義父のローチ氏に宛てた1898年5月18日付の手紙の中で、O.ヘンリーは次のように語っています。

> 病棟にはいつでも100人から200人の患者がいます。ありとあらゆる病気にかかっているのですが、最近の流行はチフスとはしかです。ここでは肺結核はそちらで悪性の風邪にかかるよりももっと一般的な病気です。ちょうど今病院では30名ほど助かる見込みのない結核患者がいて、看護婦と付添いのほぼ全員に感染しつつあります。店や鋳造工場で働いている連中の何百人もが同じように肺結核にかかっています。(Smith, p. 156.)

当時のO.ヘンリーにとって大切な人々を奪っていった死と病は、刑務所でもO.ヘンリーに付きまとっていました。日々、病に倒れ、亡くなっていく人々を彼は目の当たりにしていたことでしょう。

　こうなると、O.ヘンリーの作品の中に肺結核が忍び込んでこないわけはありません。「牧場のマダム・ボーピープ（Madame Bo-Peep, of the Ranches）」（1902年6月発表）、「午後の奇跡（An Afternoon Miracle）」（1902年7月発表）、「ソリト牧場の健康神（Hygeia at the Solito）」（1903年2月発表）そして「サントネの霧（A Fog in Santone）」（1910年）などはその例です。刑務所時代にO.ヘンリーはいくつかの短編を書いて、雑誌社に送っていますが、そのころ残されたノートを見ると後者の三作品は服役中に生まれた物語です。

　しかし肺結核を主題にしたこれらの作品は、このころのO.ヘンリーの日常を考えるとある意味不思議な物語です。日々、肺結核で人々が命を落としていくのを見ていたO.ヘンリーの筆から生まれたにもかかわらず、その作品の中で病は患者の命をたやすく奪うことを阻まれます。作者は治る見込みのある肺炎という病でキャルおじさんとベアマンさんという二人の老人を死に追いやるのですが、肺結核患者は、健康を取り戻したり、死に背を向け、生きる希望を見つけ出すのです。

　「牧場のマダム・ボーピープ」の主人公は、ニューヨーカーのオクタヴィア・ボーブリーです。夫の死後、何の遺産も残されないまま破産したオクタヴィアは、唯一残されたテキサスの牧場に移り住む決意をして、デ・ラス・ソンブラス牧場に向かいます。なんとそこのマネージャーはニューヨークでの幼馴染み、セオドア・ウェストレイク。しかし、気まぐれで夢見がちで芸術家肌だった昔のテディの面影はどこにもありません。「血色の好い赤茶色の顔の肌が、麦わら色の口ひげと青味を帯びた灰色の瞳を鮮やかに引き立てていた。」やがて、オクタヴィアは亡き夫が生前にこの牧場すら売却しており、実はウェストレイクがその所有権を買い戻していたことを知ります。オクタヴィアに問い詰められたテディは本当のところを明かすのです。「医者から南に行けと言われたのさ。右の肺がだめになってしまってね。ポロと運動のやりすぎで負担をかけてしまったんだ。いい気候と、新鮮な空気と、休息と、まあそういったものが必要だったというわけなのさ。」テキサスで健康とオクタヴィアのために牧場を取り戻したテディは、こうしてオクタヴィアに結婚を申し込むのです。

　「ソリト牧場の健康神」では、牧場主のレイドラーがサンアントニオで出会った「奔馬性肺結核（gallopin' consumption［馬が駆け出すように急速に悪

なるためにこの名前がついているのです。非常にたちの悪い結核です］）」の青年、「コオロギ」というあだ名の一文無しのマクガイアを療養のため牧場へ連れていきます。マクガイアは身長が5フィート1インチ（155cmぐらい）と小柄、「ヨコハマかダブリンの町によくいるような顔」をしている典型的なアイルランド人です（第2章第3節の129〜130ページに出てきた「第99消防団の外交政策」の主人公と比較してみましょう）。牧場に来て二か月経っても変化の現れないマクガイアにレイドラーは「牛の野営地に行って、一週間か二週間過ごしてみてはどうかね。暮らしやすいようにしてやるよ。大地、そして大地に近いところの空気。それに接すれば治るよ」と勧めますが、スポーツ賭博で生きてきたマクガイアはお構いなしにタバコを吸って、周囲に威張り散らします。カウボーイたちは、時が経つにつれ、仮病ではないかと疑います。ある日、医者に診てもらうとマクガイアには病気の兆候は何一つないと言われ、怒ったレイドラーはマクガイアを牛に焼き印を押す仕事をさせようと野営地に行かせます。しかし血を吐くこともあったマクガイアは本当に仮病を使っていたのでしょうか。最終的に、読者はレイドラーの勧めが真実であったことを悟るのです。

　ちなみにテキサス州での二年間の療養生活の中で、若きO.ヘンリーの空咳もすっかり良くなったようです。彼の症状は今となっては結核ではなかったと思われますが、マクガイアの経験は若いO.ヘンリーの経験と重なってくるのではないでしょうか。

● ――「最後の一葉」誕生秘話？――「サントネの霧」

　肺結核をテーマにしたO.ヘンリーの短編に何度も登場するのはテキサス州西部のサンアントニオという町です。「鳴らないピアノ」で咳をしていたキャルおじさんがピアノを買いに行った場所もサンアントニオでした。19歳のウィリアム・シドニー・ポーターを受け入れたホール夫妻はシドニーと同じく本好きで、オースティンとサンアントニオを訪れては本を買い入れてきたそうです。それらの本を若いウィリアム・シドニー・ポーターはむさぼるように読みました。その後、ポーターはオースティンに住むことになりますが、サンアントニオにも何度も足を運びました。

　サンアントニオは、肺結核患者にとっての療養地でもありました。デヴィッド・キャンライトの『テキサスの中のO.ヘンリー』は、O.ヘンリーの療養経験がテキサスを舞台にした彼の短編小説にいかに影響を与えているのかを肺結核というテーマからも論じています。サンアントニオについては、砂漠特有の

暖かく乾燥した空気と都会的な環境が多くの患者たちを引き寄せたと述べています（Canright, p.9）。それだけではありません。治癒力があるといわれる「新鮮な空気（ozone）」は、この町の呼び物でした。しかしサンアントニオの結核人口が増えたために、かえってこの町の死亡率が高くなってしまうという皮肉な結果を引き起こすことになります。このサンアントニオそのものを舞台にする作品が「サントネの霧」です。

　この作品は多くの点で注目に値します。まず他人の話ではなく自らの目で見て、自らの耳で聞いたものを題材に描こうと務めたO.ヘンリーが、「魅力的でロマンチックな病」としての結核の表象を踏襲していること。そしてこの物語が多くの点で「最後の一葉」の土台と読み取れることです。

　結核患者を主人公にした文学や作品は世界を見渡せば枚挙にいとまがありません。サナトリウムを舞台にしたトーマス・マンの『魔の山』（1924年）、アレクサンドル・デュマ・フィスの『椿姫』（1848年）のマルグリット。ハリエット・ビーチャー・ストウの『アンクル・トムの小屋』（1852年）のエヴァ、チャールズ・ディケンズの『ドンビー父子』（1846〜48年）のリトル・ポール。日本でもサナトリウムを舞台とした堀辰雄の『風立ちぬ』（1938年）の節子、徳富蘆花の『不如帰（ほととぎす）』（1898〜99年に連載）の浪子が有名です。作品の登場人物だけではなく、20世紀中葉までは世界中で多くの作家たちが肺結核で命を落としました。のちの第4章第4節に登場するジョン・キーツもその一人です。

　結核は文学でも絵画でもお気に入りのテーマとなりました。その理由は、当時は感染する病とは思われていなかったため、あくまで個人の体験として物語化されたことと、患者が少しずつ消耗していくその過程にあります。同時にこの病はじつにさまざまな「意味」を付与されていきました。変化は18世紀の終わりに訪れます。クラーク・ロゥラーの『結核と文学——ロマンチックな病の形成』（2006年）とキャサリン・バーンの『結核とヴィクトリア朝の文学的想像力』（2011年）を読むと、そこにはいくつかの文化的な背景があったことがわかります。まずバーンは18世紀から19世紀にかけて、「美」の定義が健康美からいわゆるか弱さへと移って行ったと説明します。この新しい美の象徴が結核患者でした。同時に19世紀のヨーロッパでは、外見の美しさは内面の美しさの反映とされていました。そして結核はむしろ、その美しさを否が応でも増長する病だったのです。細く長い首、肌には血管が浮き上がり、透き通るように青白いにもかかわらず、夕方になると熱のために頬には赤みがさし、目は

きらきらと輝き、唇も美しい赤に彩られる……。このように消耗していく身体はか細い、美男美女のイメージでとらえられたのです。同時に肺結核は人々を同じように「消耗」させる、恋愛や情熱とも安易に結び付けて考えられました。肺結核は高貴かつ繊細なものこそが罹患する「ロマンティックな病」ととらえられ、真実からは程遠い形で文学や絵画のテーマとなっていきました。そしてインスピレーションを与える、芸術家の病でもありました。

　どうしてこのようなことが起こったのでしょうか。「病」は「物語」を生む、とロゥラーは説明します。つまり時間の経過の中で変容する肉体を解釈し、そこに何らかの意義を見つけようとする物語です。その際にどのような「言語」、そして「象徴」を使うのか。医学上の肺炎の残酷な症状は、文学の中では「美」として語られ、やがてその美化に医者の言説すら影響され加担していった、とロゥラーは説明しています。こうなると、死、そのものの姿もまた変化することになります。スーザン・ソンタグは『隠喩としての病い』（1978年）において、ロマン主義の人々は「結核をめぐる空想を通して死を美化することができた」と述べます（ソンタグ、p. 28）。美化された空想上の死は、そのまま人々の生き方、そして現実の死に方にすら影響を与えることとなったのです。

　またバーンは、特に19世紀のイギリスを中心に、肺結核が時代とともに、そして国や文化的な背景の違いの中で、次々に新たな、そして時として相反する象徴性を帯びていった様子を説明しています。恋愛、精神性、殉教者の象徴、あるときは資本主義の具現、あるときは反資本主義の象徴、性的な魅力、性的な堕落、そして堕落からの救いと自己犠牲のイメージ、とそこに折り重ねられた意味はさまざまです。やがて結核菌がコッホによって1882年に発見されると同時に、結核をめぐる独自の文化は終焉を迎えていくのです。

　「サントネの霧」は、1910年『二人の女 (*The Two Women*)』の中の1編 "The One: A Fog in Santone" として発表されました。その後1912年10月、『コスモポリタン (*Cosmopolitan*)』誌に掲載されます。カレント＝ガルシアの『O.ヘンリー』によると、刑務所で書かれて、出版社に送付されたものの、採用されなかった作品の一つだそうです（Current-Garcia, pp. 35-36）。サンアントニオをモデルにしたサントネは、川の流れがヴェニスを思わせる町です。療養のためにオハイオ、テネシー、ニューヨークとアメリカ各地から病人がやってくるさまは、まるで「西部のニューヨーク」といった様子です。ただ、この都会にひしめき合っているのは、のちにO.ヘンリーが「400万」と

愛情をこめて呼んだニューヨークの一人ひとりの庶民たちではなく、まとめて「3千」と呼ばれる結核患者なのです。しかし、その3千の一人ひとりにもまた物語があります。

　このうちの一人、主人公のウォルター・グドールはまだ19歳だというのに、末期の結核に侵されています。そしてグドールの描写は、19世紀以来の結核患者の文学的な表象のルールに見事にのっとっています。

> 　グドールはまだ19歳だった。恐ろしい肺結核の神が破壊に取り掛かるとき、神はあるものをまずは美しく仕立てあげる——そして少年はそういった人々の一人であった。彼の顔は蠟のようで、素晴らしい美しさが頬に燃える恐ろしい炎から輝き出ていた。

Goodall（すべてにおいて良い）という彼の名前もまた、肺結核に倒れる無垢な若者の象徴となっています。

　彼は病気を苦にして自殺するために薬局をまわって、モルヒネを購入するのですが、同じ薬局を訪れてしまい、店主にさっき1ダースのモルヒネの錠剤を売ったばかりだと言って断られます。「このねじれた道のせいさ。二度も訪れるつもりなどなかったのに、この道に巻き込まれてしまったようだ。失礼。」まさに「最後の一葉」のグリニッチ・ヴィレッジで、画材売りが集金しようと思っても、元来た道に戻ってしまって、1セントも取りたてられない街並みを思い出すような表現です（Section 2）。自暴自棄になっているグドール青年は、オハイオから来た結核患者にそそのかされてバーに立ち寄ったあと、どんな場所に迷い込んだのかもわからないままある店に入っていきます。そこで彼を出迎えたのは物憂げな美しい一人の女性です。「失われる気配のないイヴのような見目麗しさ」をたたえた彼女は、その長いブロンドの髪を床に届かんばかりの二本の太い三つ編みにして垂らしています。その姿は「ローレライの直系の子孫」のよう。出会った二人はすぐに意気投合し、「ウォルター」、「ミス・ローザ」と互いをファーストネームで呼び合う仲になります。ウォルターは生い立ちから自分の命があと二か月（「自分の命のカレンダーがおそらくあと二枚[two more leaves]しか残っていない」と表現しています。「最後の一葉」を思わせる言い方ですね）であることなど、包み隠さず彼女に語ることができるのです。そして、小さな紙箱に入ったモルヒネを彼女に見せて、自分が命を絶とうとしていることまで彼女に打ち明けます。ローザはそんなグドールの話をはし

ゃぐ少女（a delighted child）のようにさえぎって、話を彼のテネシーの家やそこにいる妹たちのことへと向けていきます。こんな会話の中で次第にグドールの生きたいという気持ちが湧き起こってくるのです。「一時間前は死にたいと思っていたんだ。でも君に逢ってからね、ミス・ローザ、本当に生きたいと思うようになった。」その言葉を聞いてローザは彼の首に手をまわし、その頬にキスをします。それと同時に今まで街を覆っていた霧はすっかり晴れ、外には月が輝き始めます。

　　「世界はこんなに美しいのに、死のことを口にするなんて！」彼の肩に片手を置きながら、ミス・ローザが言う。「私を喜ばせると思ってね、ウォルター。かえって休んでそしてこういうの、『絶対に良くなる』って。本当に良くなるのよ。」
　　「君の頼みなら」と少年は言う。微笑みながら。「そうするよ。」

　こうして、再び額にキスを受けた少年は、生きる希望とともに外へと出ていくのです。しかしロマンチックでセンチメンタルなこの物語のエンディングは残酷です。

　　ウェイターが盆とグラスを下げようと戻ってくる。ちょうどその時、彼女は小さな空になった紙箱を手の中で握りつぶし、それを部屋の片隅に投げるところだ。何かをグラスの中に入れて帽子止めのピンでかき回している。
　　「おや、ミス・ローザ」とウェイターはいつもの丁重だがなれなれしい口調で言うのだ。「まだ宵の口だというのにもうビールに塩を入れるんですか！」

　ビールに塩を入れると発泡し、ビール特有の苦味が消えてまろやかになるそうです。この習慣、どうやら20世紀の初頭には普通に行われていたようです。しかしここでローザが投げ捨てる「小さな空の紙箱（a little empty pasteboard box）」にははたして塩が入っていたのかどうか。そういえば、グドールがモルヒネを入れていたのも小さな紙箱（a little pasteboard box）でした。
　このエンディングは謎に満ちており、さまざまな解釈が可能です。カレン

ト=ガルシアは、「最後の一葉」同様、この短編を娼婦の我が身を悲しんだミス・ローザがグドールに手放させたモルヒネを彼の身代わりとなって飲んで死ぬ「自己犠牲」の物語と解釈しています（Current-Garcia, p. 85）。しかしこの結末を、物語の最後に皮肉を用意するO.ヘンリー特有の「落ち」ととるのなら、私たちは娼婦のミス・ローザ自身が結核だったということを知ることになるでしょう。彼女がここで飲むのは薬局からもらった同じような紙箱に入った自分用のモルヒネなのではないでしょうか。このエンディングは「生」を与えた天使、ミス・ローザ自身が実は「死」と対峙していた、という残酷な皮肉にあるのではないでしょうか。そう考えると、ローザの哀愁に満ちた美しさ（[p]ensive beauty）もまた、結核の象徴だったといえます。ローザは、ウォルターの話を聞いているうちに本当に「はしゃぐ子供」のようだった過去の自分を思い出したのかもしれません。ローザの飲むモルヒネは身体だけではなく心の痛みを抑えるものだったのかもしれません。社会の残酷な波に飲み込まれて堕落していく女性たちが病と死を通して美化・浄化されるテーマがここにも見られるのでしょう。

　このように肺結核という病こそがもう一人の主人公の「サントネの霧」。その中に出てくる文体や表現は、同じようなテーマを扱った「最後の一葉」といろいろな意味で通じ合うところがあります。たとえば「結核」をはらんで重く人々にのしかかる「霧」は擬人化されて登場します。サントネの冷たい灰色の霧は「やってきてこの3千人の唇に接吻し、それから十字架へと彼らを送り届けたのだ（came and kissed the lips of the three thousand, and then delivered them to the cross）」と表現されます。そしてこの青白い霧は「最後の一葉」の肺炎氏同様、「まがった指先（[t]he writhing fingers）」で人々を血祭りに上げていくのです。

　霧に覆われたサントネという場所の設定だけでなく、この作品は「死」の象徴に満ち満ちています。その一つは何といってもミス・ローザその人です。「イヴ」と「ローレライ」を思わせる美しさは、すでに男を惑わせ、死に至らしめる存在であることを暗示しているだけでなく、グドールにテネシーの家のことをもっと語って、と頼むミス・ローザは図らずも「私がよく知っているのはテキサスと、タランチュラと、カウボーイのこと」だけと、毒蜘蛛としての自らの正体を暴露しています。

　そして影のようにこのミス・ローザを監視する娼館の主人は、身なりの良い足音を立てずに歩く男（softly treading man）として登場しますが、その姿

も「最後の一葉」の中で人知れず歩きまわる肺炎氏のように不気味な存在です。すでに病に侵されたミス・ローザを使って肺結核を蔓延させるのみならず、男たちの金と命を搾り取っているこの主人こそ、真の意味の「死神」といえるでしょう。グドールが歩き去ると同時にこの死神はカーテンの奥から姿を現します。にらみ合いのすえ、最終的にミス・ローザはグドールをこの「死神」の追跡から守り、「生」の世界へと送り出します。グドールの「首に手をまわして」、その頬にキスするローザ。彼女はそれまでこのキスで多くの男性たちを仕留めてきたのでしょうが、今回その死のキスは額に与える祝福のキスを通して命を与える接吻へと変わるのです。

「サントネの霧」もまた、O.ヘンリーが描いたほかの肺結核の作品と同じように主人公のグドールがこの病から救い出される、という点で、美しいままに死んでいく結核患者の物語とは異なる作品となっています。しかし、ここで展開される描写はどこまでも「結核」という病の典型的な描き方を踏襲しているのです。このギャップをどう説明したらよいのでしょうか。

ことによると、この時のO.ヘンリーは愛する人々の記憶を自らの作品の中に埋め込もうとしたのかもしれません。芽生えてきたローザへの愛を糧に生への道を歩み始める19歳のウォルター、そんな彼が今一度会いたいと思っている故郷テネシーにいる妹のアリス、そして自分の病や自らが囚われの身であることを嘆くことなく、ウォルターに希望を与えるローザの中に、O.ヘンリーは同じ19歳でテキサスに向かい、のちにアソルと出会った自分、おいてきた娘のマーガレット、そして夫の不在にも耐えて病に倒れていったアソルを描き出そうとしたのかもしれません。その意味で、この作品はO.ヘンリーにとっての「自己犠牲」の物語といえるのではないでしょうか。

O.ヘンリーの伝記を書いたスミスは次のように言います。「彼の本当の伝記、つまり彼の心の伝記は、彼の作品の中にある」(Smith, p. 202)。

ある意味で最も伝記的であるともいえる「サントネの霧」。「最後の一葉」が生まれたルーツは、こんなところにあるのかもしれません。

第 4 章

「最後の一葉」を通して もう少し文学を 深く楽しむ

　最後の章となるこの第4章では、聖書、神話、古典という三つのテーマから、より深く「最後の一葉」を読み解いていきたいと思います。この三つのどれをとっても、英語で書かれた文学作品をこれから読み進めていく上でとても重要な要素です。この章を読み終わったあとは、どんどんほかのO.ヘンリー作品も読んでみてくださいね。いえいえ、O.ヘンリー以外の作者の作品を読む上でも役に立つことでしょう。

第  節

男たちの40年間
―― 聖書と芸術と「最後の一葉」

1 │ 「40」の意味するもの

　　　forty 40 1　40時間、40日、40年は、ユダヤ教―キリスト教の数霊術では、神聖な数とされる。**a**　ある出来事を準備する期間：モーセは40日間シナイ山にこもり、あかしの石板（十戒）を受けた。また、イスラエルの民は、40年間荒野をさまよった。　**b**　浄化の期間：ノアの洪水は40日間降り続いた雨のために起こった（『創世記』7, 17）。　**c**　試練、修道期間：モーセに遣わされた人々は、40日間カナンの地を探った（『民数記』13, 25）。（アト・ド・フリース『イメージ・シンボル事典』、pp. 260〜261より抜粋。）

　この物語の大切な登場人物の一人、ベアマンさんは、40年間絵筆を振い続けても芸術の女神（ミューズ）の衣の裾にさえも触れることができなかった絵描きです（Section 24）。いつの日か最高傑作を描くことを夢見ていましたが、画架の上に載せたカンヴァスは25年間真っ白のまま（Section 25）。高邁な芸術家の意識を持ちながら、どうしてもお酒が止められず、さまざまな煩悩にさいなまれているベアマンさんこそ、O.ヘンリーが愛した人々の一人であり、また彼自身でもあったのでしょう。
　この小説の中でのベアマンさんの登場は印象的です。「ミケランジェロのモーセの彫像のようなひげが、サテュロスのような顔のあごから巻き毛となって垂れ下がり、小悪魔のような体にまとわりついていた」（Section 23）。ベアマンさんの容姿をこのように説明する際、O.ヘンリーは、単に「モーセ」ではなく、「ミケランジェロのモーセ」としています。一体なぜ、「ミケランジェロのモーセ」としたのでしょうか。その謎を解く鍵は、まさにベアマンさんが

絵筆と格闘した「40年」という数字にありそうです。

　モーセとミケランジェロとベアマン、この三人をつなぐものは　40年間にわたる苦闘、それぞれに神から与えられた試練の40年なのです。さっそくその謎解きに取り掛かってみましょう。

2 ミケランジェロと40年

　まず、みなさんは　ミケランジェロ（Michelangelo Buonarroti, 1475～1564）が制作したモーセ像をみたことがありますか。

　現在この作品は、ローマのコロッセオ近くのサン・ピエトロ・イン・ヴィンコリ教会にユリウスⅡ世の墓廟の一部として置かれています。古びた薄暗い教会の中に、ひっそりと置かれたこの像は、誰もいない深夜になると動き始めるのでは……と思わせるほど精巧につくられた大理石の彫像です。

ミケランジェロの『モーセ』

　眼光鋭く一点を見つめるこのモーセ像。この像の特徴の一つにひげが挙げられます。ミケランジェロと同時代に生きたヴァザーリが、「その髭は大理石でつやつやと長く作られている。彫刻としては非常な困難さを孕む髭の毛の表現も、繊細に柔らかく、ふっくらと作られ、鑿が絵筆になるはずもないのに、そうしたやり方で彫られているのである」（ヴァザーリ、p. 68）と書き残しているほど、印象的なのです。

　しかし、イタリア語で "Tragedia della Sepoltura（墓にまつわる悲劇）" といわれるこの墓廟は、ミケランジェロにとって、苦しい試練によって作られたものでした。ミケランジェロは20代に、『ピエタ』（1498年～1500年、サンピエトロ寺院）と、『ダヴィデ』（1501年～1504年、フィレンツェ、アカデミア美術館蔵）を制作し、その名を天下に轟かしていました。彼は、1505年ローマ法王ユリウスⅡ世にローマに招聘され、法王自身の墓廟を依頼されます。ミケランジェロは、古代ローマ皇帝の霊廟をしのぐ壮大な墓廟を計画し、意気

揚々と制作に取り掛かります。

　そんな矢先、ユリウスⅡ世の気まぐれからか、ミケランジェロはシスティーナ礼拝堂の天井に全く経験のなかったフレスコ画制作を命じられるのです。フレスコ画を描くことは大変なことで、命じられたミケランジェロは無謀な申し出に憂え、辞退を申し出ます。しかし絶対的権力を持つ法王に逆らえるはずもなく天井画に取り掛かるのです。そして4年の歳月をかけ、ミケランジェロは誰もが感嘆する偉業を成し遂げたのでした。

　ユリウスⅡ世の死後、ミケランジェロは墓廟造りに専念できると思ったのもつかの間、続く法王たちは、彼にフィレンツェでの仕事やシスティーナ礼拝堂の側壁のために『最後の審判』の制作を命じます。ミケランジェロは、ことあるごとにユリウスⅡ世の墓廟制作を願い出ましたが、結局、法王の命じた仕事に従事しなければなりませんでした。その一方で、ユリウスⅡ世の遺族にユリウスⅡ世の墓碑を巡って訴訟を起こされてしまいます。

　1542年、ユリウスⅡ世の墓廟の計画変更の契約が交わされ、結局実に40年、5回の計画変更を経て、当初の計画からは程遠い小さな墓廟が完成しました。最後はミケランジェロの弟子たちによってまとめ上げられ、ミケランジェロの制作した彫刻は三体のみ設置されました。その一体が中央に置かれているモーセ像なのです。この墓廟のためにミケランジェロは数々の彫刻を制作しましたが、それらは現在フィレンツェ、ミラノ、パリの美術館に収蔵されています。

　30歳の時にユリウスⅡ世から委託され、完成した墓廟の前に立った時ミケランジェロは70歳になっていました。完成までに費やされた40年という年月は、彼にとってどんな意味を持っていたのでしょうか。

　神のごとき芸術家ミケランジェロでさえ、神の代理人と言われていた法王たちに翻弄され、苦闘の人生を歩んだのです。

3 ｜ モーセと40年

　旧約聖書の預言者の一人であるモーセは、紀元前13世紀ごろ、エジプトのイスラエルの民を神に約束された地カナンへと導いた人物です。モーセの人生もまた、「40年」という区切りで彩られています。

　ミディアン地方で結婚し、羊飼いとして40年間暮らしていたモーセは、あ

る時、燃える柴の中から神に語りかけられ、エジプトのイスラエル人を約束の地（乳と蜜の流れる地、カナン）へ導くように命じられます。こうしてモーセとイスラエル人たちは、約束の地を目指す旅に出かけます。荒野を巡る旅は過酷を極め、飢餓や渇きを覚えた人々は何度もモーセに不平を言い、その度ごとに神は水や食べ物を与えました。旅の途中、モーセは神からシナイ山に登るように命じられます。そして山に登り、40日40夜祈り続け、十戒を授けられるのです。しかし、山の麓でモーセの帰りを待っていた人々は、神から禁じられていた偶像崇拝を行い、どんちゃん騒ぎをしていました。そのことを知ったモーセは怒りに震え神から授けられた石板を叩き割り、剣による報復を行います。そして、再度シナイ山に登り、神に祈り、神と人々との執り成しを行い、再び十戒を授けられたのです。

　その後、カナン近くまで辿りついたモーセ一行は、この地を偵察し、屈強なカナン人の様子を知ります。イスラエルの人々は恐れおののき、神に不服を唱えます。本来なら11日間で約束の地に辿りつけるはずの道のりでしたが、民衆の声に怒った神はさらに40年間の荒野放浪を命じるのです。この40年間の試練によりイスラエルの人々は強靭な部族となり、カナンを征服することができたのです。

　しかし、モーセは約束の地に立つことはできませんでした。死ぬ直前にモーセはネボ山に登り、神から約束の地に足を踏み入れることはできないと伝えられ、その地を目にしながら120年の生涯を閉じるのでした。

4 │「最後の一葉」と40年

　「最後の一葉」に登場するベアマンさんは、いつも傑作を描くことを夢見ていました。しかし、現実は厳しく40年間絵筆を振るい続けていましたが、ただ振り回しているだけ。傑作を描くどころか、若い芸術家たちのモデルを務めて僅かなお金を稼ぎ、時々、商業用や広告用の下手くそな絵を描く、芸術家とは程遠い存在です（Section 24）。

　いつもスーとジョンシーを護る番犬のように暮らしていたベアマンさんは、ジョンシーが病気で気弱になっていることを聞き、"Some day I vill baint a masterpiece, and ve shall all go away. Gott! yes（いつか俺は傑作を描いてやるとも、その暁にはみんなそろってここから出よう。そうとも！　絶対に

な）"と叫びます（Section 28）。最後の"Gott! yes"はそのまま解釈すれば、「神よ、その通りです」ともなります。つまり、この台詞には、モーセのように二人を約束の地に導きたいと願うベアマンさんの気持ちがこめられていたと考えることもできるでしょう。ベアマンさんの英語はドイツ語訛りです。その名前Behrmanは『アメリカ名字辞典（Dictionary of American Family Names）』（デジタル版、2006年）によると、ユダヤ系の名前です。第1章の歴史コラム3「ベアマンさんから知るニューヨーク移民事情」でも述べられたとおり、グリニッチ・ヴィレッジをさらに南下して東側、ロウアー・イーストサイドに入ってみると、ドイツ系ユダヤ人たちが大勢住んでいたテネメントが立ち並ぶ区域に入ることができます。ニューヨークは、より良い生活を夢見て大勢のユダヤ人たちが遠く海を越えて行き着いたもう一つの約束の地だったのです。まさに、New Yorkという名前が指し示すように、新たな夢の町だったのでしょう。ベアマンさんもその昔そんな夢を追いかけてこの町を目指した芸術家の卵だったのではないでしょうか。そしてジョンシーの夢は……それはいつの日かナポリ湾を描くことでした。言葉に詳しいO.ヘンリーは、Naplesという言葉はもともとNeapolis、つまり「新しい町」を意味していたことを知っていたに違いありません。ニューヨークもナポリも、この物語の中では夢や希望を表す約束の地のシンボルなのです（第3章第3節をご覧ください）。

　ベアマンさんは、スーのイラストのモデルとして、岩に見立てた大鍋の上に座りポーズをとります（Section 29）。この時、ベアマンさんは、シナイ山で祈っていたモーセと同じように、二人のために神との執り成しを行っていたのかもしれません。

5 ｜「40年」のすえに

　　至高の芸術家はいかなる 構想(コンチェット) も持たない
　　大理石の中でそれは余計なものに
　　包まれてあり、そこにたどりつくのは
　　ただ知性に導かれた手のみ
　　（『ミケランジェロ展——天才の軌跡』、p.163に引用。）

　これは、1547年3月にフィレンツェのアカデミアの会合で発表されたミケ

ランジェロのソネット（詩）の一部です。このソネットからもわかるように、ミケランジェロにとって、芸術家の仕事とは構想を素材の中から掘り出し、作品として世に送り出すことだったのです。

　ここで「最後の一葉」の中のベアマンさんの部屋の描写をいま一度見てみましょう。

> 部屋の一角にはカンヴァスが画架に立てかけられていたが、そこには何も描かれてはいなかった。同じ場所に25年間立ちんぼで、傑作の最初の一筆を今か今かと待ち構えているのだった。（Section 25）

　この部分をミケランジェロのソネットに重ねてみると、ベアマンさんも、25年間、描かれるべきものがなんであるのか、白いカンヴァスに向かって模索し続けていたといえるのではないでしょうか。そして彼の唯一の傑作は、アメリカという約束の地に来て、芸術家を目指した40年間の準備期間を過ごしてきたからこそ描くことのできた作品、しかも決して枯れ落ちることのない永遠の作品となったのです。

第2節

「最後の一葉」を聖書と神話から読み解く

　前節の「男たちの40年間」でも紹介されていましたが、現代の欧米の文芸作品に大きな影響を与えているものは聖書、そしてギリシア・ローマ神話です。日本語を母国語とする私たちには関係ないのではないか、と思われる方もいらっしゃるかもしれませんが、いやいや、そんなことはありません。日本語でも「目からうろこが落ちた」なんていうでしょう？　これはもともとは新約聖書からの表現です。ちょうど日本神話や仏教用語が私たちの日常会話にはいりこんでいるように。たとえば底なしに飲める人のことを「うわばみ」といいますが、これは古事記のなかに出てくる大蛇、ヤマタノオロチがその由来ともいわれています。うわばみとは大蛇のことですが、大蛇のヤマタノオロチは、大酒のみ。まんまとお酒につられて酔っ払い、スサノオノミコトに征伐されてしまうのです。

　というわけで、言語を勉強する際に、背景となる文化圏について知ることは言語の学習のみならず文化の理解に大いに役に立ちます。アメリカ生まれの「最後の一葉」の中には、欧米文化圏の人々にはおなじみの神話から採られたモティーフがいくつも登場します。

　まずは、zephyrs（Section 7）。もともとは西風を運ぶ風神ゼフュロス（ゼピュルス）のことです。古代ローマの詩人・哲学者のルクレーティウスが著した『物の本質について』の中には次のような一節があります。

> 　春が来て、愛の神が、又春の先駆者なる翼を持った「暖風」が進み、これらの足跡に接して母なる「花神」が前の途を悉く美しい色を撒きちらし香を充たす。それに続いて焦げつく「酷暑」が仲間の埃っぽい「農神」や北の季節風をつれ立ってやって来る。次には秋が、又同時にエウヒウス・エウアン［酒神バッコス］が進んで来る。やがて他の嵐や風や、高く雷鳴する「南東風」、さては電光を振るう「南風」が続き、最後には「冬至」

が雪をもたらし、冬がにぶらす寒気をもたらし、これに続いて、歯をがたがたさせて「霜(アルゴル)」が来る。(ルクレーティウス『物の本質について』第五巻、樋口勝彦訳、p. 240。)

　古代では、さまざまな事象を説明する際に神話的解釈を用いました。上の一節の始まりは、春の神秘をイメージ豊かに表しています。自然の神秘を謳うと同時に、迷信的恐怖からの脱却を示すのがギリシア神話の特徴です。なるほど、ギリシア神話が親しみやすいイメージを持ち、古今東西の創作に主題を提供してきたのはオリンポス12神話のポピュラーな魅力が理由といえそうです。ギリシア神話はのちのローマ神話と同化して今日まで残り、学芸、芸術分野で受容され、受け継がれています。これら神話の大きな魅力は、神々や英雄の固有の能力と役割です。例えばアポロン（ここでは神の名前はラテン語表記の呼び名で統一します）は芸術の神、ディアナは狩猟の神で、象徴する持物（神と関連づけられた持ち物。例えばディアナの持つ弓と矢など）で表現されます。そのため創造の源泉になってきたのでしょう。またユピテル（ジュピター）は木星、ウェヌス（ヴィーナス）は金星のように神々は惑星と重ねて解釈され、暦を表す英語としても日常化しています。
　さて、こうした神話の受容にはホメロスとヘシオドス、二人の詩人の存在が重要です。彼らは叙事詩（エポス）の作者でホメロスは『イリアス』『オデュッセイア』、ヘシオドスは『神統記』などを残しました。これらは最初は口承で、のちに文字で書き残されて広く伝わりました。ギリシア神話が、文字と語りの双方で広く受け入れられた理由がそこにあります。
　ゼフュロスの起源は、ホメロスによればアストライオスと曙の女神（エオス）の息子とされ、ヘシオドスの『神統記』ではそれぞれの「風」が神となって紹介されます。

　　曙(エオス)はアストライオスと、男神女神の愛の褥を共にして、
　　剛気な心の風たちを生んだ。白く輝く西風(ゼピュロス)に、
　　疾走する北風(ボレアス)、そして南風(ノトス)がそれだ。(ヘシオドス『神統記』、378〜380行、中務哲郎訳、pp. 115〜116。)

　このような「西風」を描いた絵画で有名なものは、フィレンツェ・ルネサンスのボッティチェリの《春》（1482年〜1485年ごろ。年代については諸説あ

第2節　「最後の一葉」を聖書と神話から読み解く

り）や《ヴィーナスの誕生》（1484年～1485年ごろ。こちらも描かれた年代についてはさまざまな説があります）でしょう。ニンフのクローリスに触れて花の女神フローラに変容させたり、生まれたばかりのヴィーナスにその息吹を届ける西風は、春と生（そして性）の象徴です。一方「最後の一葉」に見られるように、枯葉を散り落とす北風は夜と死に結び付けられています。このように時間や季節を東西南北や色で表し、そのそれぞれを人生の時期と結び付けることは、古代から行われてきたことです。四季は寓意で表現され、たびたび文学や芸術のモティーフとなり、近現代に継承されてきました。ギリシア・ローマの神話はオウィディウスの『変身物語』によってラテン文学で再び生命を得て、現在まで多くの文学・芸術の主題となっています。

ボッティチェリの《春》の中に出てくる「西風」

ボッティチェリの《春》に登場する「西風」は、前ページの絵のように、ニンフのクローリスに「触れる」ことで彼女を変化させます。この象徴として描かれた性的な接触によって、初々しさの残るニンフは堂々とした花の女神、フローラに生まれ変わるのです。そう考えると「西風たち」に触れられなかったがためにいまだ女性への変化を遂げなかったジョンシーを「肺炎氏」が襲った（Section 7）というO.ヘンリーの表現は象徴的です（第2章第2節もご覧ください）。

　そして、ジョンシーを襲った、「肺炎氏（Mr. Pneumonia）」も「風」ととらえることができるのではないでしょうか。次の第3節でも紹介されるように、pneumo～はもともと「風」「精気」を表す古代ギリシア語を起源とします。肺炎氏が町の東側からやがて、スーやジョンシーの住む西のグリニッチ・ヴィレッジに歩み入ったとすれば、この肺炎氏は東からの風とも取れます。東から西に吹く風エウラス（Eurus）は、先に引用したヘシオドスの『神統記』には登場しませんが、荒廃、不快、そして不健康をもたらす風です。聖書の中でも焼けつくような破壊の風として、東から吹く風が何度も登場します。真っ赤なこぶしを持つ肺炎氏はそのような東風の擬人化なのでしょうか。

　破壊をもたらす風という意味では、ベアマンさんの外見の描写の中に登場するモーセも東の風とはちょっとした縁があります。エジプトにイナゴの大群を送るためにモーセが召喚したのは東の風（『出エジプト記』10章13節）、同時にモーセたちの出エジプトのために紅海を切り開いて道を作ったのも東の風（『出エジプト記』14章21節）だったのです。

　ここでベアマンさんの描写をもう一度見てみましょう。

> ミケランジェロのモーセの彫像のようなひげが、サテュロスのような顔のあごから巻き毛となって垂れ下がり、小悪魔のような体にまとわりついていた。(Section 23)

O.ヘンリー特有の皮肉に満ちた描写です。ミケランジェロの彫像は堂々とした体躯のモーセが遠く約束の地を見つめる作品です（前節をご覧ください）。ところがベアマンさんが立派なのはこのひげだけ。その頭といえばサテュロス（satyr）のよう。そして体はといえば小悪魔（imp）のようにいじけきった存在です。サテュロスはギリシア神話の牧神。ローマ時代には山羊の耳と尾、足を持った半人半獣の姿で描かれています。バッカス（ディオニュソス）神のお

つきとして、酒も好めば色も好む、という点ではどうやらベアマンさんの一面を表しているようです。しかもこのベアマンさんはスーやジョンシーの住んでいる建物の一階に居を構えて、階上の若い二人を護る番犬（mastiff-in-waiting）のような役割を果たしているといいます（Section 24）。モーセのひげにサテュロスの頭、そして小悪魔のような体と三つの性格を兼ね備えたベアマンさん。ギリシア神話でいえば、三つの頭を持つ冥界の番犬、ケルベロスのような存在でしょうか。

　このようなベアマンさんですので、芸術の女神、ミューズの衣の裾にすら触れることが（touch the hem of his Mistress's robe）できません（Section 24）。英語のMistressは、このように女神や、何かを支配する力を女性として擬人化するときに使われる言葉です。この作品の中ではベアマンさんが画家を目指していることから、このMistressが芸術の女神のMuseであることがわかります。「ミューズのまとった衣（Mistress's robe）の裾」という表現を目にしたとき、ギリシア・ローマ風の優美な衣服を想起しませんか。芸術の女神は詩的源泉を象徴する9人のムーサ（古代ギリシア語のMusa。英語ではMuseとなります）を意味します。アポロンと共に芸術を司る女神ですから「女主人」と表現されています。そこから「自由学芸」と詩・音楽絵画など芸術を司る9人のムーサたちへと導かれ、「その衣の裾に触れる」ことができない、とは「芸術的仕事」にベアマンさんが関われていない不遇を意味しているのです。

　この芸術の女神である「女主人」はほかの作品にも登場します。第2章第1節で紹介された「ボヘミアからの送還」では、「女主人」ミューズは、無慈悲にも人を豚に変えてしまうギリシア神話の魔女キルケ（ホメロスの『オデュッセイア』に登場します）にたとえられています（本書の107～108ページを参照してください）。芸術の道は決して甘くはないぞ、ということなのでしょうか。

　O.ヘンリーの物語の魅力は、ジョンシーに再び生きる力を与えるのが、このようなアンチ・ヒーローのベアマンさんである、という点でしょう。第1章（Section 24）の解説でも書いたように、女神の創造物としては失敗作だったベアマンさんの中にこそ、O.ヘンリーは救済を見出しています。ベアマンさんが命を賭して描き上げた一枚の葉っぱは"ivy vine"でした。もちろん「ツタ」のことですが、時として、ivy grape-vineと書かれることもあります。つまりこのツタには「ぶどう（vine）」の意味が隠れているのです。vineはキリストの象徴に使われることもあります。新約聖書の『ヨハネによる福音書』では、イエス自身をぶどうの木にたとえ、弟子たちをその枝にたとえた話があ

りますし（15章1〜8節）、ぶどうの実から作られるワインは、イエスの血の象徴です。

　読んでいくと皆さん気が付くように、この短編の中では、ベアマンさんが雨風吹きすさぶ中で黙々と壁に向かう姿も、実際に最期を迎える様子も描かれていません。すべては医者と、管理人さんから話を聞いたスーの口から間接的に語られるだけ。そして彼の小さな、それでいて誰にも成し遂げえなかった偉業の様子は、残されたカンテラとはしご、そして絵筆と、緑と黄色の絵の具が混ぜてあるパレットに象徴されるのみです。いまだに明かりのついているカンテラの中にはろうそくがともっていたことでしょう。第3章第2節の「カンヴァスの中のカンヴァス」の解説にも出てきたように、ジョンシーの目線を追って壁の上の「最後の一葉」の絵に集約されていくこの最後の場面は、濃密な象徴性に満ち溢れたもう一枚の宗教画を描いているかのようです。たとえば神の恩寵を指し示す明かりのともっているろうそくは、ベアマンさんの魂の救済を意味し、キリスト磔刑の象徴であるはしごは、若い画家のために自らの命をなげうったベアマンさんの受難を意味すると同時に、その魂が天国へと昇っていく媒介でもあります。創造の象徴である絵筆と絵の具。そして永遠の命を意味する最後に残された一枚のツタの葉っぱ。

　こうして読んでいくと、最後の最後まで、この作品は神話や聖書への言及に満ち溢れていることがわかるのです。

第 3 節

O.ヘンリーと"Literature"

1 │ O.ヘンリーと"Literature"

> 彼女は画板をととのえ、雑誌小説のための挿絵をペンとインクで描き始めた。若手の画家は、これもまた若手の作家が文学を目指して道をきりひらこうとして書いた雑誌小説のために挿絵を描いて、芸術に向かって道をきりひらいていかねばならないのだ。(Section 13)

　雑誌のイラストをせっせと描くスーの様子を描いたこの一節は、作家O.ヘンリー自身の立場とも重なります。このころのO.ヘンリーはもっぱら雑誌小説専門の作家。「真の文学（Literature）」を目指す高邁な目標からは遠く隔たった存在です。当のO.ヘンリーは自らのそんな存在をどう思っていたのでしょうか。

　今さら言う必要もありませんが、O.ヘンリーは大勢の読者に愛されてきた「大衆文学」の作家とされています。だからでしょうか、アメリカ文学史の解説書では、それほど多くの行は割かれていません。しかし、その大衆性にこそ文学としての意義を見出す研究者もいます。研究者のカレン・シャーメイン・ブランズフィールドは、ニューヨークを舞台にしたO.ヘンリーの短編小説を丹念に読み込み、そこにいくつかの非常によく練られたプロット・パターンを見出しています。プロット・パターンはある作家に特有の作風を生み出し、その筋の運びをよりわかりやすくし、読者をひきつけます。ブランズフィールドは次のように言います。

> 「高級（high）」、あるいは「エリート(elite)」芸術は、大衆芸術あるいはフォークアートとも異なって、このような予測性や規格化の要素を排除している。大衆芸術はその意味で多かれ少なかれ、一般読者が最も親しみ

を持つ様式で、日々の営みや生活の反復に、より緊密に寄り添っているのである。(Blansfield, p. 34.)

　おっしゃる通り。しかし、O.ヘンリーを丹念に読むと気づかされずにおれないのは、このような大文字のLから始まるLiterature、つまりエリート文学といえるものが、いかにしばしば、彼の作品の中に顔をのぞかせているか、ということです。O.ヘンリーの幼いころからの読書熱は最初の「作者、O.ヘンリーについて」で紹介された通りです。『ウェブスター英語辞典』の完全版のみならず、聖書、古典、ギリシア・ローマ神話に始まり、アラビアン・ナイトやシェイクスピア、キーツ、そして大のお気に入りのディケンズやテニスンなど、時代も空間も超えてさまざまな著作や物語を愛したO.ヘンリー。彼はそれらの物語を巧みに自らの創造の味付けに使いました。

　注目したいのは、その調理法です。この章の第1節と第2節でも紹介した通り、神話や聖書を上手に作品の中に取り入れるだけではありません。同時代の作家たちへの言及もさりげなく入っていますし、有名な作品のパロディもいたるところに顔をのぞかせます。ニューヨーク版シャーロック・ホームズ&ワトソンのコンビは、O.ヘンリーの作品の中ではその名もシャムロック・ジョーンズ（Shamrock Jolnes：Shamrockはクローバー。アイルランドの国花。同時にshamとは「いんちき」のことです）とワツアップ（Whatsup：[What's up?]とは「元気?」のこと）として登場しますが（「シャムロック・ジョーンズの冒険（The Adventures of Shamrock Jolnes）」[1904年2月7日発表]）、これはだれでもぴんとくるパロディですね。

　なんでもO.ヘンリーの全作品中、シェイクスピアからの引喩は100以上、古典から引いたとわかるものだけで450を超えるのだそうです（小鷹信光編／訳『O.ヘンリー・ミステリー傑作選』、編著あとがき、pp. 319～320)。これは単にO.ヘンリーが自分の文学好きを読者に向かってひけらかしているだけなのでしょうか。それとも有名な文学作品への言及は、もっと深いレベルで彼の「大衆小説」に何らかの影響を与えているのでしょうか。この章では、O.ヘンリーとLiteratureの関係を見ていくことにしましょう。

2 "old flibbertigibbet"——『ケニルワースの城』と「最後の一葉」

　雑誌小説のイラストのモデルになってもらうためにスーは飲んだくれのベアマンさんの住む「穴倉」を訪ねます。ただでさえジョンシーの病気のことで胸が張り裂けそうなスーは、そんなベアマンさんになじられて、言い返します。「でもあんたはむかつく老いぼれの……老いぼれのただのおしゃべりじじい（old flibbertigibbet）じゃないの」（Section 27）。ウェブスターの英語辞典を見ては言葉を覚え込んでいたO.ヘンリーに私たちはたくさんの語彙を授けてもらえますが、それにしてもこのフリバティジビットという言葉も初めて聞いたという方は多いかもしれません。第1章でも説明をつけたように、この言葉は「おしゃべりな人」という意味で使われているようですが、それにしてもずいぶんと変わった言葉。しかも初出が1549年といいますから、なんだかとても古めかしい言葉です。シェイクスピアの悲劇『リア王』の中では「悪魔」の意味で登場しています。

　このflibbertigibbetが大活躍するのは、O.ヘンリーも大好きだったウォルター・スコット（Sir Walter Scott, 1771～1832）の大作、『ケニルワースの城（*Kenilworth*）』（1821年）です。エリザベス女王若き時代の大絵巻を描いたこの歴史小説は、おそらくO.ヘンリーも読んでいたことでしょう。まるでローラーコースターのようにぐいぐいと読者をつかんで離さないスピード感。想像力をかきたてる描写、魅力ある人物設定と「大衆小説」の神髄を把握しながらも、決して勧善懲悪、終わりよければすべてよし、とはいかないこの物語は、長編とはいえ、どこかしらO.ヘンリーの物語設定を思わせます。しかも、並み居る騎士たちをしり目に大活躍するのが、鍛冶屋兼腕に覚えのある薬の調合師、そして時に心強い味方だが、時に危険な小悪魔ともなりうる小僧、とくればO.ヘンリー好みでないわけはありません。

　特にこの小僧の呼び名「フリバティジビット」は読者にとって忘れられないものとなるでしょう。醜い容姿でまさに子鬼（imp）と呼ばれる少年、ディッキー・スラッジは、そのすばしこさと機知で、物語を最初から最後まで牽引していきます。危機一髪というときに、正義の人々を助けるのがこのフリバティジビット。同時にその好奇心から主人公たちを危機におとしいれ、またそこから救い出すのもフリバティジビットと、神出鬼没のこの小悪魔は、旅の一座に加わってその格好もまた、以下の通り。「美しい真赤な二本の角のつき出した

面をつけ、おまけに黒のセルの胴衣をレースで身にぴったりと引きしめ、真赤な長靴下に、割れた 蹄 (ひづめ) の形に似せた靴をはいている」(朱牟田夏雄の名訳『ケニルワースの城』からの引用 [p. 270])。フリバティジビットのこの衣装は悪魔の衣装です。

　そういえばベアマンさんも、サテュロス (satyr) のような顔と、小悪魔 (imp) のような体をしていました (Section 23)。サテュロス (satyr) はバッカスのおつきの牧神でもあり、悪魔でもあります。フリバティジビットのディッキー・スラッジが危険な悪魔にもなり、いたずら好きな牧神にもなるように、スーにフリバティジビットと呼ばれるベアマンさんも酒飲みで芸術の女神、ミューズの衣服の裾にも触れることができない存在です。

　ただしこの二人に共通していることは、どちらもここぞというときに主人公を救い出すということ。ディッキー・スラッジは自分のいたずらのために命を落としそうになる高潔な騎士、トレシリアンを救おうと、今度は自分の命を顧みずにトレシリアンを殺す寸前のレスター伯爵を止めに入ります。そしてベアマンさんは自分の命と引き換えに若い芸術家の命を救うのです。

　最後にウォルター・スコットのフリバティジビットは、エリザベス女王自らのおめがねにかない、秘書庁で教育を受けることになります。そして決してハッピーエンドには終わらない『ケニルワースの城』を締めくくるのもこのフリバティジビットです。「最後にフリバティジベットのするどい才能は、バーレイ、セシルの二代に仕えて、恩顧殊遇をほしいままにした」(朱牟田夏雄訳、p. 415)。今までは悪戯の方面でもっぱら威力を発揮した機知を、学問と政治の世界で開花させたフリバティジビット。そして40年間無駄に振るっていた絵筆から、永遠の名作を生み出したもう一人のフリバティジビット。スーがベアマンさんに「フリバティジビット」の名を与えた裏には、ウォルター・スコットの名作が隠れていたのかもしれません。

3 │ O.ヘンリーとキーツの「ネガティブ力 (Negative Capability)」

　スーとジョンシーのような女性二人組はO.ヘンリーの小説の中によく出てきますが (第2章第2節を参照のこと)、男性二人組もしょっちゅう登場します。詐欺師ジェフ・ピーターズシリーズに登場する、ジェフとアンディ・タッカー。まるでコメディ映画の『ホーム・アローン』を思わせる「赤い酋長の身

代金（The Ransom of Red Chief）」（1907年7月発表）のかわいそうな誘拐犯ビルとサム、そして「隠された宝（Buried Treasure）」（1908年7月発表）に登場する主人公とその恋敵。二人組の関係性もさまざまですが、主要なパターンの一つが詐欺師コンビ、そして「隠された宝」に見られるようなライバル関係です。

　ジェフ・ピーターズとアンディ・タッカーは、熱血漢と頭脳犯の詐欺師コンビ。タッカーは超インテリで、論じさせれば「ロシア人の移民、ジョン・W・キーツの詩、関税問題、アルジェリアのカビル語で書かれた文学、排水設備」（「孤島の事業主（The Octopus Marooned）」〔1908年発表〕より）と何でもござれ、しかしその学問が災いして、時に大失敗をしでかします。「隠された宝」で主人公ジムの恋敵となるのは、グッドロウ・バンクスです。大学を出たてのグッドロウは「書物から得られるあらゆる学識——ラテン語、ギリシア語、哲学、そしてとりわけ数学と論理学の高度な領域に通じて」います。好みは書物、礼儀作法、教養、滑るようにすばやい知力、そしてファッション。一方ジムのお得意分野は「野球と（教養分野では）金曜の夜の討論会、それから乗馬がちょいとうまいこと」。ところが二人のお当て、メイ・マーサ・マンガム嬢はある日、この二人の男たちのおかげで自分の娘が危険にさらされていると感じた昆虫学者の父親に連れられて、忽然と姿を消してしまいます。たまたまジムがその隠し場所を記した紙片を手に入れた「宝」を掘り出して、二人の隠されたもっと大切な宝、メイ・マーサ・マンガム嬢を探り当てる元手にしようと、ライバル同士は協力して宝探しに出かけます。

　グッドロウの口癖は「彼女はより高い徳（higher things）を授かるにふさわしい」です。その理由は？「いにしえの詩人や文人の魅力、そして彼らの人生哲学を吸収し、より発展させてきた近代の思想に彼女ほど理解を示しているように見える人と話したことはない。」そのまだ眠っている知性を磨きあげることがグッドロウの目標です。一方ジムの夢は牧場を営んで、マーサと二人で「テキサスの大草原の沼地の脇にしげる樫の木立に囲まれた8部屋の家」に住むことです。冒険の道すがら、グッドロウはかつてマーサにも聞かせたギリシアの詩人、アナクレオンの詩を引用し、美しい朝には、「僕[ジム]がベーコンをあぶっている間に、キーツ、だったと思う、そしてケリーだかシェリーだかを暗唱した」。

　何につけ論理が先立つグッドロウは、主人公の測量図の見誤りを指摘し、最後には宝のありかを書きつけた覚え書きの日付が紙の製造年よりも前であるこ

とを、紙の透かしから発見し、主人公の無知無学を嘲笑いつつ、宝探しの冒険からさっさと足を洗ってしまいます。紙に書かれた荷鞍の形をした小さな山が向こう側に見えているのにもかかわらず。

　こういった論理的な推論を聞き流し、ジムはくじけることなく山に向かい、果たしてその谷あいで、求めていた宝を発見します。谷間で花を摘んでいたメイ・マーサ・マンガムがよく通る声でジムを迎えるのです。「来てくれると思っていたわ、ジム。」

　「隠された宝」は、テキサスの土地管理局で製図工補佐として働いていたウィリアム・シドニー・ポーターの知識が活かされた作品ですが、もう一つこの作品の重要な点は、おそらくO.ヘンリーがよく使うテーマ、教養・論理vs直感・感情を扱っていることでしょう。6月の朝、ジムはベーコンをあぶりながら、イギリスのロマン主義の詩人、キーツとシェリーの詩を聞きます。キーツやシェリーの詩の神髄をここで真に理解していたのはおそらくグッドロウではなくジムだったのでしょう。その結果ジムはマーサとテキサスの大草原に建つ８部屋の家、そして牧場という彼にとってのhigher thingsを手に入れるのです。キーツとシェリーのどの詩をグッドロウが暗唱していたのかは、わかりません。6月の美しい朝に暗唱したくなる詩はたくさんあるのですから。しかし、ここでキーツ（John Keats, 1795～1821）とO.ヘンリーを結ぶものがあります。それは論理では計り知れない何かを、合理的に解き明かそうとするのではなくそのまま受容する力です。キーツはこれを"Negative Capability"と呼び、そこに芸術の源泉を見出しています。ジムはこの「ネガティブ力」で自分にとっての真の宝を見出しました。「隠された宝」は詩人キーツのそんな思想を大衆文学の形で表現した作品なのかもしれません。

　そしてこのNegative Capabilityは、「最後の一葉」でもその威力を発揮しているのではないでしょうか。O.ヘンリーの作品はよく「ありえない」、「論理的ではない」と評されます。だからこそ、Literatureではないのかもしれません。「最後の一葉」でもそれは同じです。風にも雨にも動くことのない葉っぱは論理力を働かせればすぐに偽物であると見抜けたはず。多くの人がそう言うことでしょう。しかし、O.ヘンリーは、読者の「ネガティブ力」にすべてを任せます。ここで作者と読者をつなぐこの力を「共感」と呼ぶこともできるでしょう。つまり、論理や知性ではなく、より感情や人の共感に寄り添った芸術の在り方と解釈の仕方です。「最後の一葉」が感動的な話としていまだに読み継がれる理由は、この作品が読者の「ネガティブ力」を喚起するせいなのか

もしれません。

4 | 最後にシェリーの「西風」

　さて、この章の第2節「『最後の一葉』を聖書と神話から読み解く」でもご紹介したカリフォルニアの西風（California zephyrs）にもう一度戻りましょう。春の西風を運ぶ男神ゼフュロス（zephyr）はまさに春にふさわしく、「豊穣」をもたらす風でもあります。神話の世界ではこの西風は、優しくもあり、エロチックでもありといったところでしょうか。Section 7 の Point で説明した通り、ここではZを小文字にしてわざわざ複数形のsをつけていることから、このzephyrsが春風以外にも「カリフォルニアの若い男たち」と解釈することが可能になっています。西海岸の温暖な気候のもとでは男女間のお付き合いもカジュアルだ、ということをO.ヘンリーは西風のメタファーを使ってほのめかしたのですね。

　しかしちょっとここでストップ。英文学を勉強している皆さんは「西風」という言葉から、キーツの友人でもあったP. B. シェリー（Percy Bysshe Shelley, 1792〜1822）の有名な詩「西風へのオード（Ode to the West Wind）」（1819年に執筆）へと想いを馳せた人もいるのではないでしょうか。先に紹介した「隠された宝」でもキーツと並んで登場したシェリー。おそらくO.ヘンリーもシェリーの詩に親しんでいたのでしょう。だとすると、西風をいかにも「軽い」若者に仕立て上げた裏にはシェリーの有名な詩へのO.ヘンリー風オマージュがあるのかもしれません。

　シェリーの「西風へのオード」のテーマは「死と再生」です。しかも、神話の「西風」は春の象徴ですが、シェリーの西風は秋の烈風です。これは11月、カリフォルニアの西風にはなびかなかったジョンシーを、みごとに打ち倒した肺炎氏と重なってきます。第2節でも説明した通り（213ページ）、肺炎（pneumonia）の語源となるpneumono〜は「肺」のことですが、noを取ったpneumo〜はもともと「風」「精気」を表す言葉です。ウェブスターの英語辞典を座右の友にしていたO.ヘンリー。そのあたりのことは織り込み済みだったのかもしれません。ジョンシーを冷たい息吹で仕留めた肺炎氏は厄病を運ぶ風であり、病床のジョンシーの目の前で一枚また一枚と命の葉っぱを散らしていく激しい11月の風です。そしてどうやらこの風はカリフォルニアの西風

に対抗する東からの風らしい。まずは東側で吹き荒れたあと、今度は西側のグリニッチ・ヴィレッジへと進んでくるようです（この章の第2節を参照してください）。

　さて、このような風の猛威はシェリーのオードの第一スタンザからも読み取れます。ちょっと見てみましょう。

> O wild West Wind, thou breath of Autumn's being,
> Thou, from whose unseen presence the leaves dead
> Are driven, like ghosts from an enchanter fleeing,
>
> Yellow, and black, and pale, and hectic red,
> Pestilence-stricken multitudes: O thou
> Who chariotest to their dark wintry bed
>
> The wingèd seeds, where they lie cold and low,
> Each like a corpse within its grave, until
> Thine azure sister of the Spring shall blow
>
> Her clarion o'er the dreaming earth, and fill
> (Driving sweet buds like flocks to feed in air)
> With living hues and odours plain and hill:
>
> Wild Spirit, which art moving every where;
> Destroyer and Preserver; hear, O hear!

> おお、荒々しい〈西風〉よ、〈秋〉の存在の息吹よ
> その目に見えぬ存在から、死んだ木の葉が
> 吹き散らされる、魔術師から逃れる幽霊たちのように
>
> 黄色、黒、蒼白、熱病のような赫
> 疫病に憑かれた群衆さながら。おお、お前が
> その暗い冬の寝床へと運んでゆく

第3節　O.ヘンリーと"Literature"　　223

羽のある種(たね)、彼らはそこで冷たく低く眠り
　どれも墓の中の死体のようだが、ついには
　お前の空色の妹〈春〉が嘹喨(りゅうりょう)と

　クラリオンの音を夢見る大地に響かせ満たす
　(空の草を食(は)む羊雲を追うように甘い蕾(つぼみ)を吹き散らし)
　生き生きした色合いと芳香で野と山を。

　荒ぶる〈精霊〉よ、あらゆる所を吹きすさぶ
　〈破壊者〉にして〈保存者〉よ、聞け、おお、聞け！
　　　　　(アルヴィ宮本なほ子編『対訳 シェリー詩集』、pp. 136〜139。)

　シェリーのオードでは"breath (息吹)"、"unseen presence (目に見えぬ存在)"という語が使われ、"Pestilence-stricken multitudes (疫病に憑かれた群衆)"、"corpse (死体)"、"grave (墓)"と「死」をイメージする語が続きます。「肺炎氏」も"unseen stranger (目には見えないよそ者)"で、"short-breathed old duffer (ぜいぜいと息を切らせているぼけ老人)"と描写されています (Section 6と7)。冷たい死神のような風は、息として描かれているのです。シェリーの「西風」と「肺炎氏」の描写が重なりませんか。
　おなじくジョンシーを診察に来たお医者さんはスーに次のように言葉をかけます。「努力して効果が期待できる限りは、医学ができるだけのことは全部やってみるつもりだよ。でも患者が自分の葬式の馬車の数を数え始めたら、そのときは薬の力の半分を差し引かなくてはならないね」(Section 10)。葬式の馬車 (the carriages in her funeral procession) はシェリーの詩の中のO thou/Who chariotest to their dark wintry bed (おお、お前が/その暗い冬の寝床へと運んでゆく [馬車を駆っていく]) と呼応するかのようです。
　すでにご紹介したようにギリシア神話のゼフュロスは、男性ですが、シェリーの春の西風は「女性」です。豊穣をもたらす男神から女神への変化。シェリーの詩に見られるこの性の転換が、はたしてスーとジョンシーの関係の暗示にもなっているのかどうか……(第2章第2節をご覧ください)。こればかりは深読みのし過ぎとシェリーからもO.ヘンリーからも叱責を受けそうです。
　いずれにせよ、荒々しい死の気配が席巻するオープニングはやがて、春の予感に道を譲り、シェリーのオードは再生へと読者を導いていきます。一人の死

がもう一人の再生へとつながっていく「最後の一葉」は、シェリーの詩から着想を得た、という考えはまんざら的外れではないのかもしれません。

　シェリーの西風にも通じるO.ヘンリーの死の風神の登場はいかにも不気味です。第1章のSection 6の解説でも書いた通り、この冷たい、目に見えないよそ者は、その氷のような指先で人々に触れながら、静かに町を歩き回ります。sを多用するこのパラグラフは、そんな死神のひそやかな冷酷さが詩的なリズム感を伴って巧みに描かれています。

　しかし、次の節でO.ヘンリーは、ここで自分の描いたその像を見事に打ち崩してくれます。「肺炎氏は皆さんが思うような騎士道的な年老いた紳士ではなかった」（Section 7）。こうして軽快なカリフォルニアの西風に対峙して描かれるのは思ってもみない厄病神、「赤いこぶしのぜいぜいと息を切らせているぼけ老人」なのです。このいかにもO.ヘンリーらしい「落ち」に読者は思わず苦笑いすることでしょう。この方向転換こそ、安易にシェリーのオマージュへと読者を運ぶまじ、とするO.ヘンリーの偏西風なのかもしれません。

　さてさて、O.ヘンリーとLiteratureの関係はどうやら思った以上に深そうです。O.ヘンリーがあれほどの数の良質の短編を次から次へと産み出していった源泉は、まさに彼が慣れ親しんできた数々の古典にあったのでしょう。時にそれらの登場人物と役割を自分の短編の登場人物に重ね合わせながら、そして時に文人たちの構築した哲学を自らの作品の骨子として軽やかに使いつつ、そして時として文人たちの作品のテーマにひとひねり加えながら、O.ヘンリーは大衆に愛される短編をつづりました。その中でO.ヘンリーが目指したものは、Literatureを読者の日常へと還元していくことだったのかもしれません。

付 録

「最後の一葉」を訪ねて
ニューヨークを歩く

作品を読むと、その舞台に行ってみたくなるもの。
今回は2013年の夏に私たちが実際に歩いたニューヨークを
紙上で皆様と歩いてみたいと思います。

O.ヘンリー「最後の一葉」マンハッタン島 地図

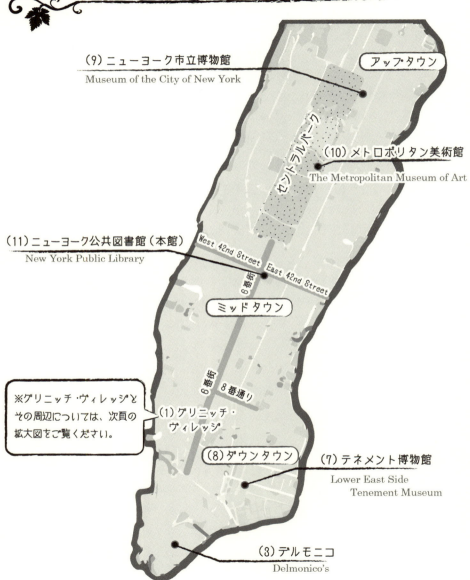

⦿ グリニッチ・ヴィレッジ　　Greenwich Village

地図 P.229（1）

　マンハッタンの街は碁盤の目のようになっていて、東西にStreet、南北にAvenueが通っています。Streetは南から北へと数が大きくなっていて、徒歩1～2程度の間隔。Avenueは東から西へと数が大きくなっていき、5番街（5th Ave.）を境にWest とEastに分かれています。徒歩約3～5分くらいの間隔です。このように整然としたマンハッタンの中でグリニッチ・ヴィレッジはちょっと違うのです。ここは碁盤の目のようにはなっていません。まさしく小説の冒頭に登場する「奇妙な角度をなして湾曲している」通りの複雑さや「最後の一葉」の冒頭で紹介される「プレイス（Place）」の名がついた通りもそのまま残されている様子を味わうことができます。

　私たちが見たプレイスは思いのほか広く、車が楽々通れる幅がありました。摩天楼が建ちならび、交通網も整備され、都市の発達を遂げた今日のニューヨークで、100年前の街並みに出会うことができるのは貴重なことでしょう。「絵の具や画紙、画布の集金人が1セントも集金できずに元の道に戻ってきて

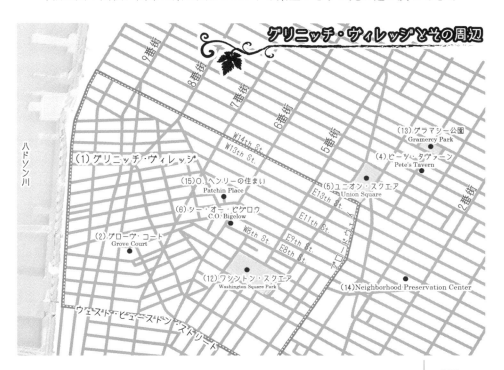

しまう」──今はそんなふうに迷子になることはないと思うけれど、それでもやっぱりちょっと戸惑うかもしれません。歩くことが大好きだったO.ヘンリーと街角でふとすれ違いそうな、そんなことを想像しながら、芸術家たちが愛した街──グリニッチ・ヴィレッジを歩いてみました。

⦿ グローヴ・コート　　Grove Court　Grove Street（between Bedford and Hudson Street）

地図 P.229（2）

　1854年に建てられた集合住宅でスーとジョンジー、ベアマンさんの住んでいた場所のモデル。「ずんぐりしたレンガ造りの3階建ての最上階」にスーとジョンジーは住んでいました。「18世紀の建物の切り妻屋根やらオランダ風の建物の屋根裏」の安い家賃を求めて芸術家たちが集まりはじめたグリニッチ・ヴィレッジ。その中のグローヴ・コートの一画はニューヨーク公共図書館で現在と当時の地図を見比べてみると、そのまま保存されていることがわかりました。残念ながら、グローヴ・コートは完全な私有地で柵の向こうをもどかしげに覗き見ることしかできません。今は貧しい人が住むところという面影はないけれど、木漏れ日に彩りを放つツタの葉と静かなたたずまい、それにちょっと道が折れているところにあるのは、隠れ家のようで往時を彷彿とさせます。

偶然、居合わせた外国人のツアーのガイドがベアマンさんを「ドイツ人」と解説していたのが印象的でした。今も「最後の一葉」はニューヨークの人々の大切な心象風景となっているんですね。

⦿ デルモニコ　Delmonico's　56 Beaver St.（at South William St.）

地図 P.228（3）

　ウォール・ストリート、ニューヨーク証券取引所のすぐ近くにデルモニコはあります。1827年に創業。いくつか場所を移り、1837年に現在の場所で営業を始めますが、その後も店舗拡大、閉店を繰り返し、1923年にデルモニコ家の経営は終了します。所有者が何回か代わり現在に至っています。地下には「ディケンズの小部屋」、「トゥエインの間」がありパーティに使用されています。

　今も世界にその名を知らしめているレストランなのに、ガイドブックに載っていないのは、お得意様を大切にしたいお店の方針によるのかもしれません。1階は右手にバーカウンターのある、気軽に食事ができるバー＆グリル、左手にはメインダイニングルームがあります。今回は予約をしていなかったので、

現在のグローヴ・コート

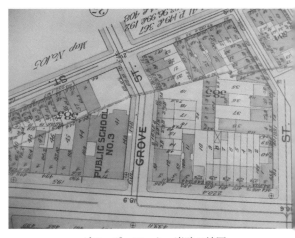

グローヴ・コート、当時の地図

デルモニコの正面入口。建物の外壁は改装中でした

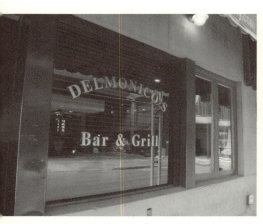

カジュアルな「バー&グリル」

メインダイニングルーム

カジュアルなバー&グリルのほうで、デルモニコの味を楽しんでみました。頂いたのは、看板メニューのデルモニコ・ステーキのサンドイッチ、エッグ・ベネディクト、デルモニコで命名されたベークト・アラスカです。長い歴史の中で、時代のニーズに合わせてサービスを展開してきたデルモニコ。カジュアルレストランの方では壁に設置されたテレビに株価が流れる中、ビジネスマンがハンバーガーを食べているのが印象的でした。このハンバーガーが、仕事をしながら食べやすいように小さいサイズが二つ、というところがトレーダーの街らしいホスピタリティ。食事のあとは、これまたホスピタリティ溢れるウェイターのゲイリーさんがメインダイニングルームにはじまって地下の「ディケンズの小部屋」や「トゥエインの間」を案内してくれました。

　チコリサラダがメニューに出ていたデルモニコ・サラダであることを知ったのは、レストラン内を案内していただいたあとでした。最後に走って地下のシェフにレシピを聞きにいってくれたゲイリーさん。女性にやさしいレストランというところは今も健在です。

おもてなし名人のゲイリーさん

ベークト・アラスカは見た目も芸術品

エッグ・ベネディクト

⊙ ピーツ・タヴァーン　Pete's Tavern　129 E 18th St.（at Irving Pl.）
地図 P.229（4）

　1864年創業のニューヨークの老舗バー＆レストラン。お店の前の道はなぜかしらひどく広いのが印象的。まずは店名が目に飛び込みます。おそらくこのあたりは昔のままで、当時から人々が自然と集まる店だったのでしょう。O.ヘンリーが執筆のみならず人物観察をするのにも、もってこいのロケーションだったのではないでしょうか。

　ひさしに書かれている"THE TAVERN O. HENRY MADE FAMOUS"との文字がひときわ人目をひき、賑わいをみせていました。O.ヘンリーは「賢者の贈り物」をこのレストランで書きあげたといわれています。今でも彼が愛用したボックス席が残っていて、まわりの壁にはO.ヘンリーの手紙や写真が飾られています。O.ヘンリーハンバーガーはお肉の味、量ともに満足できること請け合いです。ちょっと暗い店内から入口を通して外を眺めるとほっとします。

O.ヘンリー愛用のボックス席はゆかりの写真や手紙でいっぱい

⦿ **ユニオン・スクエア**　Union Square　E14th〜17th St.
(at Broadway and Park Ave.)
地図 P.229（5）

　Pete's Tavern でお昼を食べる前に寄りました。さすがに一家言ある芸術家たちを擁する街の広場。オープンマーケットではオーガニック食品を中心に大量生産ではない選り抜きの食材がそろっています。感激したのはニューヨークのサイダー（リンゴ酒）が売られていたこと。そういえばアメリカはジョニー・アップルシード（本名はジョン・チャップマン）が18世紀の後半から19世紀の半ばまで、せっせとリンゴの種を植えて回った国でもある。その意味でもリンゴは特別な存在なんですね。このユニオン・スクエアもO.ヘンリーの小説の舞台になっています。その中のひとつ「感謝祭の二人の紳士（Two Thanksgiving Day Gentlemen）」（1905年11月26日発表）は、自分はどんなに飲まず食わずでも、毎年感謝祭には、ある浮浪者におなか一杯ごちそうすると決めている紳士の物語。この二人が落ち合うのがこのユニオン・スクエアです。出会いがあれば物語が生まれる。ニューヨークの広場はそんな場所です。

サイダーの店の前にはお客さんが大勢いた

⦿ シー・オー・ビゲロウ　　C.O. Bigelow
　　　　　　　　　　　　414 6th Ave. (between W8th and W9th St.)
地図 P.229（6）

　創業は1838年とアメリカでも老舗の薬局で、当時から内装も変わっていないそうです。グリニッチ・ヴィレッジにあるこの薬局を、ちょうどこの近くに居を構えていたO.ヘンリーも訪れたことでしょう。マーク・トゥエインも通っていたそうです。欧米の薬局は、薬だけではなくてアイスクリームやソフトドリンクなどを提供し、ちょっとした休憩用の喫茶店のような役割もはたしていました。O.ヘンリーは薬剤師でした。若いころ、叔父の薬局の店番をしながらお客たちの似顔絵を描くなど鋭い観察眼を働かせていたように、話のネタになるような情報をここで仕入れていたかもしれません。薬剤師をテーマにした有名なお話に「アイキィの惚れ薬 (The Love-Philtre of Ikey Schoenstein)」(1904年10月2日発表) があります。主人公の薬剤師アイキィ・シェンスタインが夜勤で務めるのはニューヨークの下町、バワリー通りと1番街の間にあるブルー・ライト薬局 (Blue Light Drugstore)。住所こそ異なるもののこの一風変わった薬局の名前はBigelowをモデルにしているのかもしれませんね。日本にも近年進出しています。

⊙ テネメント博物館　　Lower East Side Tenement Museum
　　　　　　　　　　103 Orchard St.（near Delancey St.）

地図 P.228（7）

　19世紀末から20世紀初頭の移民の生活を知りたいと思ったら、まずはこの博物館へ行くとよいでしょう。1863年から1935年まで移民たちが生活や仕事をしていたテネメントの建物がそのまま博物館になっています。まずは103 Orchard Streetのビジター・センターでガイド付きツアーの受付を済ませましょう。そこから目と鼻の先にある97 Orchard Streetの建物へはこのツアーの参加者のみ中に入ることができます。何種類もあるこちらのツアーでは、各階ごとにテーマが分かれ、さまざまな角度から当時住んでいた人々の生活をユ

テネメント博物館の正面

ニークな方法で紹介しています。例えばある階の一室では、実際に子供時代に家族と一緒に住んでいた女性の音声を聞きながら、その部屋を眺めることができます。懐かしそうに家族との団欒を語る元住人の声を聞くことで、あなたもまた当時の人々をより身近に感じ、タイムスリップをしたような感覚に陥ることでしょう。このほか、案内人が住人を演じながら見学客を案内するという面白いツアーもあります。いずれのツアーも、案内人とお客との間に頻繁な会話があり、案内人が積極的に見学者に質問をすることで、自分の頭で考え想像する機会を与えてくれます。当時の移民の生活について知識だけではなく、自ら感じることができるのは、この博物館ならではと言ってよいでしょう。O.ヘンリーの作品の舞台裏を理解する上でぜひ訪れたい場所です。

⦿ チャイナタウン、リトル・イタリー、ロウアー・イーストサイド

地図 P.228（8）

　ダウンタウンにはチャイナタウンとリトル・イタリーもあります。リトル・イタリーは一歩足を踏み入れるとそこはもうイタリア！　通り一つ隔てただけでもう別の国、まさに海外旅行の気分です。テネメント博物館の近くには、やっぱり小さな仕立て屋さんや生地屋さんがずらりと並んでいました。

　O.ヘンリーもこのあたりをしょっちゅう歩いていたことでしょう。

リトル・イタリー。チャイナタウンから一気にイタリアへ

付録　「最後の一葉」を訪ねてニューヨークを歩く

⦿ ニューヨーク市立博物館　Museum of the City of New York
1220 5th Ave.（at 103rd St.）

地図 P.228（9）

　ニューヨークの歴史を知ることができます。移民たちがどのようにしてこの町を築きあげていったのかの小史を映像で観ることもできますよ。私たちが訪れたときは1900年前後の市民のファッションの展示がありました。

　小ぶりながら、NYの人々、O.ヘンリーの愛した400万人の市民の息遣いが聞こえてきそうな博物館です。帰りにはセントラルパークをゆっくり歩いてみるのがおすすめです。

ニューヨーク市立博物館　ニューヨークの歴史を知るならまずここへ！

当時のファッション（第3章第1節）についても良くわかる博物館の展示

ニューヨーカーのいこいの場所セントラルパーク

239

⦿ メトロポリタン美術館　The Metropolitan Museum of Art
　　　　　　　　　　　　　1000 5th Ave. (at 82nd St.)

地図 P.228 (10)

　「最後の一葉」は「トロンプ・ルイユ（だまし絵）」がテーマの一つです（第3章第2節をご覧ください）。O.ヘンリーの時代に描かれたトロンプ・ルイユをアメリカン・ウィングでたくさん観ることができます。どの絵も思わず手で触れたくなるほど、リアリティーに富んでいました。

ウィリアム・マイケル・ハーネット《芸術家の状差し》（1879年）メトロポリタン美術館で見た「だまし絵」の一つです

⦿ ニューヨーク公共図書館（本館）　New York Public Library
　　　　　　　　　　　　　　　　　5th Ave. at 42nd St.

地図 P.228 (11)

　地図室で1900年ごろの地図を出してもらい、作品のモデルとなったグローヴ・コートのあたりを調べてきました。建物の高さや配置も、現在と変わっていないことが確認できました。ニューヨーク公共図書館の本館まわりもぜひ歩いてみてください。本館に続く41番通りの歩道（Library Way）には有名な文学作品からの引用や作家の言葉を刻んだ銘板が埋め込まれているのです。ヴァージニア・ウルフ、サミュエル・ベケット、ルイス・キャロルなどなど……文学好きにはたまりません。

ニューヨーク公共図書館本館の正面

Library Way の銘板の一つ。これはイェーツからの引用

⊙ ワシントン・スクエア　Washington Square Park
5 Ave. and Waverly Pl., W4th St. and Macdougal St.

地図 P.229（12）

「ワシントン・スクエアの西側の小さな一画」から物語は始まります。ニューヨーク大学のすぐ近く。凱旋門と大きな噴水がトレードマークです。昔は公開処刑場があったそうです。

⦿ グラマシー公園　Gramercy Park　Lexington Ave.（at E20th/E21st St.）

地図 P.229 (13)

「手入れの良いランプ」の最後のシーンはこのグラマシー公園。「最後の一葉」には出てきませんが、近くにいたらぜひ訪れてください。1831年、サミュエル・B・ラグルズがニューヨーク市に譲渡した公園。ラグルズの意志により、現在も宅地所有者だけが鍵を持っていて中に入れます。ちょうど中から出てきた人が「入っていいよ」と声をかけてくれました。草花が美しく、人々はのんびりとベンチに腰掛けて楽しんでいました。

⦿ Neighborhood Preservation Center（NPC）
The Greenwich Village Society for Historical Preservation（GVSP）

232 E11th St.
地図 P.229 (14)

　小さな教会（St. Mark's Church）の近くにあります。今回はNPCのスタッフにO.ヘンリーのゆかりの場所などについてお話を伺いました。スタッフは気さくで熱心に情報を検索して提供してくださいました。お気に入りのO.ヘンリーの短編についても話に花が咲きました。グリニッチ・ヴィレッジの歴史をより深く知りたいと思われたら立ち寄ってみるとよいでしょう。またこのセンターで活動するGVSPは、1980年に設立されたグリニッチ・ヴィレッジの建築的遺産と歴史を保全する活動を展開しているNPOです。迷路になっている街区やグローヴ・コートをはじめ古い建築物が大切に保存されているのも、このような団体の働きがあるからでしょう。

親切なスタッフ

さまざまな作家たちが住んだ場所、
パッチン・プレイス

⦿ O.ヘンリーの住まい　Patchin Place, W10th Street

地図 P.229 (15)

　NPC（上記参照）の方に、教えていただいてニューヨークでのO.ヘンリーの住まいの一つを訪ねてみました。ここは、シー・オー・ビゲロウ薬局から徒歩5分くらいの、大通りから少し入った閑静な場所。門扉から覗くと小道を挟んで両脇に3階立てのアパートが見えます。ここには20世紀初頭から、エズラ・パウンド（126～127ページ）、e. e. カミングスなど有名な詩人を始め、ボヘミアンと呼ばれた作家やアーティストたちが住んでいたそうです。パッチン・プレイスという音の響きからも、何か新しいものを生み出す人たちの集まるところという感じ。ニューヨークでも居場所を転々と変えたO.ヘンリー。住まいは彼にとって止まり木のようなものだったのかもしれません。

⦿ タクシー情報　Cab Drivers in New York

　運転手はほとんど移民の方。空港からのリムジンの運転手さんはパキスタンからの方でした。それ以外には東欧出身の方々も多かった。みんな運転が丁寧で、ニューヨーク事情通。ニューヨークについていろいろな質問をしてみるのもよいでしょう。私たちもさまざまなことを教えていただきました。

引用および参考文献表

　この本を作り上げるために、たくさんの本や論文に助けられたことは言うまでもありません。以下の文献表に挙げたものはそのごく一部です。英語を勉強するものとして英語の辞書はもちろんのこと、アメリカ史やアメリカ文学史などの基本文献にはお世話になりっぱなしでしたが、ここでは省かせていただきました。

　また文献によっては、各章の各節にまたがって使われているものもあります。その場合は、後出の節では、出版地、出版社、出版年などの書誌情報を省略しています。O. ヘンリーの伝記に関しては 2 の項目にまとめました。各節の中で伝記が引用されている場合は、2 の項目をご覧ください。引用や言及の書誌情報は本文の中で、(著者の名字、ページ) の形で示されています。英語で書かれた本からの引用や言及は、著者名は英語で、日本語による著作、あるいは翻訳本からの場合は、著者名は日本語で記述されています。

　なお、参考文献の中で翻訳が出ているものに関してはその情報も載せさせていただきました。

１．O. ヘンリーの作品の引用

　"The Last Leaf" をはじめ、本書の中で引用されている O. ヘンリーの作品の原作は以下の全集に拠っています。

The Complete Works of O. Henry. 2 vols. New York: Doubleday & Company, 1953.

２．O. ヘンリーの伝記的な情報について

　「作者、O. ヘンリーについて」をはじめとし、伝記的な情報に関しては、さまざまな伝記や研究書を参考にしました。以下に主なものを記します。これらの伝記の引用や情報に関しては、本文の中では著者の名字と各書のページで表記されています。

Canright, David. *O. Henry in Texas Landscapes.* Texas: Friends of the O. Henry Museum, 1998.
Caravantes, Peggy. *Writing is My Business: The Story of O. Henry.* North Carolina: Morgan Reynolds Publishing, 2006.
Current-Garcia, Eugene. *O. Henry (William Sydney Porter).* New York: Twayne Publishers, 1965.
Nolan, Jeannette Covert. *O. Henry: The Story of William Sydney Porter.* New York: Julian Messner, 1943.
Long, E. Hudson. *O. Henry: The Man and His Work.* Philadelphia: University of Pennsylvania Press, 1949.
Longford, Gerald. *Alias O. Henry: A Biography of William Sidney Porter.* New York: The Macmillan Co., 1957.
Smith, C. Alphonso. *O. Henry Biography.* New York: Doubleday, Page & Company, 1916.
Stuart, David. *O. Henry: A Biography of William Sydney Porter.* Chelsea, MI: Scarborough House, 1990.
Toepperwein, Fritz A., researched and ed. *O. Henry Almanac: Through the Years 1862 to 1910.* Texas: The Highland Press, n.d.

O. Henry Papers: Containing Some Sketches of His Life Together with an Alphabetical Index to His Complete Works. New York: Doubleday, Doran & Company, 1973.
齊藤昇『「最後の一葉」はこうして生まれた――O. ヘンリーの知られざる生涯』、東京：角川学芸出版、2005 年。

3．O. ヘンリーの書誌情報

　O. ヘンリーの作品の掲載時期や、掲載媒体などの書誌情報は以下を参考にしました。
Clarkson, Paul S. *A Bibliography of William Sydney Porter (O. Henry).* Idaho: The Caxton Printers, 1938.

4．ニューヨークの情報について

　「最後の一葉」の舞台のみならず、O. ヘンリーのほかの作品の舞台ともなったニューヨークを知るためには以下の文献のお世話になりました。
Homberger, Eric. *The Historical Atlas of New York City: A Visual Celebration of 400 Years of New York City's History.* Rev. ed. New York: Henry Holt and Company, 2005.
Jackson, Kenneth T., ed. *The Encyclopedia of New York City.* 2nd ed. New Haven: Yale University Press, 2010.
Stokes, I. N. Phelps. *The Iconography of Manhattan Island, 1498-1909.* 6 vols. New York: Robert H. Dodd, 1915-1928. New Jersey: The Lawbook Exchange, 1998.

5．各章の引用、および主要参考文献

　ここからは各章の文献情報です。日本語の文献、英語の文献、英語の一般読者向けの雑誌と新聞記事の順で並んでいます。一般読者向けの雑誌と新聞記事は古い日付けのものから並べてあります。ホームページのアドレスは 2015 年 5 月現在のものです。

第 1 章「最後の一葉」を英語で読んでみよう

歴史コラム 1
（言及されている文献）
"How Professional Women Live in New York." *New York Times* 20 Jan. 1907: 7.
（主要参考文献）
Miller, Terry. *Greenwich Village and How It Got That Way.* New York: Crown Publishers, 1990.
Riis, Jacob A. *How the Other Half Lives: Studies among the Tenements of New York.* New York: Charles Scribner's Sons, 1890. New York: Dover Publications, 1971.
Strausbaugh, John. *The Village: A History of Greenwich Village.* New York: HarperCollins Publishers, 2013.
（ホームページ）
グローヴ・コートについて
　"Peeking into Grove Court" by Dana. October 5, 2011, in "Off the Grid." *The Blog of*

The Greenwich Village Society for Historic Preservation
(http://gvshp.org/blog/2011/10/05/peeking-into-grove-court/ 最終閲覧日：2015 年 5 月 4 日).

歴史コラム 2
（O. ヘンリーの詩の引用）
Clarkson, Paul S. *A Bibliography of William Sydney Porter (O. Henry),* p. 140.
（主要参考文献）
Eno, William Phelps. *Street Traffic Regulation: General Street Traffic Regulations–Special Street Traffic Regulations, Dedicated to the Traffic Squad of the Bureau of Street Traffic of the Police Department of the City of New York.* New York: Rider and Driver Publishing Company, 1909.

歴史コラム 3
（言及されている文献）
Riis, Jacob A. *How the Other Half Lives: Studies among the Tenements of New York.*
（主要参考文献）
佐藤唯行『アメリカのユダヤ人迫害史』、東京：集英社（集英社新書）、2000 年。
野村達朗『ユダヤ移民のニューヨーク』、東京：山川出版社、1995 年。
Hanks, Patrick., ed. *Dictionary of American Family Names.* Online Version. 2006; Printed Version. Oxford and New York: OUP, 2003.
Joseph, Samuel K. *Jewish Immigration to the United States from 1881 to 1910.* New York: Columbia University Press, 1914.

第 2 章 「最後の一葉」の謎

第 1 節
（言及されている文献）
時事新報社家庭部編『東京名物食べある記』、東京：正和堂書房、1929 年。
Filippini, Alessandro. *The Table: How to Buy Food, How to Cook It, and How to Serve It.* New York: Charles L. Webster & Co., 1889.
Sermolino, Maria. *Papa's Table d'Hôte.* Philadelphia and New York: J. B. Lippincott Company, 1952.
"The Paris 'Delmonico.': Mr. Delmonico Sues a French Firm for Using his Name." *New York Times* 8 Nov. 1889: 8.
"The Table d'Hôte Restaurant." *New York Times* 24 May 1903: 6.
（主要参考文献）
大場秀章『サラダ野菜の植物史』、東京：新潮社（新潮選書）、2004 年。
Choate, Judith, and James Canora. *Dining at Delmonico's : The Story of America's Oldest Restaurant.* New York: Stewart, Tabori & Chang, 2008.
Gabaccia, Donna R. *We Are What We Eat: Ethnic Food and the Making of Americans.* Cambridge, Massachusetts and London: Harvard University Press, 1998.（ガバッチア、ダナ・R『アメリカ食文化――味覚の境界線を越えて』、伊藤茂訳、東京：青土社、2003 年。）

Haley, Andrew P. *Turning the Tables: Restaurants and the Rise of the American Middle Class, 1880-1920*. Chapel Hill: The University of North Carolina Press, 2011.
Thomas, Lately. *Delmonico's: A Century of Splendor*. Boston: Houghton Mifflin, 1967.
（ホームページ）
Delmonico's Restaurant のホームページ
(http://www.delmonicosrestaurantgroup.com/restaurant/　最終閲覧日：2015 年 5 月 4 日).
Greenwich Village Society for Historic Preservation のホームページ
(http://www.gvshp.org/_gvshp/index.htm　最終閲覧日：2015 年 5 月 4 日).

第 2 節
(引用、および言及されている文献)
スミス＝ローゼンバーグ、キャロル「同性愛が認められていた十九世紀アメリカの女たち」、カール・N・デグラー他著『アメリカのおんなたち——愛と性と家族の歴史』、立原宏要、鈴木洋子訳、東京：教育社、1986 年。
Faderman, Lillian. *Odd Girls and Twilight Lovers: A History of Lesbian Life in Twentieth-Century America*. 1991. New York: Columbia University Press, 2011.（フェダマン、リリアン『レスビアンの歴史』、富岡明美、原美奈子訳、東京：筑摩書房、1996 年。）
---. "Lesbian Magazine Fiction in the Early Twentieth Century." *Journal of Popular Culture* 11.4 (1978): 800-817.
Fehrman, Cherie, and Kenneth Fehrman. *Interior Design Innovators 1910-1960*. San Francisco: Fehrman, 2009.
Peiss, Kathy Lee. *Cheap Amusements: Working Women and Leisure in Turn-of-the-Century New York*. Philadelphia: Temple University Press, 1986.
Humphreys, Mary Gay. "Women Bachelors in New York." *Scribner's Magazine* Nov. 1896: 626-635.
"The Bachelor Young Women of California." *San Francisco Call* [*Sunday Call*] 10 Sept. 1899: 22
"Hotel for Women Only." *New York Times* 3 Feb. 1903: 7.
"The Best Two Weeks' Vacation for a Girl." *Ladies Home Journal* June 1904: 25.
"The Feeding of New York's Down Town Women Workers — A New Social Phenomenon." *New York Times* 15 Oct. 1905: 7
(主要参考文献)
デュボイス、エレン・キャロル、リン・デュメニル『女性の目からみたアメリカ史』、石井紀子他訳、東京：明石書店、2009 年。(世界歴史叢書)
O' Hagan, Anne. "A Beautiful Club for Women: The Colony Club of New York." *Century Magazine* Dec. 1910: 216-223.
Schriber, Mary Suzanne., ed. *Telling Travels: Selected Writings by Nineteenth-Century American Women Abroad*. DeKalb: Northern Illinois University Press, 1995.
Smith, Harold Frederick. *American Travelers Abroad: A Bibliography of Accounts Published Before 1900*. Carbondale: Southern Illinois University, 1969.
Zukin, Sharon. *Point of Purchase: How Shopping Changed American Culture*. New York and London: Routledge, 2004.

（ホームページ）
ニューヨーク歴史建造物保全委員会（Landmark Preservation Commission）による マーサ・ワシントン・ホテルの歴史建造物指定報告書
Kurshan, Virginia., researched and written. "Designation Report (LP-2428): MarthaWashington Hotel." New York City Landmark Preservation Commission (http://www.nyc.gov/html/lpc/downloads/pdf/reports/2428.pdf 最終閲覧日：2015年5月4日).

第3節
（引用文献）
内田昌宏「ある町工場のメイド・イン・ジャパン――佐野熊ナプキン工場の軌跡」、『百万塔』、2000年6月号（No.106）、58～69頁。
澤村守編『美濃紙――その歴史と展開』、岐阜県関市：同和製紙、1983年。
渡辺勝二郎『紙の博物誌』、東京：出版ニュース社、1992年。
"A Day with the Turners." *Cincinnati Daily Gazette* 22 Nov. 1880: 8.
"Geneva Coffee House: Bill of Fare." *The Geneva Gazette* 16 Sept. 1887: 1.
"Doctors at a Barbecue." *New York Tribune* 7 May 1896: 7.
"In the Shops." *New York Times* 20 Jan. 1904: 9.
（主要参考文献）
久米康生『和紙の文化史』、東京：木耳社、1976年。
黒川知文『ロシア社会とユダヤ人――1881年のポグロムを中心に』、東京：ヨルダン社、1996年。
富士市立博物館『第23回企画展「富士市の製紙業」～紙都富士市への変遷～』、富士市立博物館、1991年。
富士市立博物館『第40回企画展「刻・刷・伝 ～紙と印刷をめぐって～」』、富士市立博物館、2002年。
ポリアコフ、レオン『反ユダヤ主義の歴史』全5巻、合田正人、菅野賢治監訳、東京：筑摩書房、2005～2007年。
Hanks, Patrick., ed. *Dictionary of American Family Names.*
（ホームページ）
Byrnes という名前の移民の統計について
"All Immigration & Travel results for Byrnes." *ancestry.com* (http://search.ancestry.com/cgi-bin/sse.dll?gl=40&rank=1&new=1&so=3&MSAV=0&msT=1&gss=ms_f_40&gsln=Byrnes&uidh=000 最終閲覧日：2015年5月4日）

第4節
（引用および言及されている文献）
Foragher, John Mack. Commentary. *Rereading Frederick Jackson Turner: "The Significance of the Frontier in American History" and Other Essays.* by Frederick Jackson Turner. New York: H. Holt, 1994.
Remington, Frederic. *John Ermine of the Yellowstone.* 1902. New York: Scholar's Choice, 2015.
Watkins, T. H. *Gold and Silver in the West: The Illustrated History of an American Dream.* Palo Alto: American West Publishing Company, 1971.
White, G. Edward. *The Eastern Establishment and the Western Experience: The West of*

  Frederic Remington, Theodore Roosevelt, and Owen Wister. Austin: University of Texas Press, 1989.

Wister, Owen. *The Virginian: A Horseman of the Plains.* New York: Macmillan, 1928. Vol. 4 of *The Writings of Owen Wister.* 11 vols. 1928.（ウィスター、オーウェン『ヴァージニアン』、平石貴樹訳、東京：松柏社、2007 年。）

"George Barnes." *Hopkinsville Kentuckian* 3 July 1896: 7.

"Buckskin Mine Found." *Brownsville Daily Herald* 21 Sept. 1907: 1.

（主要参考文献）

亀井俊介『アメリカン・ヒーローの系譜』、東京：研究出社版、1993 年。

津神久三『青年期のアメリカ絵画——伝統の中の六人』、東京：中央公論社（中公新書）、1991 年。

Fussell, Edwin S. *Frontier: American Literature and the American West.* Princeton, N.J.: Princeton UP, 1965.

Gray, Charlotte. *Gold Diggers: Striking It Rich in the Klondike.* Berkeley, CA: Counterpoint Press, 2010.

Seelye, John D., ed. *Stories of the Old West: Tales of the Mining Camp, Cavalry Troop, and Cattle Ranch.* Norman, Oklahoma: University of Oklahoma Press, 2000.

Smith, Henry Nash. *Virgin Land: The American West as Symbol and Myth.* Cambridge, MA: Harvard University Press, 1970.

Wall, James T. *Wall Street and the Fruited Plain: Money, Expansion, and Politics in the Gilded Age.* Lanham, Maryland and Plymouth, UK: University Press of America, 2008.

第 5 節

（引用文献）

深井晃子「仮託された夢、時代の色」、周防珠実他編『Colors ——ファッションと色彩：Viktor & Rolf & KCI』、京都：京都服飾文化研究財団、2004 年、14~21 頁。

"Chemists Here Honor Sir William H. Perkin." *New York Times* 7 Oct. 1906: 11.

（主要参考文献）

パストゥロー、ミシェル『青の歴史』、松村恵理、松村剛訳、東京：筑摩書房、2005 年。

Harrow, Benjamin. *Eminent Chemists of Our Time.* London: T. Fisher Unwin, 1921.

Maund, Barry. *Colours: Their Nature and Representation.* Cambridge: CUP, 1995.

Varichon, Anne. *Colors: What They Mean and How to Make Them.* New York: Harry N. Abrams, 2007.

第 3 章　「最後の一葉」から知る当時の文化

第 1 節

（引用および言及されている文献）

鍛島康子『既製服の時代——アメリカ衣服産業の発展』、東京：家政教育社、2006 年。

デュ・ロゼル、ブルノ『20 世紀モード史』、西村愛子訳、東京：平凡社、1995 年。

Schreier, Barbara A. *Becoming American Women: Clothing and the Jewish Immigrant Experience, 1880-1920.* Chicago: Chicago Historical Society, 1994.

Cheyney, Barton. "The Young Man and the Professions." *Ladies Home Journal* Sept.

1899: 2.
"A Very Simple Plan of Home Dressmaking." *Ladies Home Journal* March 1900: 28.
"Gowns Worn at Newport." *New York Times* 11 Aug. 1901: 21.
"Dinner, Opera, and Wedding Gowns." *New York Times* 19 Jan. 1902: 7.
"The Informal Evening Dress." *Ladies Home Journal* June 1904: 43.
（主要参考文献）
海野弘『百貨店の博物史』、東京：アーツアンドクラフツ、2003年。
太田茜「20世紀初頭アメリカにおける婦人雑誌と服飾記事の傾向」、『日本女子大学大学院紀要』2012年第18号、135～141頁。
太田茜、川久保亮、堀麻衣子「アメリカの服飾における都市とメディアの影響」、『服飾文化共同研究報告2011』、2012年、126～131頁（『文化学園リポジトリ』[http://dspace.bunka.ac.jp/dspace/bitstream/10457/1186/1/011080110_23.pdf 最終閲覧日：2015年5月4日]）。
沖原茜（太田茜）「20世紀初頭アメリカにおける衣服の通信販売——注文服を中心に」、『国際服飾学会誌』2004年No. 25、4～16頁。
常松洋、松本悠子編著『消費とアメリカ社会——消費大国の社会史』、東京：山川出版社、2005年。
野村達朗『ユダヤ移民のニューヨーク』。
濱田雅子『アメリカ服飾社会史』、東京：東京堂出版、2009年。
Gibson, Dana Charles. *The Gibson Girl and Her America: The Best Drawings of Charles Dana Gibson*. Selected by Edmund Vincent Gillon, Jr. Mineora, New York: Dover Publications, 2010.
Milbank, Caroline Rennolds. *New York Fashion: The Evolution of American Style*. New York: Harry N. Abrams, 1996.
Riis, Jacob A. *How the Other Half Lives: Studies among the Tenements of New York*.

第2節
（引用および言及されている文献）
海野弘「トロンプ・ルイユ——視覚のエキセントリック」、『美術手帖』1975年6月号、88～99頁。
村田宏「トロンプ・ルイユ絵画再考——19世紀アメリカ美術への一視覚」、『跡見学園女子大学短期大学部紀要』2000年3月号（Vol. 36）、64～86頁。
Londré, Felicia Hardison, and Daniel J. Watermeier. *History of the North American Theater: The United States, Canada and Mexico: From Pre-Columbian Times to the Present*. New York: Continuum Intl Pub Group, 2000.
Wilmeth, Don B., ed. *The Cambridge Guide to American Theatre*. 2nd ed. Cambridge: CUP, 2007.
（主要参考文献）
Crabtree, Susan, and Peter Beudert. *Scenic Art for the Theatre: History, Tools, and Techniques*. 2nd ed. Oxford: Focal Press, 2004.
"Mathias Armbruster." *The Billboard* 11 Dec. 1920: 92.
（ホームページ）
アメリカのネオンサインについて
Holiday, S.N. "Through the Years." *American Sign Museum* (http://www.americansignmuseum.org/through-the-years/　最終閲覧日：2015年5月4日)。

第 3 節
（引用および言及されている文献）
小針由紀隆『ローマが風景になったとき――西欧近代風景画の誕生』、東京：春秋社、2010 年。
ゲーテ、ヨーハン・ヴォルフガング・フォン『イタリア紀行（上）・（中）・（下）』、相良守峯訳、東京：岩波書店（岩波文庫）、1960 年。
ノヴァック、バーバラ『自然と文化――アメリカの風景と絵画 1825-1875』、黒沢眞里子訳、東京：玉川大学出版会、2000 年。
Dickens, Charles. *Pictures from Italy.* Tokyo: Hon-No-Tomo sha, 1996. Vol. 7 of *The Nonesuch Dickens.* 23 vols. 1996.（ディケンズ、チャールズ『イタリアのおもかげ』、伊藤弘之、下笠徳治、隈元貞広訳、東京：岩波書店 [岩波文庫]、2010 年。）
Twain, Mark (Samuel L. Clemens). *The Innocents Abroad, or, The New Pilgrims' Progress; Being Some Account of the Steamship Quaker City's Pleasure Excursion to Europe and the Holy Land.* Ed. Shelly Fisher Fishkin. 1996. Vol. 2 of *The Oxford Mark Twain.* 29 vols. New York and Oxford: OUP, 1996.（トウェイン、マーク『赤毛布外遊記 （上）・（中）・（下）』、浜田政二郎訳、東京：岩波書店 [岩波文庫]、1951 年。）

（主要参考文献）
有川貫太郎「18 世紀のイタリア・ガイドブック研究」、『言論文化論集（名古屋大学）』2007 年（Vol. 281、No. 2）、3 〜 1 4 頁。
岡田温司『グランドツアー―― 18 世紀イタリアへの旅』、東京：岩波書店（岩波新書）、2010 年。
木島俊介、中村隆夫編『アメリカ絵画 200 年展――ティッセン＝ボルネミッサ・コレクション』、[東京]：東京新聞、1991 年。
西田正憲「19 世紀のアメリカ風景画にみる大自然のまなざし」、『奈良県立大学研究季報』2001 年（Vol. 12、No. 2）、67 〜 84 頁。
Bedell, Rebecca. *The Anatomy of Nature: Geology and American Landscape Painting, 1825-1875.* Princeton, N.J.: Princeton UP, 2002.

第 4 節
（引用および言及されている文献）
世界保健機関『2014 年度度世界保健統計』、デジタル版。
　World Health Organization. *World Health Statistics 2014* (http://apps.who.int/iris/bitstream/10665/112738/1/9789240692671_eng.pdf?ua=1 最終閲覧日：2015 年 5 月 4 日).
Byrne, Katherine. *Tuberculosis and the Victorian Literary Imagination.* Cambridge: CUP, 2011.
Lawlor, Clark. *Consumption and Literature: The Making of the Romantic Disease.* New York: Palgrave Macmillan, 2006.
Sontag, Susan. *Illness as Metaphor; and, AIDS and Its Metaphors.* New York: Farrar, Straus & Giroux, 1978. New York: Doubleday, 1990.（ソンタグ、スーザン『隠喩としての病い――エイズとその隠喩』、富山太佳夫訳、新版、東京：みすず書房、1992 年。）

（主要参考文献）
福田眞人『結核という文化――病の比較文化史』、東京：中央公論新社（中公新書）、2001 年。
マクニール、ウィリアム・H『疫病と世界史（上）・（下）』、佐々木昭夫訳、東京：中央公論新社（中

公文庫)、2007 年。
(ホームページ)
政府統計の総合窓口 (e-Stat)「数字で見る日本」
　厚生労働省「年次別に見た死因順位　1899～2013」、人口動態統計、2014 年 9 月 11 日公表 (http://www.estat.go.jp/SG1/estat/GL08020103.do?_toGL08020103_&listID=000001108740&requestSender=estat　最終閲覧日：2015 年 5 月 4 日)。

第 4 章 「最後の一葉」を通してもう少し文学を深く楽しむ

第 1 節
(引用および言及されている文献)
ヴァザーリ、ジョルジョ　『芸術家列伝 3 ──レオナルド・ダ・ヴィンチ、ミケランジェロ』、田中英道、森雅彦訳、東京：白水社、2011 年。(白水 U ブックス　1124)
川瀬佑介、TBS テレビ編『システィーナ礼拝堂 500 年祭記念：ミケランジェロ展──天才の軌跡』、東京：TBS テレビ、2013 年。
フリース、アト・ド『イメージ・シンボル事典』、山下主一郎主幹；荒このみ他訳、第 6 版、東京：大修館書店、1985 年。
Hanks, Patrick., ed. *Dictionary of American Family Names.*
(主要参考文献)
フイエ、ミッシェル『キリスト教シンボル事典』、武藤剛史訳、東京：白水社、2006 年。(文庫クセジュ　905)
ホール、ジェイムズ『西洋美術解読事典──絵画・彫刻における主題と象徴』、高橋達史他訳、新装版、東京：河出書房新社、2004 年。
ミケランジェロ『ミケランジェロの手紙』、杉浦明平訳、東京：岩波書店、1995 年。
松浦弘明　『イタリア・ルネサンス美術館』、東京：東京堂出版、2011 年。
諸川春樹編『彫刻の解剖学──ドナテッロからカノーヴァへ』、東京：ありな書房、2010 年。
ルメートル、ニコル、マリー＝テレーズ・カンソン、ヴェロニク・ソ『図説キリスト教文化事典』、蔵持不三也訳、東京：原書房、1998 年。
若桑みどり『イメージを読む──美術史入門』、東京：筑摩書房 (ちくま学芸文庫)、2005 年。
Murray, Linda. *Michelangelo.* 2nd ed. London: Thames and Hudson, 2005.

第 2 節
(引用および言及されている文献)
オウィディウス『変身物語 (上)・(下)』、中村善也訳、東京：岩波書店 (岩波文庫)、1981 年 (上)、1984 年 (下)。
ルクレーティウス『物の本質について』、樋口勝彦訳、東京：岩波書店　(岩波文庫)、1961 年。
ヘシオドス『神統記』、『ヘシオドス全作品』、中務哲郎訳、京都：京都大学学術出版会、2013 年。(西洋古典叢書)
ホメロス『完訳イリアス』、小野塚友吉訳、東京：風濤社、2004 年。
ホメロス『オデュッセイア (上)・(下)』、松平千秋訳、東京：岩波書店 (岩波文庫)、1994 年。
(主要参考文献)
アポロドーロス『ギリシア神話』、高津春繁訳、東京：岩波書店 (岩波文庫)、1953 年。
ウィント、エドガー『ルネサンスの異教秘儀』、田中英道、藤田博、加藤雅之訳、東京：晶文社、

1986 年。
川島重成　『ギリシア悲劇——神々と人間、愛と死(エロース タナトス)』、東京：講談社（講談社学術文庫）、1999 年。
サンティ、ブルーノ『ボッティチェリ』、関根秀一訳、東京：東京書籍、1994 年。（イタリア・ルネサンスの巨匠たち１４：フィレンツェの美神）
高階秀爾『ルネサンスの光と闇——芸術と精神風土』、東京：中央公論社（中公文庫）、1987 年。
西村賀子『ギリシア神話——神々と英雄に出会う』、東京：中央公論新社（中公新書）、2005 年。
ブルフィンチ、トマス『完訳ギリシア・ローマ神話（上）・(下)』、大久保博訳、東京：角川書店（角川文庫）、2004 年。
松田壮六編著『ホメーロス辞典』、東京：国書刊行会、1994 年。
ライトボーン、ロナルド『ボッティチェリ』、森田義之，小林もり子訳、新潟：西村書店、1996 年。
＊前節、第４章第１節の文献も参照のこと。

第３節
アルヴィ宮本なほ子編『対訳シェリー詩集——イギリス詩人選（9）』、東京：岩波書店〈岩波文庫〉、2013 年。
O. ヘンリー『O. ヘンリー・ミステリー傑作選』、小鷹信光編／訳、東京：河出書房新社（河出文庫）、1984 年。
Blansfield, Karen Charmaine. *Cheap Rooms and Restless Hearts: A Study of Formula in the Urban Tales of William Sydney Porter.* Bowling Green, Ohio: Bowling Green State University Popular Press, 1988.
Scott, Walter. *Kenilworth: A Romance.* Ed. J. H. Alexander. 1993. Vol. 11 of *The Edinburgh Edition of Waverley Novels.* 30 vols. Edinburgh: Edinburgh University Press, 1993-2010. (スコット、ウォルター『ケニルワースの城』、『集英社版世界文学全集 16 スコット』、朱牟田夏雄訳、東京：集英社、1979 年。）
Shelley, Percy Bysshe. *Shelley: Poetical Works.* Ed. Thomas Hutchinson, corrected by G. M. Matthews. 2nd ed. London: OUP, 1970.
The Complete Poems of Percy Bysshe Shelley. Notes by Mary Shelley. Modern Library ed. New York: Modern Library, 1994.
（主要参考文献)
富田弘明『キーツ——人と文学』、東京：勉誠出版、2005 年。
宮崎雄行編『対訳キーツ詩集——イギリス詩人選（10）』、東京：岩波書店（岩波文庫）、2005 年。

あとがき

　本書執筆メンバーが所属するヨコハマ読書会で「最後の一葉」を読みだしたのは、2012年秋のことでした。読み始めてすぐにO.ヘンリーの精緻に組み立てられた文章の中に次々と謎を発見しました。その謎たちは、まるで宝島に向かうヒントみたいに私たちの探求心に火をつけました。運命の女神(フォルトゥナ)の気まぐれでしょうか。平凡な日常を送っていた私たちは本書出版プロジェクトと言う冒険へのチケットを手渡されたのです。その年のクリスマス・イブにメーリングリストが開設され、コラムやエッセイの担当者が決まり、各自のリサーチ、発表も行われました。そうして、翌年の9月初旬、有志メンバーは、O.ヘンリーの足跡を求めてニューヨークに向かったのです。と、書きますと順風満帆で出版に漕ぎ着けたかのようですが、ここまでの道程は生半可なことではありませんでした。

　まずは、時間の確保が問題でした。卒業生も含め、メンバーたちは慶應義塾大学通信教育部に所属する社会人学生です。好きで何足もの草鞋を履き、限界に挑戦することをいとわない鉄人たちではありますが、レポート提出、試験勉強、仕事、家事、あるいは両親の介護に励みながら、参考文献の山――その多くはもちろん英文の原書――を紐解くのです。不撓不屈の精神を持ってしても睡魔とのつらい戦いを経験しました。

　そして、英米文学史におけるO.ヘンリーの立ち位置がリサーチを困難なものにしていました。ノベル（長編）、ノベラ（中編）、ショートストーリーの順に小説家の格付けはなされると言いますが、ご存じのようにO.ヘンリーはショートストーリー専門です。アカデミックな文学界でのポジションは一流とは言い難く、これはという彼に関する文献はあまり世間に出回っておりませんでした。

　加えてメンバー自身の病気、怪我、家族や友人の不幸など、いくつもの乗り越えなければならない困難にも出遭いました。出版プロジェクトの活動が軌道に乗り出した時に、突然乳がんの宣告を受けたメンバー、背中と腰を怪我し手術を受けたあとも激痛の中で机に向かい続けたメンバー、家族を亡くしたメンバー、家族や大切な友人が病に倒れたメンバーと一人ひとりがそれぞれの人生

の物語と対峙せざるを得なくなりました。まさにO.ヘンリーが「賢者の贈り物」の中で「人生とは、わあわあ泣くのと、めそめそするのと、微笑みでできている。そしてその大半はめそめそで占められている」と言っていた通りです。

　そんな中でO.ヘンリーの物語は私たちにとって生活の一部となりました。2013年がんの手術を7月に終えたメンバーが抗がん剤治療に入る前に私たちは思い切ってO.ヘンリーに会いに行こうと5日間のニューヨークの旅に出ました。昔日の姿を残すグリニッチ・ヴィレッジを歩き、ピーツ・タヴァーンで食事をし、ニューヨーカーたちのO.ヘンリー論に耳を傾け、このニューヨークに暮らす異国からの住民の話も聞くことができました。21世紀のニューヨークでも私たちは、O.ヘンリーの息吹を感じることができたのです。

　幼い日に母を失い、若くして最愛の妻を亡くし、娘とも離れ離れで暮らさなければならず、一時期は牢獄にも収監されていた過酷な生涯の中で、決してひがむことなく、全ての人々に温かで、時に辛辣なまなざしを送り続けたO.ヘンリー。誰にも媚びることの無い公平で孤独な魂の持ち主は確かにこの街を愛し、市井の人々を愛し生きていたのです。ニューヨークに来た時には、まるで彼の魔力によって呼び寄せられたように感じていたのですが、不思議なことに帰国して各自が原稿に専念しだしてからの方が、O.ヘンリーを身近に感じるようになっていきました。約二年の歳月を通して、彼の魂に寄り添えるようになったということでしょうか。しかしそれだけではありません。世界のどこにいても、O.ヘンリーの物語を丁寧に読めば、一瞬で読者は彼が生きた19世紀中葉から20世紀初頭のアメリカの生活に入りこめるのです。昨今では、ともすると忘却の作家となりつつあるO.ヘンリーですが、稀代のストーリーテラーと世間を唸らせた珠玉の作品は今も決して色あせることはありません。

　そして確かに私たちはO.ヘンリーと共に歩いているという不思議な思いをすることが何度もありました。どうしても謎が解けなくて四苦八苦しているとその答えがO.ヘンリーのほかの作品の中に見つかることもしばしばでした。同時にそんなとき、私たちはそれぞれが抱えるどうしようもない人生の艱難辛苦に、笑って立ち向かうすべをもO.ヘンリーに与えられているような気がしたものです。

　O.ヘンリーのそんなやり取りと謎解明への渇望、メンバーとの切磋琢磨、互いの叱咤激励は、それぞれの生きるモチベーションを高め、奮い立たせてくれました。「読む」ことはまさに「生きる」こと。そのことを少しでもお伝えできたとしたなら本望の一言につきます。

最後に私たちのささやかなこの本を一緒に育ててくださったたくさんの「ベアマンさん」たちに感謝しなくてはなりません。「最後の一葉」までおつき合いくださった読者の皆さん、この本を世に出すことを可能にしてくださった慶應義塾大学出版会の皆さん、私たちの質問に根気強くそして丁寧に答えてくださったたくさんの研究者の皆さん、その他多くの支えてくださった方々に心からの感謝を捧げます。皆さま、本当にありがとうございました。

ヨコハマ読書会一同

【執筆担当者紹介】

作者、O.ヘンリーについて……………………………………………………前田登紀雄

第1章　「最後の一葉」を英語で読んでみよう ………　横山千晶・中村由貴江・鈴木美恵

第2章　「最後の一葉」の謎

  第1節　O.ヘンリーが描くニューヨーク、レストラン事情……………………鈴木美恵
  第2節　女性が文化を創る!?──スーとジョンシーの不思議な関係……………桐谷祐美
  第3節　O.ヘンリーとJapan …………………………………　鈴木宏美・石坂雪江
  第4節　東部、西部に出会う（イースト・ミーツ・ウエスト）
     ──スーの絵に見る「東部が作った西部」………………伊藤満理子・鈴木美恵
  第5節　Very Blue and Very Useless? ──青の謎 …………………… 横山千晶

第3章　「最後の一葉」から知る当時の文化

  第1節　ビショップ・スリーブをめくってみると…
     ──O.ヘンリーが教えてくれるニューヨークおしゃれ事情 …… 大村節子・鈴木美恵
  第2節　カンヴァスの中のカンヴァス
     ──トロンプ・ルイユとしてみる「最後の一葉」……………………伊藤満理子
  第3節　「ナポリを見て死ね」じゃないけれど、ジョンシーがナポリを描きたかったワケ
     ──O.ヘンリーと風景画………………………………　森あゆみ・横山千晶
  第4節　病と文学 ── O.ヘンリーの場合 ………………………………………石坂雪江

第4章　「最後の一葉」を通してもう少し文学を深く楽しむ

  第1節　男たちの40年間──聖書と芸術と「最後の一葉」………………… 森あゆみ
  第2節　「最後の一葉」を聖書と神話から読み解く ……… 佐藤和泉・横山千晶
  第3節　O.ヘンリーと"Literature"……………………………………………石坂雪江

付　録　「最後の一葉」を訪ねてニューヨークを歩く ……………… ヨコハマ読書会

あとがき ……………………………………………………………… ヨコハマ読書会一同

横山千晶（よこやま　ちあき）

慶應義塾大学法学部教授。慶應義塾大学大学院文学研究科博士課程修了。専門は19世紀のイギリス文学およびイギリス文化。主要著作にウィリアム・モリス著『ジョン・ボールの夢』（翻訳、晶文社、2000年）、『芸術と福祉――アーティストとしての人間』（共著、大阪大学出版会、2009年）、『愛と戦いのイギリス文化史―― 1951-2010年』（共著、慶應義塾大学出版会、2011年）などがある。ヨコハマ読書会代表。

深読み名作文学　O.ヘンリー「最後(さいご)の一葉(ひとは)」

2015年8月5日　初版第1刷発行

編著者――――横山千晶
発行者――――坂上　弘
発行所――――慶應義塾大学出版会株式会社
　　　　　　　〒108-8346　東京都港区三田2-19-30
　　　　　　　TEL〔編集部〕03-3451-0931
　　　　　　　　　〔営業部〕03-3451-3584〈ご注文〉
　　　　　　　　　〔　〃　〕03-3451-6926
　　　　　　　FAX〔営業部〕03-3451-3122
　　　　　　　振替　00190-8-155497
　　　　　　　http://www.keio-up.co.jp/

本文組版・装丁――辻　聡
印刷・製本――――中央精版印刷株式会社
カバー印刷――――株式会社太平印刷社

© 2015 Chiaki Yokoyama
Printed in Japan　ISBN 978-4-7664-2211-5

慶應義塾大学出版会

アメリカ文学史——駆動する物語の時空間

巽孝之著 「ロード・ナラティヴ」としてのアメリカ文学史という、第一人者によるまったく新しい魅力的な「通史」。初学者のためのすぐれた読書ガイドであり、それ自体、読む楽しみを満喫できる1冊でもある。　◎2,400円

記憶を紡ぐアメリカ——分裂の危機を超えて

近藤光雄、鈴木透、マイケル・W・エインジ、奥田暁代、常山菜穂子著 「マイノリティ」の過去をめぐる闘争、「表象芸術」にみる記憶表現、「コミュニティ」における共通記憶の態様……。記憶の創出をめぐる多様な分析から、集団的記憶の再構築に挑む超大国アメリカの本質を探る。　◎2,500円

愛と戦いのイギリス文化史 1900-1950年

武藤浩史・川端康雄・遠藤不比人・大田信良・木下誠編
二度の世界大戦で「大英帝国」はどう変わったのか。階級、セクシュアリティ、ナショナリズム、メディアを切り口に、この時代のテクストとコンテクストを丁寧に読み解くことで、20世紀前半のイギリスの姿を浮き彫りにする。◎2,500円

愛と戦いのイギリス文化史 1951-2010年

川端康雄・大貫隆史・河野真太郎・佐藤元状・秦邦生編
現代イギリス文化研究の最前線！　冷戦、ビートルズ、サッカー、パンク、映画、王室、サッチャー、YBA、そしてグローバリゼーション—。20世紀後半+現代のイギリスを領域横断的に語りつくす。　◎3,800円

表示価格は刊行時の本体価格（税別）です。